152センチ 62キロの恋人 1

Mina & Hayato

高倉碧依

Aoi Takakura

EB
エタニティ文庫

目次

152センチ62キロの恋人1

人間というのは、二通りの人種に分かれていると私は思う。どう分かれているかというと、異性にモテるかモテないかだ。

そういう私、森下美奈《もりしたみな》は、生まれてからの二十三年間、モテないほうに属している。

私はどこにでもいる平々凡々な顔に、身長一五二センチ体重六十二キロというチビデブだ。

お腹は出てないけれど、ウエストのお肉がちょっと（かなり？）摘《つま》めてしまうし、どんなにこれ以上育つなと願っても成長をやめなかった胸は、今ではFカップになってしまった。

そしてムチムチとしたお尻と太腿《ふともも》……。どれだけ必死にやっても効果のなかったダイエットの数々に、これまで何度も泣いてきた。

茶色い猫っ毛はふわふわとしていて、一年を通していうことをきいてくれたことがない。何度かストレートパーマとかも試してみたけど、頭皮がかぶれて酷《ひど》いことになったから諦めた。今では肩先より少し伸ばしたあたりで切り揃《そろ》えて、縛って纏《まと》めることで何とか形を整えている。

……つまり、何も自慢できるものがない見た目をしているのだ。

無駄についているお肉のせいで、小さい頃は周りから虐《いじ》められることもあった。学校で虐められるのが辛くて、毎日家で泣いていた私に、ある日、母は言った。

「馬鹿にされるのが嫌なら戦え。泣くだけなら誰でもできる。どうしたら現状を打破《だは》できるか考え、そして行動しろ。だが忘れるな。馬鹿にされたのが辛かったのなら、美奈は決して人を馬鹿にするな。悪口を言われて悲しかったのなら、美奈は決して人の悪口を言うな。いいか、美奈の中身をきちんと見てくれる人は絶対にいる。その人に出会えた時に、失望されない自分でいるんだ」

そんな私たちを見て、年の離れた兄たちは、小学生になんてことを言うのだ母よ、と頭を抱えていた。

言われたことがよくわからず泣き続ける私を、母はきつく抱きしめながら、「それでも駄目だった時は、必ず母が助けてやるから」と言った。

（戦えってどうやって？）

それから毎日毎日、母が言ったことを考えたけど、どうすればいいのか全然わからなかった。

そんな時、兄たちと見ていたテレビ番組で、私は衝撃を受けた。

その時やっていたのはよくあるバラエティー番組で、そこには私よりも太っているタレントが出演していた。その彼女が言ったのだ。

「暗いデブは嫌われるけど、明るいデブは好かれる」

それが全てではないだろうけど、その時の私はこれだと思った。

それからは常に笑顔を心がけた。楽しい時はもちろん、虐《いじ》められても全然気にしてないと笑って過ごした。そうして、自分なりの戦いを始めた。

何を言われても何をされても笑っている私を、最初はさらに馬鹿にしていた虐めっ子たちは、次第に私を虐めることをやめた。多分私の反応がつまらなくなったんだろう。

こうして始まった私なりの戦いは、社会に出ても続いている。

第一話　変態はチャンスを逃がさない

（……雨？）

ザァーッという音を目覚ましに、ゆっくりと目を開ける。部屋の中はまだ薄暗かった。今何時なのか知りたくて、寝起きでぼんやりとしたまま、スマホを探すけど見つからない。ただ、カーテンの隙間から見えた外は明るくて、もう日が昇っているのがわかった。

朝かぁ……と思いながらカーテンを開けるために上半身を起こす。その瞬間、下腹部に鈍痛がはしった。同時に、大事な部分からコポッと液体が流れ出る。

そんな体の違和感に、あれ？　生理がきたかな？　ショーツとベッドを汚《よご》しちゃうっと思い、慌《あわ》ててベッドから降りようと床に足を着ける。が、立とうとしても膝《ひざ》に力が入らず、そのまま床に崩れ落ちてしまった。

（えっ？　何？　っていうか……えっ、なんで私、裸なの⁉）

今の行動のせいで、下半身からはさらにコポッと液体が流れ出ていた。そんな状況と、下着もつけていない自分に混乱しながら、なんでこんなことになっているのかと、私は昨夜のことを必死に思い出そうとした。

＊＊＊

昨日は花の金曜日。私が所属する総務部、そして営業一課・企画二課の合同飲み会の日だった。

うちの会社では部を跨《また》いで親睦を深めようと、半年ほど前から月に一度、色々な部署と合同で飲み会が開かれている。

ちなみに、この飲み会の発案者は我が社の社長の奥様らしい。

昨今の結婚率の低下を嘆《なげ》いた奥様は、まずは出会いが大事だと思い、社員たちに出会いのきっかけを与えてはどうかと社長とその周りの方たちに提案した。上司からそれを聞いた独身社員たちが乗り気になり合同飲み会を企画したものが、いつの間にか毎月の行事になってしまっているそうだ。

私が勤めているのは貿易、建築、電気機器などなど……様々な業種で成功を収めているMTグループの本社だ。当然、将来有望な男性がたくさんいる。そのため独身の女性陣は、この飲み会にいつも気合十分で挑むのだ。

昨日の飲み会には営業部長の立花逸人《たちばなはやと》さんも来るということで、女性陣の気合いの入り方も桁違《けたちが》いだった。

立花部長は我が社一《しゃいち》の人気者。エリートコース必須の海外支社への転勤を二度経験し、半年前にイタリアから帰ってきたばかり。黒い髪に濃茶の瞳、ほりが深く、精悍《せいかん》さと優しい性格が表れている顔は、芸能人にも負けないイケメンぶりだ。細身でありながらも、スーツがとっても似合う、がっしりとした体の持ち主。仕事面では厳しくも優しい人格者で、理想の上司だと男女問わず慕われている。現在三十六歳、独身。狙われないほうが不思議という男性だ。

……実は私が、身の程知らずにも好きになってしまった人でもある。

四ヶ月ほど前のある日……月末の処理と月初《げっしょ》の処理が重なった時があり、総務部の経理課全員が残業をしていた。覚悟はしていたけどなかなか終わらず、とうとう二十時半を越えたあたりでみんながお腹がすいたと騒ぎ出した。そこで、ちょうど区切りのよかった私が、コンビニに買い出しに行くことにしたのだ。

みんなからあれが欲しい、自分にはこれを買ってきてくれと頼まれるものをメモしていると、一緒に残業していた先輩の由理《ゆり》さんが、「私も一緒に行くわ」と言ってくれた。

頼まれた量も量なので、とっても嬉しかったんだけど……そんな由理さんを周りの男性陣が止めた。

「こんなに暗くなってから女性が外を出歩くのは危ない」

「今日は特に寒いし、風邪をひいちゃいますよ」

などなど……。由理さんは私と違うモテる人種。美人でスタイルが良く、おまけに性格もとってもいい人。私もよくお世話になっている大好きな先輩だ。「なら美奈ちゃんじゃなくて、あなたたちが行ってくれるのよね？」と、迫力のある笑顔で男性陣に言ってくれた。由理さんは課内の人たちの私への対応に、よく怒っているから……。

この時も、男性陣は笑いながら反論した。

「いやいや、森下は女じゃないから平気だって」

「そうですよ、本木《もとき》さんは心配しすぎですって。こいつを襲ったら返り討《う》ちにされますよ」

なぁと顔を見合わせて笑っている彼らに悪気はない。……たぶん、きっと。

「あんたたちっ」

「ほんとですよねっ、由理さんは心配しすぎです。じゃあ私、行ってきま～す」

こういう扱いに慣れているからといって辛くないわけじゃない。怒鳴り声をあげようとしてくれた由理さんの袖《そで》を引っ張って止め、へらっと笑うと、私は財布を持ってその場から逃げ出した。

うちの会社の近くには、コンビニが三つある。あえてその中で一番遠いところを選んで、頼まれた食料や飲み物をカゴいっぱいに買った。大きな袋を両手に持って会社に戻りながら、心の中で必死に平常心平常心と唱える。

(気にするな、いつものことだ)

その時、背後から声をかけられた。

「もしかして森下さん？」

その美声に一瞬、ある人を思い浮かべた。まさかねと思いながら振り返ると、そこにはまさかと思った人物——黒のコートを着た立花部長が立っていた。立花部長とは、一度由理さんと一緒に社食にいた時に、自己紹介のような会話をしただけだったから、名前を覚えてもらえているとは思わなかった。だから余計に驚いた。数メートル先に立っている立花部長は、ポカンとしている私の顔を見ると、眉間にしわを寄せた。

「やっぱり森下さんか。そんなに荷物を持ってどうしたの？　それにコートは？　まさかその格好で会社からここまで来たの？」

「あ……の。今日うちの課、全員残業で。まだかかりそうなんで私が買い出しに来たんです」

「買い出しって一人で？　ああ、ちょっとそれを置いて」

そう言いながら足早に目の前までやってくると、私の両手の荷物を地面に置かせた。そして、自分が着ていたコートを私にかけてくれる。

「こんなに手が冷えて……寒かったろ？　これを着なさい」

「だ、大丈夫ですっ。私、お肉が厚いので寒さを感じないんですっ」

「何を言ってるの、そんなわけないだろう。女の子なんだから体を冷やしてはいけないよ。いいから着なさい」

そうして私に着せたコートの前ボタンを留《と》めると、地面に置いてあった荷物を持って歩き始めてしまう。慌《あわ》てて追いかけて荷物を返してもらおうとするけど、絶対に渡してはくれなかった。

「あのっ、立花部長に持ってもらうわけにはいかないですっ」

「何を言ってるの。こんなに重いものを君に持たせるわけないでしょう。まったく……総務の男どもは何をしているんだ」

「いえ、私が自分で行くと言って……」

「それでもこんな時間に女の子を一人で買い出しに行かせるなんて……何かあったらどうする気なんだ」

『女の子なんだから』『女の子に』

そんなことを家族以外の男性に言われたのは、生まれて初めてだった。私のことを女の子として扱ってくれるなんて……。立花部長がみんなに人気がある理由が、よくわかった。

気を抜いたら裾《すそ》を地面に擦《す》ってしまいそうなほど大きい男物のコート。その温かさに、涙が出そうになるのを堪《こら》えながら歩く。

会社のロビーに入ったところで、後ろから私を呼ぶ声がした。振り返ると、顔を真っ赤にした由理さんが走り寄ってくる。

「ごめんね美奈ちゃんっ、急いで追いかけたんだけど、どこのコンビニに行ったのかわからなくて……。ローモンかなと思って行ってみたんだけど、美奈ちゃんいなくて……ああっ顔が真っ赤よ？　寒かったでしょう？　ダメよっ、ちゃんと上着を着ていかないと！」

そう言うと、手にしていた私の上着を着せてくれる。すでに立花部長のコートを着ているのに、その上にさらに着せられ、いつも以上に丸々としてしまったけれど、由理さんの優しさが嬉しくて嬉しくて堪《たま》らなかった。

「ありがとうございます、由理さん。ローモンよりエイトの気分だったんでそっちに行ってました。でもコンビニから帰る途中で立花部長と偶然会いまして、ここまで荷物を持ってもらえたので……」

「立花？　あっ、ホントだ。あんたいつからそこにいたの？」

「最初からいた。いいからほら、行くぞ」

結局、立花部長は、総務部まで私が買い込んだ荷物を運んでくれた。突然の立花部長の出現に驚く男性陣に、「夜の買い出しに女を行かせるような男はモテないぞ」と、チクリと皮肉を言う。

そうして帰っていく後ろ姿を見ながら、私は身の程知らずにも胸のときめきを抑えられなかった。

それからも同じようなことが何度かあった。

段ボールを運んでいたら、「こういう力仕事は男性に助けてもらいなさい」と手伝ってくれた。残業で遅くなった日にたまたまロビーで会った時には、「もう暗いから送っていくよ」と駅まで一緒に歩いてくれた。その度に、部長に対しての憧れが募《つの》っていった。

そして今、それは間違いなく恋心へと変わっていた。

飲み会は、コップ一杯のビールで酔ってしまう私には辛い場所だ。……それ以外にも辛い理由はあるけどね。

私の予想どおり、立花部長は開始早々、女性陣に囲まれていた。そこから抜けて男性陣にまざっても、すぐに違う女性たちがその周りを囲む。そんな姿を、私は由理さんと隅《すみ》っこで飲みながら見ていた。

これが私があまり飲み会に来たくない理由の一つ。立花部長を好きな人はいっぱいいるって知っていても、実際に見るのは結構辛いから……

立花部長と同期である由理さんは、彼女たちを見て「相手にされてないのに、よくやるよね～」と毒を吐いていた。

立花部長と由理さんは仲が良くて、二人にはよく、付き合っているんじゃないかとか結婚するんじゃないかとかの噂《うわさ》が出る。そんなわけで立花部長ファンの女性社員に、嫌がらせをされることが多い由理さんは、立花部長ファンの女性に厳しい。

私も最初の頃、二人が付き合っていると思っていたから、「本当のところ付き合ってるんですよね？」と聞いたことがある。けれど由理さん曰《いわ》く「あいつだけは嫌、人類最後の二人になってもありえない」らしい。美男美女でお似合いなのに……と言うと、由理さんはニヤッと笑いながら何かを小声で呟《つぶや》いた。

「美奈ちゃんにそう思われていると知ったら、あいつどうなるかしら……」

よく聞こえなくて聞き返したけど、由理さんは笑うだけで教えてくれなかった。

しばらく二人で飲んでいたけど、由理さん目当てに他課の男性たちがやってきたので、トイレと称してこっそり抜け出し、廊下の隅にあるソファで休むことにした。同じ課の酔っ払いたちに絡まれて、いつもよりも急ピッチで飲んだから、今日はもう私の許容量を随分超えている。

ふうっと息を吐き出しながら目を瞑《つぶ》って、綺麗な女性に囲まれている立花部長の姿を思い出す。

（やっぱり人気があるんだなぁ。私も由理さんみたいだったら……彼女にしてくれたかな……）

私は今まで男性に、女性として見てもらえたことがない。どんなに仲が良くなっても友達止まり。憧れていた人や気になっていた人に、恋愛相談や橋渡しを頼まれたこともたくさんある。

それでも一度だけ勇気を出して、告白をしたことがある。中学生の頃、初めて本気で好きになったその人には、「は？　冗談だよな？　俺、お前を女と思ったことがない」という返事をもらった。

そのあとそのことをクラス中に知られて、私は卒業までからかわれ、仲の良かったその彼には目も合わせてもらえなくなった。

この時、やっぱり私は異性からはよくて友達止まりで、好きだとかそういう感情を持つことすら、相手にとっては迷惑なんだと思った。

それに……自分で決めたことだけど、どんなに辛くても周りと一緒に笑ってしまう自分も嫌になった。みんなの前では一緒になって自分を笑い、家で一人泣きながら考えた。

（恋愛っていうのは、私みたいな見た目の女には遠い世界のことなんだ）

バカみたいだけど、その時の私は本気でそう思った。世の中、見た目で恋愛していない人だっていっぱいいるのに、たった一度の失敗で、私は恋愛することを諦めた。

ただ私には、私が馬鹿にされたりした時に、私の代わりに怒りをあらわにして泣いてくれる友達が二人もいたから、それで十分かな？　と思った。恋愛なんてしなくても、大好きな友達がいれば、まあまあいい人生なんじゃないかな、と。

お見合いは、隠れ人見知りの私にはハードルが高いから、結婚も諦めた。だから短大を出てこの会社に入れた時はホッとした。これで人生安泰《あんたい》だ、と。

それでも恋をしないというのは無理で……中学生以来、初めて好きな人ができた。それが立花部長だ。

社内でも……いや社外でもより取り見取りだろう立花部長と、どうにかなるなんて想像したこともない。ただ……家族以外で初めて、私を女の子として扱ってくれた立花部長を、秘《ひそ》かに好きでいるくらいは許してほしい。絶対に迷惑をかけるようなことはしないから。

そんなことを考えながらうつらうつらとしていた時、耳元で予想外の声がした。

「もしかして、森下さん好きな奴がいるのか⁉」

「え？」

驚いて声のほうを向くと、何故か立花部長がすぐ横に座っていた。

（なんで立花部長がここにいるんだろ……？　あんなにたくさんの女性陣に囲まれてい

たのに……。そっか……私はだいぶ酔っているんだな……頭が半分寝ているんだ。起きながら夢を見るなんて、なんて器用なんだろ、私）

そんなことを考えながら、ボーッと立花部長の顔を見ていると、部長がなんだか必死な顔をして私に詰め寄ってきた。

「教えてくれ、森下さんが好きな奴は誰なんだ⁉」

「好きな人……ですか？」

「いるんだろ？」

「います……。けど部長には内緒です」

せっかくいい夢を見ているのに、本当のことを言って夢の中でまでふられたくない。

そう思って内緒だと言ったのに、部長はしつこく食い下がってくる。

（ちょ、ちょっと立花部長っ、いくら夢でも顔が近いですっ）

「なんで内緒なんだ？　俺が知っている奴なのか？　誰なんだ？　井上《いのうえ》課長か？　企画の川崎《かわさき》か？　それとも営業部の人間か？」

「秘密ですって」

「頼むから教えてくれ！　どんな奴なんだ？」

「名前は秘密ですけど……とっても優しい人です」

教えないって言っているのに、何度も何度も聞いてくるから、結局ちょっとずつ答えていってしまう。……近すぎる顔の距離にテンパっていたせいもあるけど。

「うちの会社の人間か？　背は？　顔はどうなんだ？」

「うちの会社の人です。背も高くてかっこいいです。とってもモテる人で、由理さんともお似合いで……だから私は見ているだけで満足なんです」

「由理……本木と……そうか……」

「はい」

「森下さんは……なんでそいつのことを好きになったんだ？」

「優しくしてくれたんです……。初めて私のことを女の子って言ってくれた男の人なんです……」

「そんなの当たり前じゃないかっ、森下さんはとっても可愛い女の子だよっ！」

「ありがとうございます」

立花部長は夢の中でまで優しい……。おかしいな……もう夢を見ているのに、さらに眠くなってきてしまった。会社の飲み会で寝るなんてダメなのに……起きなきゃいけないのに……ダメだ……眠い……

「告白する気はないの？」

「ふられるのはわかっていますし……それに私、恋愛は諦めているんで……。ホントは一度くらい……デートとか……いろんなこともしてみたいですけど……」

「じゃあ俺としようっ、デート。……それ以上でもいいけど」

「ふふっ。部長、私なんかでその気になるんですか？」

「もちろんっ！　むしろお願いしたら抱かせてくれるなら、今ここで土下座だってするさっ」

「ほんとに優しいですね～。……ふふっ、そんなのこっちからお願いしたいですよ……」

「なら今夜……これから俺の部屋に来てくれる？」

「はい……嬉しい……です。いい思い出になりますね……」

そう答えたあと、私は夢も見ない眠りに旅立った。


「……ん」

「起きた？　そろそろお預けが辛いよ」

その言葉と一緒に、閉じた瞼《まぶた》に何か柔らかいものが触れた。それが何かはわからなかったけど、近くに誰かがいるのはわかったから、渇いた喉《のど》を潤《うるお》すものが欲しいと頼んだ。すると、すぐに唇に何かが触れる。うっすらと口を開けると、ぬるめの水が流れ込んできた。

少しずつ注《そそ》がれるそれじゃあ足りなくて、もっと欲しいと口を大きく開けると、小さく笑う声が聞こえた。

そのあと、何度も水を飲ませてもらった。

ようやく満足すると、今度は柔らかくて力強い何かが、にゅるっと口の中に入ってきた。それは私の舌を絡めとり、口内を縦横無尽《じゅうおうむじん》に動き回る。息苦しさに頭を振ると、私の口を占拠していたものはあっさりと離れていった。

足りなくなった酸素を、呼吸も荒く取り込む。すると今度は、耳たぶを温かく湿ったものが包んだ。くすぐったさに体が震えた直後、耳元で大好きな人の声がする。

「キスも初めてだった？　嬉しいよ。これからたくさん練習しよう……」

「……え？　た、ちばなぶちょ……？」

「逸人って呼んで。……可愛い耳たぶだね、ピアスの穴、あけてないんだ」

「母が……嫌がるので……私も痛いのは嫌いですし……」

「痛いの嫌いなんだ……？　じゃあ嫌われないように……優しく……時間をかけて溶かしてあげよう……」

耳元でピチャピチャと音がするのを聞きながら、ああ、私はまだ夢を見ているんだな、と理解した。随分自分の願望が入ったリアルな夢だなと思いつつも、どうせならこのまま最後まで覚めないでほしいと思った。

立花部長は何度も私にキスをした。

口の端から含みきれなかった唾液《だえき》が流れていくと、それを部長の舌が追っていく。大きく開いた口で、肉食獣が獲物を捕らえるように私の喉元《のどもと》に口付け、ジュルッと音を立てて舌で舐めて、軽く歯を当て刺激する。

一瞬ぞわっと足から頭まで震えが走る。次の瞬間、足の付け根から何かがとろっと流れた。

丹念に首を舐め回していた舌は、次に鎖骨に向かうと、何度もそこを食《は》み、吸い上げる。その間に立花部長の両手は、私のスーツとその下のシャツのボタンを外していった。現れたブラを上へずらし胸を外に出すと、両手で私の贅肉《ぜいにく》の塊《かたまり》である胸を優しく揉みながら、その頂《いただき》を口に含む。お風呂で洗う時くらいしか触れたことのないその部分を、部長の舌で転がされ、歯で軽く噛《か》まれると……下腹の奥が熱くなった。

「……んっ……っふ」

「気持ちいい？」

「わからな……お腹が……熱いです……」

「可愛いっ」

その言葉と共にまた口を塞《ふさ》がれる。部長はそのまま両手で胸を揉んでいたけど、やがて片手をお尻のほうへと下ろしていった。

何度もお尻を撫《な》でたあと少し体を離し、ゆっくりと私の服を脱がしていく。さすがにショーツを脱がされるのは抵抗があったけど、どんどん動きを激しくしていく部長の舌に翻弄《ほんろう》されているうちに、足から抜き取られていた。

唇を解放されたあとも、激しかったキスの余韻《よいん》にボーっとしてしまう。ふと気付くと、私の両足の間に部長が収まっていた。

部長に両太腿《ふともも》を持たれて腰を上げられ、お尻の下にクッションを入れられる。大事な部分を部長に突き出すような格好が恥《は》ずかしくて、拒否の言葉と一緒に暴れてみたけど、部長は決して私の太腿を放してくれなかった。更《さら》には信じられないことに、私の秘所にゆっくりと顔を寄せていってしまう。

「いやっ、そんなとこ見ないでっ」

「何故？　とっても綺麗で可愛いのに……」

そしてペロッと一舐《ひとな》めする。まだ乾いているそこを、部長の肉厚な舌が何度も上下に舐め上げる。ひだが合わさり固く閉じたそこをこじ開けるようにして舌を押し込まれ、震える秘芯に鼻で軽い刺激が与えられた。

「ダメッ！　やだぁっ」

どうにかして部長の舌をそこから離そうともがいたけど、宙に浮いている足がバタバタと動いただけだった。体全体で抵抗すると、何故か部長の顔が私の秘所に余計に押し付けられてしまう。涙目で部長の頭をグイグイ押していると、小さい笑い声が聞こえ、やっと立花部長が頭を上げてくれた。

「そんなに嫌？」

「当たり前ですっ、そんなとこっ、そんなっ、きたないのにっ、ぶ、部長が汚《よご》れちゃいますっ」

自慢じゃないが、私の性知識は保健体育止まりだ。あんなところを舐めしゃぶられ、舌を突き入れられるなんて信じられなかった。そして、そうされると下腹の奥から何か溢《あふ》れ出してしまい、ぐちゅっと音がするのが堪《たま》らなく恥《は》ずかしい。

部屋中に響く音も、あんなところを大好きな人に晒《さら》しているのも、お腹の奥から込み上げてくるよくわからないものも、全部が恥ずかしくて……

「汚れる？　俺が？」

目を丸くしたあと、立花部長がとても楽しそうな笑い声を上げた。私はなんで笑われるのかわからないながらも、少しずつお尻をクッションからおろして距離をとろうとする。

「美奈のここは綺麗だって言っているだろう？　俺のせいで美奈が汚れることはあっても、美奈のせいで俺が汚れることはないよ。むしろ、俺ので美奈が真っ白に汚れるところを見たいくらいだ……」

後半は部長が顔を伏《ふ》せてしまってあまり聞こえなかったけど、何だか聞き返すのが怖てしまう。


くて、何も言わずにじりじりとお尻を動かし続けた。……なのに、勢いよく顔を上げた部長はにっこり笑うと私の太腿《ふともも》を掴《つか》み、グイッと一気に引き戻して私の努力をゼロにしてしまう。

「ふぇっ⁉」

「美奈、俺から逃げるのは駄目だ。……優しくしたいんだ、だから煽《あお》らないでくれ」

「煽ってないですっ、ひゃっ」

再びあの恥ずかしい姿勢に戻され、部長にゆっくりと太腿を舐め上げられる。左の膝《ひざ》の近くから、段々と私の秘所に近づいた舌は、もう少しで触れるというところで右の太腿に移動した。

持ち上げた私の足に舌を這《は》わせながら、部長は私の目をまっすぐに見つめている。恥ずかしくて怖くて、目を背《そむ》けたいのに、私は何故か動けなかった。両手を口の前で合わせ、まるで祈りをささげるような格好のまま、部長と見つめ合ってしまう。

何もされていない秘所が、部長の息遣いに反応するようにピクピク動くのが自分でもわかった。何度目かの接近のあと、部長の舌が秘芯を舐めた。軽く歯を当てながら舌で優しく擦《こす》られる。

「ひぅっ、い、やっ、やだっ」

体中のぞわぞわが増してしまう。それが嫌で何とか腰を動かしていると、部長は私の足をさらに広げて内腿《うちもも》を押さえつけ、まるで楔《くさび》を打ち付けるかのように私の膣《ちつ》に舌を押し入れた。

舌で膣内《なか》をグリグリ刺激され、何度も舌を出し入れされた。もう嫌だ、やめてと何度もお願いしたのに、部長は私の秘所からなかなか顔を離してくれない。

ようやく部長が顔を上げてくれた時には、私の顔は涙と涎《よだれ》でそれは酷《ひど》いものになっていたと思う。それなのに、部長はそんな私を可愛いと言って、嬉しそうに目じりにキスを落とす。

「痛かったら言うんだよ?」

そう言うと、部長は私の秘所に指を一本突き入れてきた。違和感はあるけど、別に痛いとは思わなかった。緊張に強張《こわば》る私の肩を宥《なだ》めるように撫《な》でながら、部長は指を入れられた私のそこをジッと見つめる。

「大丈夫?」

「はい……」

「ならもう一本増やそうか」

その言葉に小さく頷《うなず》く私を見つめつつ、部長はそのゴツゴツとした指をもう一本入れてきた。すると入り口でピリッとした痛みを感じた。

「いっ……」

「大丈夫です」

本当に少しだけの痛みだったから、平気だと頭を振って答えると、部長は二本の指をゆっくりと抜き差ししながら、中でかき回すように動かし始めた。

「んっ、んっ……ふっ」

自然と漏《も》れてくる声を何とか手で押さえていたのに、その手を外され部長の背中に回されてしまう。部長の顔を見上げると、優しく笑ってちゅっと軽いキスをされた。

「可愛い声を隠さないで……」

「可愛くないで……っすぅ」

「可愛いよ、可愛すぎて堪《たま》らない」

本気でそう思っているかのような蕩《とろ》けんばかりの笑顔で見つめられ、ジワッと涙が滲《にじ》んできた。

（ホントになんて夢なんだろう。こんな幸せな夢なら、一生目が覚めなくていいのに……）

そう思いながら、部長の背中に回した腕に力を入れ、力いっぱい抱きついた。

部長は私を抱きしめ返してくれつつも、秘所に入っている指を容赦《ようしゃ》なく三本に増やす。みちみちと自分の中を広げられる感覚。小さな痛みと圧迫感から逃げようと浅い呼吸を繰り返す。そんな私を注意深く見つめながら、部長は私の耳元でそっと囁《ささや》く。

「痛い？」

「大丈夫、ゆっくりやるから力を抜いて……」

「はい……」

くちゅりと耳元から聞こえる音とその声で、自然と力が抜けていく。

丹念に耳に舌を這《は》わせながら、部長は空《あ》いている手で胸の頂《いただき》を摘《つま》んだ。ビクンッと体を揺らすと、宥《なだ》めるように耳や唇にキスが落とされる。そうして力が抜けると、再び三本の指が私の中で蠢《うごめ》いた。

しばらくすると、耳にキスをされていないのに、ぐちゅぐちゅという音が聞こえ始めた。その音をどこか遠くで聞きながら、私はこれまで経験したことのない感覚を追うのに必死だった。

（お腹の奥が熱い。熱があるのかと思うほど体中が熱い。体が勝手にビクビク跳ねてしまうのは、なんで？　もうよくわからない。この感覚は怖い。嫌、怖い。空中に投げ出されるようなこれは――）

次の瞬間、真っ白に塗りつぶされた世界に放り出された。

ああ、目が覚めるのかと思った。

でも、うるさい心臓を宥めながらゆっくり目を開けると、目の前には嬉しそうに私を見下ろす部長がいた。

「あれ……？」

「可愛いな、いっちゃったのか。気持ちいい？」

　まだ終わりじゃなかったのかと思うと嬉しくて、思わず部長に抱きつく。すると、お返しのように優しく抱きしめられた。とても幸せな気持ちでいたのに、急にその体を離される。ビックリして部長の顔を見ると、その顔は辛そうに歪《ゆが》んでいた。

「どうし……たんですか……？」

「ちょっと失敗したな、と思ってね。今日こんなことになると思ってなかったから、ゴムの用意がないんだ」

「……ゴム？」

「コンドーム」

「……えっ！」

「もったいないけど、ここまでかな……次の時はきちんと用意しておくから」

　そう言って、軽くキスを落として起き上がろうとする部長の腕を、慌《あわ》てて掴《つか》んだ。こんな夢を今度いつ見られるかわからないのに、そんなの嫌だっ。

「だ、大丈夫ですから最後までしてくださいっ！」

「でもそうしたら……妊娠しちゃうかもしれないよ？」

「あのっ、それはないから大丈夫なんですっ」

　夢の中でいくら妊娠したって、目が覚めたら元どおりだ。必死に大丈夫だからと繰り返す私をしばらく見つめたあと、部長は微笑《ほほえ》みながらまた抱きしめてくれた。

戻ってきた温もりにホッとして抱きしめ返した時、耳元で微《かす》かに幻聴が聞こえた。

「安全日だったか……ついてないな」

（あの紳士な部長がこんなことを言うわけがないのに。私ってばこんな願望を持っているなんて……目が覚めたあと会社で部長を見た時、まともな顔をしていられる自信がないな……）

恥《は》ずかしくて部長の顔が見られず、視線を逸《そ》らしていると、部長が私のおでこに軽い音のするキスをした。そして「挿入《い》れるよ？」と囁《ささや》く。何も言えずに小さく頷《うなず》くと、さっきまで部長の指が入れられていた秘所の入り口に、熱を持ったものが触れた。私の入り口の割れ目に沿って何度か上下に動かされたそれが、ちゅぷっという音のあと、ゆっくりと押し込まれてくる。

（みんな初めては痛いって言っていたけど、夢って痛覚ないはずだし平気だよね……？あれ？　でもさっきはちょっと痛かった……あれ？）

次の瞬間、下腹部を襲ったあまりの痛みに驚いた。

（こんなとこまでリアルにしなくてもいいのに！）

痛みを堪《こら》えるために思わずギュッと体に力を入れてしまう。部長は「……っは」と呻《うめ》いたあと、私の顔を挟むように肘《ひじ》をつき、顔中にキスを降らしてくれた。

「美奈……、ごめん痛いよな？　なるべく痛まないようにするから力を抜いて？」

「ご、ごめん、なさい……」

「美奈が謝ることなんて何もないよ。ほら、キスをしよう？　口を開いて……」

「ふっ……んう……」

言われたとおりに口を開くと、すぐに部長が喰《く》らいついてきた。絡まる舌を部長の口の中に引っ張られたり、逆に自分の口に押し込まれたりする。それとタイミングをあわせるように部長の熱がちゅぷちゅぷと音を立てながら浅く出入りを繰り返した。

我慢できるけどちょっと痛い……、そんな抽送《ちゅうそう》を繰り返されるうちにだんだんと痛みが麻痺《まひ》してきて、体から力が抜けていく。

「美奈……このままゆっくり開かれるのと、一瞬痛いの、どっちがいい？」

「え？」

「一番容量があるところは入ったけど、まだ美奈の奥までは開《ひら》けてないから、もう少し辛い思いをさせてしまうんだ。だから美奈が選んで。このままゆっくりと時間をかけて開かれるか、一気に奪われるか……」

さすがに私でもその意味がわかった。今の時点でまだすべてが収まったわけじゃないって言われて、正直ショックを受けるほどにはいっぱいいっぱいだけど、この状況で辛いのは私だけじゃないはず。だって私を見下ろす部長のほうが、私よりずっと辛そうなんだもの。

汗で濡れている部長の背中。そこに回した手に力をこめると、「一気にお願いします……」と頼んだ。

部長は、私のこめかみに唇を付けながら、「わかった。でも、できるだけ力を抜いているんだよ」と言う。私は深く息を吐いて頷《うなず》いた。

何度も深呼吸を繰り返す私の唇を、部長の唇が塞《ふさ》ぐ。喉《のど》の奥まで刺激するキスをされながら部長の指で秘芯をクリッと摘《つま》まれると、腰から目の奥まで電気が流れたような痺《しび》れが走った。

「ふぅっ、あ、いっ……ああああっ」

体の力が抜けた瞬間を狙ったかのように、私の腰を掴《つか》んだ部長が一気にその距離を詰めた。

お尻に部長の腰が当たったと思うのと同時に襲ってきた激痛。

我慢できずに体を強張《こわば》らせると、部長は私をぎゅっと抱きしめてくれた。

「痛いよな？　ごめんね。やっぱり初めての子に俺のはきつかったかな……」

「大丈夫ですから、あの、部長の好きなようにしてください」

いくら経験がなくたって、入ったら終わりじゃないことくらいは知っている。それによって襲ってくるだろう更《さら》なる痛みを覚悟しながら見上げると、立花部長がうっすら額《ひたい》に汗を浮かべながら微笑《ほほえ》んでいた。

「だから逸人だって。いいんだよ、こうして美奈の中にいるだけで……俺は十分気持ちいいから」

そう言うと、部長は挿入したものを抜き差しすることなく、グイッと押し付けるようにして腰を回した。すると部長の腰で秘芯が潰《つぶ》され、部長を呑み込んでいる場所がさらに潤《うるお》いを増す。入れられた熱い棒はそのままに、少しだけ体を離した部長は、私の胸の頂《いただき》に吸いついた。

「んやっ、……はぁ……」

歯で軽く噛《か》まれたかと思うと、口から出されて空気に晒《さら》される。熱い部長の体温に慣らされていた頂が、冷たい空気にピンと尖《とが》っていった。より摘みやすくなったその場所を、部長の舌が這《は》う。

存在感抜群のお腹の中のものが時々震えるのを感じながら、本当にこれでいいのかと不安になってきてしまう。

「あの……あっ、……ぶっちょ……お」

「ん……？」

「私……大丈夫なので、あの、好きなようにしてください……」

「……っ、はぁ、俺は本当に気持ちいいんだよ。段々柔らかくなってきた美奈の膣《ちつ》が、俺のものを放さないって包み込んでいるのが堪《たま》らない」

部長が本当に嬉しそうな顔をしているのが気恥《きは》ずかしくて、彼の顔が見られなくなった。

胸を苛《いじ》める役目を指に譲り、部長の舌が次の標的に決めたのは私の唇だった。

深く合わさった証のように、私の口の端から二人分の唾液《だえき》が流れていく。それを感じながら、私も激しいキスに夢中になっていった。

時折きつく秘芯を摘《つま》まれると、その刺激で腰が揺れる。すると私の中の部長も震えた。

部長を呑み込んだ場所からちゅぷちゅぷと水音が聞こえる。それを意識の遠くで感じながら、幸せな夢に酔いしれた――

繰り返されるたくさんのキスと、胸や秘芯への愛撫《あいぶ》。そしてたまにゆっくりと腰を回される。

それはとても長い時間だったようにも思うし、とても短い時間だったようにも思う。

最初に感じた痛みがどんどん遠のいて、私はただただ気持ちよくなっていた。

「んっ、んぅっ、う……はぁ……」

「美奈……好きだよ……美奈……」

何度も耳を食《は》みながら囁《ささや》く部長の呼吸が、次第に荒くなっていく。ふいに力いっぱい抱きしめられたかと思うと、私の中の部長が震えた……

私の中でビクビクと震えていた部長の熱がやがて大人しくなると、荒い呼吸のまま体を離される。そして両足首を持ち上げられたかと思うと、そのまま大きく足を広げられて、部長を受け入れたばかりの秘所を間近で見られた。

部長に足を上げられた拍子に自分の中からコポリと何かが流れていくのがわかった。それを部長に見られるのが恥ずかしくて堪らない。嫌がって足を閉じようともがくけど、がっしり掴《つか》んだ手は離れてくれない。

「やだぁっ、見ないでくださいっ……」

「何故？　ああ……美奈の中から俺のと美奈の初めてが混ざり合って出てくる……堪らない……」

嬉しそうな声でそう言うと、立花部長が私の秘芯を舐めしゃぶり始めた。じゅるっ、ぐちゅっと響く水音。許容量をオーバーした羞恥心《しゅうちしん》に私はとうとう泣き出してしまった。

「もうやだぁっ、放してっ！　やぁーっ！」

「ああっ、ごめんっ、俺が悪かったから泣かないで」

私の泣き声に慌《あわ》てて顔を上げた部長が、宥《なだ》めるように顔中にキスを落としてくる。それを感じながら、本当に限界だった私の意識はブラックアウトしたのだった。

そんなことを思い出した私は、床に座り込んだまま、もう一度今いる部屋の中を見渡してみる。

さっきは気付かなかったけど、自分の部屋とは明らかに違う内装――どんどん怖くなってくる。

（昨日のは夢、そう、夢だったはず。なら、ここはどこ？　飲み会の時にたまにお世話になる由理さんの部屋とも違う。微《かす》かに香るコロン……）

心臓が尋常じゃなく激しく鳴っている。すると、ふいにさっきまで聞こえていたザーっという雨音みたいなものがしなくなった。少し間をあけて、今度はすぐ近くで扉が開く音……

そしてそこから入ってきたのは、ここにいてほしくないと願い続けた人だった。

「おはよう美奈。そんなところに座り込んでいたら寒いだろう？」

ズボンだけを穿《は》き、上半身を惜しげもなく晒《さら》している部長は、優しく微笑《ほほえ》みながら近付いてくると、呆然《ぼうぜん》とする私を軽々と抱き上げてベッドへと戻した。

「あ……の、わ、私……」

「ん？　どうした？　ああ、体が気持ち悪いかな？　昨夜軽く拭《ふ》いたんだけど。今用意してきたから、一緒にお風呂に入ろうか」

そう言うと、また私を抱き上げてしまう。夢にまで見たお姫様抱っこだが、感情がついていかない。

必死に下ろしてくれと頼んだけど、部長は笑うだけで聞いてくれなかった。

ようやく下ろされたと思ったら、もう浴室。洗ってあげるという部長から必死に逃げながら、とにかく謝った。

「違うんですっ、すみませんっ。言い訳にもならないですけど、き、昨日は酔ってて夢だと思ってて、っ！　あのっ、あのっ私っ！　んぐっ」

腕を掴《つか》まれ勢いよく部長に引き寄せられると、キスで言葉を止められた。そしてそのままきつく抱きしめられる。

「言わないでいい、わかってる。美奈は川崎が好きなんだろう？　だが、簡単に諦められるような思いなら、俺は引かない。したいと言っていたデートも、キスも、セックスも、全部俺と経験すればいい。全部俺が教える」

「かっ川崎主任!?　ち、ちがっんんぅ」

「美奈、俺を見てくれ。君が好きだ」

「んんん～？」

この時私は、人間は驚きすぎると思考が止まるのだと知った。貪《むさぼ》るようなキスの中、少しずつ思考が動き始めた私は、とりあえず部長の誤解を解かなければと思い、彼から体を離そうとした。それを部長は拒否していると取ったようだ。余計にきつく抱きしめられたあと、何とかつま先で立っていた両足を広げられる。動いた拍子にまた何かを零《こぼ》す秘所に、熱く滾《たぎ》った部長のものがあてられた。

「美奈……もう一度抱きたい。美奈、俺を受け入れてくれ……」

「あ、あぅ」

「嫌?」

好きな人に抱かれるのが嫌なわけがない。反射的に首を横に振ると、すぐさま部長のものが私に押し入ってきた。昨夜初めてを済ませたばかりのその場所が、微《かす》かにひりつく痛みを訴えたけど、嬉しさが勝ってしまい気にならなかった。

昨夜と違って激しい腰の動きに、部長の首にしがみつくことで何とかついていく。浴室の中に肉を叩くパンッパンッという音と、ぐちゅっぐちゅっという卑猥《ひわい》な音が響く。

「美奈っ、好きだっ、美奈っ」

そうしてきつく抱きしめられ、部長のものが震えるのを感じた私は、戸惑いと幸福感の中……二度目のブラックアウトを経験した。

結局部長の誤解が解けたのは、その日の夕方だった。

お昼ごろに目が覚めた私はすぐに誤解を解こうとしたのだが、なかなか私と部長の会話が噛《か》み合わず、しかも部長は体での会話を仕掛けてきて……。なんとか落ち着いた部長と、ゆっくり話せたのが夕方だったのだ。

そして、気持ちが通じ合って盛り上がった部長にまた挑まれ――ヘロヘロになりながら車で家に送ってもらったのだが、玄関先で送ってもらったお礼を伝えているところを母に見つかってしまった。

焦《あせ》る私を尻目に部長と母が意気投合。私が知らないうちに、何故か我が家では私に婚約者ができたことになっていたんだけど……。

それはまた、別のお話。

変態はチャンスを逃がさない　おまけ

初体験を終え、気を失ってグッタリと横たわる美奈をしばらく見つめたあと、逸人はおもむろに己の滾《たぎ》る肉棒を彼女の秘所に挿入した。

彼女の腰をしっかりと掴《つか》み、そのまま激しく腰を叩きつける。微《かす》かに漏《も》れる美奈の声を聞きながら、意識のない状態でも己を熱く締め付ける膣《ちつ》を堪能《たんのう》した。

日本に帰国してすぐ、会社で一目見た時から可愛いと思っていた。

明るく笑う姿も、たまに見せる悲しそうな姿も、全てが可愛くて仕方がない。どんな仕事も一生懸命やり、無茶を言われても引き受けてしまうお人よしなところも逸人を魅了した。

同期の本木をダシに話しかけることには成功したものの、そこから先へはなかなか進まない。何とか接点を持とうと色々画策《かくさく》したが、どうにも上手くいかずに数ヶ月が経ってしまった。

何度食事に誘っても断られ……もしかしたら付き合っている男がいるのかもしれないと思い始めていたが、どうやら恋人はいないものの、好きな相手がいるらしい。

　それを知った直後は正直動揺したが、すぐに考えを改めた。そんなことはたいした問題じゃない、と。逸人のことしか見られないように縛りつければいいのだ。心も……体も……。

　美奈が酔っていることなどわかっていた。そんな彼女を半ば強引に家に連れてきたことも自覚している。だが初めてやってきたチャンスを手放すほど、逸人はいい人間でも馬鹿でもなかった。当然夢現《ゆめうつつ》な美奈を抱いたことに後悔はない。

　そうして今、彼女はこの腕の中にいる。

　もとから美奈を相手に避妊をするつもりはなかった。美奈の性格ならたとえ他に好きな男がいたとしても、子供ができたら逸人と結婚するだろう。

　ただ、美奈の言質《げんち》を取るために一度引いた。言質が取れなければ、美奈が自《みずか》ら欲しいと言うまで、快楽を与え続けるつもりだった。そんな逸人に美奈は大丈夫と繰り返した。あの顔は本当に妊娠の可能性を感じていない顔だった。その顔を見て逸人が思ったことは――

（タイミングが悪かったか）

　その一言だった。だがすぐに思い直した。たとえ安全日だとしても、もしかしてということもある。そんなものは関係ないほどに注《そそ》ぎ込めばいい。

　カーテンの隙間からうっすらと朝日が差し込むまで、美奈の膣内《なか》に欲望を注ぎ込んだあと、ようやく逸人が体を離すと……美奈の体内から、収まりきらない残滓《ざんし》が流れ出した。長い時間開かれていたせいで赤く腫《は》れている場所から、おびただしいほどに出てくるそれを満足げに眺めると、美奈の下腹部に愛おしげに口づける。

(孕《はら》んでいればよし、そうでないなら毎日でも注《そそ》いで、できるだけ早く捕まえる)

あれだけ激しく抱いたのに、一度も目を覚まさない美奈の……ここ数ヶ月焦《こ》がれてやまなかった唇を愛《め》でながらうっそりと嗤《わら》う。

「今はゆっくり眠るといい……次に目が覚めたら容赦《ようしゃ》はしない。愛しているよ、美奈」

遅くに発病したこの病は、止《とど》まることなく逸人を侵《おか》していた。

初恋に身を焦がす男が、愛する女性を真実手に入れるのは、もう少し先のお話……

第二話　変態は恋人を甘やかす

　思いもよらないことが起こった飲み会の翌週、月曜日の朝。

　私、森下美奈がいつものように会社の更衣室で制服に着替えていると、なんだかやけに周りからの視線を感じた。

　最初は気のせいかもしれないって思っていたけど、たまに小さく私の名前も聞こえてくる。我慢できなくて声がしたほうをチラッと見ると、目が合った人たちに勢いよく顔を逸《そ》らされた。

（なんだろう？　私、何かしたかな……）

　この状況は、小さい頃の虐《いじ》められていた記憶を思い出させる。思わず暗くなりそうな気持ちを何とか切り替えて、足早に総務のフロアに向かう。だけど……その間にも廊下ですれ違う人たち、特に女性たちが、私をじっと見て、そして顔を背《そむ》けていく。嫌な感じで胸が騒ぐ中、ようやく総務のフロアに着いた――

　毎朝、私が出勤する時間にフロアにいるメンバーは決まっている。

経理課長と主任、そして数人の男性社員だ。他の部に比べると、うちは圧倒的に女性の比率が高いんだけど、この時間にいる平《ひら》の女性社員は私だけ。

お財布とポーチを机の引き出しにしまって、まずは先に出勤していたみんなにお茶を出し、給湯室を掃除して冷蔵庫の整理をする。次に全ての会議室と応接室のテーブルを拭《ふ》き、花瓶の花と水を替えた。それらを終えて自分の席に戻った時には、隣の席の由理さんが来ているのが毎朝の光景。

「おはようございます」

「おはよう、美奈ちゃん」

朝から見惚《みと》れるほど綺麗な笑みを浮かべる由理さんで目の保養をしながら、パソコンをたち上げる。すると……由理さんが顔をしかめ、これもまたいつものように言ってきた。

「また堀川《ほりかわ》、来てないのね。本当は朝の雑事は彼女の仕事なのに」

「でも別に誰がやっても同じですから」

「美奈ちゃんがそうやって甘やかすから、あの子が図に乗るのよっ」

我が総務部の新人には、毎朝他のみんなより少しだけ早めに来てやることがある。それがさっき私が終わらせてきた『朝の雑事』だ。

今年の総務の新人は堀川さんという女性だけど、彼女は毎日遅刻ギリギリにやってくるからこれができない。「もっと早く来なさい」と課長や主任がいくら注意しても聞かない彼女は、系列会社の常務の姪《めい》らしい。

それを初めて聞いた時は、なんだか遠い縁故《えんこ》だなぁと思っただけで、仕事には関係ないと思っていたんだけど……うちの部長はそうは思わなかったらしい。言葉は悪いけど、何かにつけて彼女を贔屓《ひいき》している。仕事でミスをした彼女を注意していた主任を怒鳴りつけた時、部内全員が白い目で部長を見たのは記憶に新しい。

とはいえ、春が来たらまた新人が来るだろうし、もともと早めに出社しないと落ち着かない性分の私にとって、朝の雑事は苦じゃない。私がやるせいで余計に彼女が反省しないんだと、由理さんにはよく叱られているけど……

（由理さんの言っていることはもっともだと思うんだけど、誰もやらないっていうわけにもいかないし……）

いつものように由理さんとそんな話をしている間にも、ちらほらと女性社員たちが出社してくる。彼女たちはみんな私たちを見たあと、由理さんに挨拶《あいさつ》をしていく。

「本木さん、おはようございまーす」

というように、必ず由理さんだけに。私が挨拶しても、こっちを見てもくれない。

（どうして？　先週までこんなことなかったのに……）

更衣室でのこともあって、また不安な気持ちが胸の中で渦《うず》を巻く。そんな私の横で、由理さんも彼女たちの態度に不思議そうな顔をしていた。

「なんなの？　あの子たち、なんか変じゃない？」

「そうですね……私、何かしたんでしょうか……」

「そんなに気にすることないわよ、あの子たちって朝はいつもあんな感じだし。とはいえ、いい大人が会社であの態度はないわ」

（由理さんはそう言うけど、気にしないでいるなんて無理だよ……）

一週間が始まったばかりなのに、気が重くて仕方がなかった。


「立花部長とお付き合いすることになりましたっ」

由理さんと近くのお蕎麦屋《そばや》さんでお昼をとっている時に、勇気を出して報告した。

当然驚かれるだろうし、私と部長では釣り合わない、なんてことを言われる覚悟もしていた。もしかしたら冗談だと思われるかもしれない。だって自分でもまだ信じられないんだから、他の人なら余計にそうだと思うんだ。

夢のような一夜のあと、正気に戻った私はテンパった。それはもうすごく。

そんな私に立花部長は好きだと言ってくれた。そしてまたむにゃむにゃをしたあと、私を家に送ってくれ、その時偶然会った母に真摯《しんし》な態度で挨拶《あいさつ》をしてくれたのだ。そんなこと初めてだったからなんだか恥《は》ずかしかったけど、とても感動した。母も「いい人を見つけたな」と言ってくれた。

実は、昨日部長から電話が来た時に、会社では付き合っていることを秘密にしてほしいとお願いしておいた。付き合っているのが私だなんて知られたら、立花部長のマイナスになってしまう気がしたから……。隠す必要はないって譲らなかった立花部長も、私が必死にお願いしたら最後にはしぶしぶ了承してくれた。

でも、いつもお世話になっていて、よく私に恋愛をしろと勧めてくれていた由理さんには、ちゃんと報告をしなくちゃと思った。だから二人だけになれるお昼の時に言おうと、朝から決めていたのだ。

私の報告を聞いた由理さんは、一瞬動きを止めたあと……深いため息をついた。

「とうとう捕まっちゃったのね……。本当にいいの？　美奈ちゃん。彼氏が欲しいなら私がもっともっとも一っといい男を紹介するわよ？」

「立花部長と私じゃ釣り合わないことはわかってるんです……でも私っ」

「違うわよ！　立花に美奈ちゃんはもったいないと言っているの！　あんな性格悪い男に捕まっちゃうなんて！　てっきり立花がふられると思っていたのに〜！」

「由理さんは……その、信じてくれるんですか？」

「何が？　はぁ……きっかけは何？　金曜の飲み会？　さてはあの時、井上課長を味方にして私を出し抜きやがったわねっ、あいつ〜っ！」

「井上課長ですか？」

「そうよっ。井上課長ったら、私に美奈ちゃんはタクシーで先に帰ったとか言いやがったのよっ！　うちに泊まりに来る約束だったのにおかしいなって思ったのにーっ！　まんまと騙《だま》されたーっ！　悔しいーっ！」

テーブルで見えないけど、由理さんが今、足をバタバタさせているのはなんとなくわかった。

由理さんは……私と立花部長が付き合っても、おかしくないって思ってくれてるのかな？

ホッとした途端《とたん》に、嬉しさが込み上げてくる。

兄しかいない私にとって、由理さんは姉みたいな人だから、立花部長と付き合うことを由理さんがどう思うか、正直すごく不安だったのだ。

しばらく唸《うな》っていた由理さんは、いきなりガバッと顔を上げると、険《けわ》しい表情で私に聞いてきた。

「……美奈ちゃん、立花に流されたりしていない？　あんな男好きじゃないのに、うやむやのうちに何かされて、とかじゃない？」

「ええっ⁉」

「まさかあの野郎……酔った美奈ちゃんを無理やり……」

「そっ、そんなことないですから！」

「だって美奈ちゃん、あいつに興味があるそぶりなんてなかったのに……」

「あの、その、実は前から憧れていたんです……」

「そうなの!?」

「は、はい」

目を丸くした由理さんに、俯《うつむ》きながら立花部長に惹かれたきっかけなんかを話し始める。由理さんは時々唸りながらも最後まで聞いてくれた。そしてなんでかさっきよりも興奮した様子で私のほうに身を乗り出すと、私の右手を両手でギュッと握り締めてくる。

「いい？　美奈ちゃん。立花と別れたくなったらすぐに私に相談するのよっ！　どんな手を使っても私が必ず、必ず別れさせてあげるからねっ！」

「ははは、すぐにふられちゃうかもしれないですけどね」

「すっごく残念だけど、それはないわ」

きっぱりと言い切ってくれるのは由理さんの優しさだろう。

好きだと言ってくれた立花部長の言葉を疑うわけじゃない。私は自分のことが信じられないんだ。あんなに素敵な人を、私はいつまで繋《つな》ぎ止めておけるだろうって考えると、どうしたってマイナスなことしか想像できなくて……

とりあえず、失敗続きのダイエットをまた頑張ろうと、お昼のかけ蕎麦《そば》を半分残すことから始めることにした――

＊＊＊

「ねぇ、あの噂《うわさ》聞いたぁ？」

「あの噂って何よ？」

「先週の飲み会で立花部長が女をお持ち帰りしたって話ぃ」

「嘘っ！　誰よっ⁉」


お昼をとったあと、由理さんと別れて一人でトイレに寄った。トイレを済ませ、さて出ようと個室のカギに手をかけたところで、ふいに聞こえてきた声に動きを止める。聞こえてきた話が、私に大いに関わっていたからだ。

このまま話を聞いていてもいいことなんてないとわかっている。けれど、今出ていくほうがまずい気もする。私が迷っている間にも、外の女性たちの会話は続いていった。

「それがさぁ、私も友達に聞いて嘘でしょって思ったんだけどぉ、森下さんらしいよぉ」

「森下って……まさか総務の？」

「そうそう」

「あの子ブタ～？　……ぷっ、あっははは、ないない。あんた騙《だま》されてるって。立花部長があんな子ブタ相手にするわけないじゃん」

「でもぉホントの話らしいんだよね～。企画二課の友達にも聞いたけど同じこと言ってたしぃ。なんかぁ森下さんがお酒に酔って具合が悪くなったからって、立花部長が送っていったってぇ」

「何それ絶対作戦でしょっ。立花部長かわいそ～」

「でもぉ、立花部長が女を送っていくなんて初めてじゃない？　うちとの飲み会だって、忙しいって言ってなかなか出席してくれないからさぁ。参加してる時はみんな必死で誘うのにぃ、いぃっつも二次会も出ずに一人で帰っちゃうじゃん」

「だから、部長の中でも子ブタは女じゃないってことなんじゃないの？　森下さんはなんていって、あれは絶対処女だよ。彼氏がいたことなんてないんじゃないの？」

「でもぉ、部長ってば森下さんをお姫様抱っこで運んだらしいよぉ。それを……総務の何ていったっけぇ？　あの縁故《えんこ》入社ででかい顔してる頭悪そうな女が見ててぇ、飲み会にいた女性社員たちに話したんだってぇ。最初はみんな冗談だと思って信じてなかったらしいんだけどぉ、二人が途中で帰ったのは確かだからぁ……もしかして本当なのかなぁってみんな噂してるよぉ」

「森下さんをお姫様抱っこ～？　ないないそれ絶対嘘だって。いくら立花部長でもあの体を持ち上げるのは無理でしょ。みんな騙《だま》されたんだよ」

「あんた酷《ひど》いね〜。森下さんのこと嫌いなわけぇ？」

「子ブタのくせに立花部長と噂《うわさ》になるってのがムカつくだけ」

「ホントに酷い〜」という笑い声とともに去っていく足音。それを聞きつつ、私は個室の扉におでこを付けた状態で動けなくなっていた。

（なんで女っていうのはトイレで噂話をするのかな……？　誰が聞いているかもわからないのに……。やっぱり由理さんが優しいだけで、私と立花部長がつきあっているって聞いたら、普通はみんな、こんな風に思うんだろうな……）

秘密にしておくことにしてよかった。噂だけでこれなら、もし本当に付き合っているなんて知られたら、きっと部長に迷惑がかかる。

その時、ポケットに入れていたスマホが震えた。画面を見ると、なんてタイミングの良さなのか、立花部長からメールが来ている。開くと、『今日の夜は会えるかな？　俺は二十時過ぎちゃうかもしれないんだけど、できれば一緒に夕飯を食べよう？』と、お誘いの言葉が書いてあった。そのメールに、悩んだけど断りの返信をする。

『すみません、今日は友達と約束があるんです。遅くまで大変ですね。帰り道に気を付けてください』

送信完了の文字を見ながら、溢《あふ》れてくる涙を堪《こら》えるのに必死だった。

「ウソ……ついちゃった……」

(泣くようなことは何もない。今までだってこんなことといっぱいあったじゃないか。泣くな、泣くな、泣くな)

両手で握り締めたスマホを額《ひたい》に付けたままきつく目を閉じていると、またスマホが震えた。のろのろとメールを開く。それは部長からの返信だった。

『それは残念。美奈のほうこそ気を付けなさい。あまり遅くならないようにして、帰り道は明るい道を通ること』

こんなに優しい言葉をかけてくれる人に、嘘をついてしまった。そう思った瞬間、とうとう涙が零《こぼ》れてしまった。

でも……もし一緒に食事をしているところを誰かに見られたら？　付き合っていることを知られたら？　きっと立花部長は趣味が悪いとみんなに言われるだろう。私のせいで馬鹿にされるかもしれない。

そうしたら……そうしたら、立花部長も私とのことは間違いだったと離れていってしまうかもしれない……

結局、私は立花部長のためなんて言いながら、自分のことしか考えていない……

「私って最低だ……」

手が届かない人だと思っていたから、幸せな夢が見られた。だけど好きな人に抱きしめられる幸せを知ったら、次はその腕を失うことに怯《おび》えるようになった。

「こんなんじゃ……立花部長にふられるのも時間の問題かな」

『恋愛は甘い時間だけじゃない』――話でしか知らなかったそれを、私は初めて体験していた。

＊　＊　＊

「ねぇ美奈ちゃん、本当にそれだけで足りるの？」

「はい、昨夜食べすぎちゃって。おかげで朝から胸やけがひどいんですよ」

「……本当に？」

「はい」

昨日も一昨日《おととい》もこんな言い訳をしたから、そろそろ由理さんの目が厳しくなってきている。

今日のお昼は、会社近くの洋食屋さん。でも、私はお腹がすいていないと言って、サラダだけを注文している。何というか、ダイエットで食事を減らしているのだ。

出勤時と帰宅時は一駅手前で降りて歩き、朝食と夕食をダイエットドリンクに変えた。

夜には一時間半の半身浴と腹筋に背筋、そしてストレッチ。

今週は両親もそれぞれ仕事が忙しくて、家には寝に帰るだけだからバレてないけど、そうじゃなかったら間違いなく母に叱られている。昔から運動ならいいが、食事を減らすダイエットはするなときつく言われているのだ。

きっと由理さんも同じ意見なのだろう。連日お昼にサラダかスープしか食べないことで、ちょっとずつ小言をもらうようになってきている。今も眉根を寄せながら由理さんが口を開く。くるぞっと身構えていたら、由理さんはそのまま驚いたように目を見開いた。

「あら？　川崎と立花じゃない。あんたたち二人でランチ？」

立花という言葉に体が跳ねた。実は、立花部長とは土曜の夕方に別れてから一度も会ってない。連日夕食に誘ってくれるんだけど、もし誰かに見られたら……と思うと怖くて、いつも断ってしまっていたのだ。

「森下さん、久しぶり。俺らも一緒していいかな？」

笑って手を振る企画一課の川崎主任は、立花部長と由理さんの同期で、三人はとても仲がいい。

しかも、この間教えてもらったんだけど、実は川崎主任は由理さんの彼氏だ。色々と事情があって、会社の人たちには秘密にしているらしい。

川崎主任は少し垂《た》れ目がちな目が印象的な人で、特別美形なわけではないけど、明るい性格で、すごく感じがいい。誰とでも気さくに話すから社内の女性からの人気も高かった。

川崎主任は由理さんには何も聞かずに、そのまま彼女の隣に座った。私の隣には立花部長が座る。

「久しぶり、とは言わないか。まだ一週間も経ってないもんな」

そう言って笑う立花部長の顔は、土曜日の夕方別れた時のままで……。その顔を見たら、なんだかずっと胸の中でもやもやしていたものが晴れるのを感じた。

私たちが注文していた物がテーブルに置かれると、立花部長が眉間にしわを寄せた。

「美奈、まさかダイエットをしているのか？」

「ちっ違います。それにあの、な、名前っ」

川崎主任がいるのにっと慌《あわ》てると、立花部長は一瞬きょとんとしたあと、ああ……と頷《うなず》いた。

「川崎には話してあるんだ。他言《たごん》するような奴じゃないから、気にしなくていい。美奈も本木には話したんだろう？」

「は、はい」

「森下さん、改めてよろしくねー」

「よろしくお願いしますっ」

首を傾《かし》げながら笑いかけてくる川崎主任に頭を下げようとすると、立花部長が私のおでこを押し止《とど》めてきた。

「川崎なんぞに美奈が頭を下げることないから」

「ちょっとそれって酷《ひど》くない？」

「別に酷くないわよ。それより立花っ！　あんた何普通に美奈ちゃんのこと触っているのよっ！　美奈ちゃん、そんな変態に触られたら妊娠しちゃうわよっ！　こっちにおいで。ほらっ、私の横が空《あ》いているから。ちょっと邪魔よ川崎っ、あんたが立花と座りなさいよっ」

「えーっ！」

「いくらなんでも触っただけじゃ無理だろうな。まあ、でも責任ならいくらでもとるから、安心して俺に触られてな、美奈」

そう言っておでこを押し止めていた手で頭を撫《な》でてくる。その手の温かさと笑顔に、胸のドキドキがどんどん酷くなっていく。

どうしたらいいのかわからず固まっている間に、立花部長たちが頼んだランチが届いて、その手は離れていった。

男の人に「これ美味《おい》しいから少し食べてみな？」と、ランチを味見させてもらうのも初めての経験だし、部長が新しく頼んだデザートを半分こして食べるのも初めてだった。お化粧していても隠せないくらいに顔を赤くしている私を、三人が優しく笑いながら見ているのが、なんだか余計に恥《は》ずかしかった。

男性二人はコーヒーを飲み終えると、私と由理さんを残して、慌《あわ》ただしく会社に戻っていった。お店を出る時に、由理さんが「よろしく」と私たちの伝票を立花部長に渡していたので、慌てて自分の分のお金を渡そうとしたら他の三人に止められた。

立花部長は最後に私の頭を撫《な》でてから、足早に店を出ていく。その背中を見送る私に、由理さんが「これくらいは当然よ」と、教えてくれたのはビックリする話で……

お昼が始まってすぐに、川崎主任から由理さんへ今日のランチはどこでとるのか？というメールが来ていたらしい。由理さんは不思議に思いながらも、このお店を教えたとのこと。

「たぶん立花が美奈ちゃんに会いたかったってとこだろうね。川崎め、立花に協力したわね」

それを聞いて、急激に罪悪感が込み上げてきた。せっかく連日誘ってくれていたのに、嘘をついて断っていた自分。

（もし今度誘ってくれたら、絶対に断らない。嘘もつかない）

そう決めて、そして思った。

終わることを怖がって逃《のが》げていた分だけ、立花部長といられる時間を自分から逃していたんだ。さっきのように……。立花部長が私をまっすぐに見てくれる時間を、一緒にいられる時間を、自分から避けていたなんて、すごくもったいないことをしたなぁと思った。

（いつまで付き合っていられるかわからないんだから、一日でも一時間でも長く一緒にいたい……）

そう、思った。

＊　＊　＊

金曜の夜に、立花部長の家で夕食を食べる約束をした。

結局今週は誘いを断ってばかりだったからお詫《わ》びもかねて「私が夕食を奢《おご》ります」と言うと、「それならうちで美奈の手料理が食べたい」と言われたのだ。

うちは両親が忙しい職業だったから、昔から私が家族の食事を作っていた。なので普通に食べられるものはできると思う。だけど私は家庭料理しかできない。基本的に茶色い料理ばかりで、カラフルでおしゃれな料理を一つも知らないのだ。だから外で食べたほうが絶対に美味しいと言ったんだけど、立花部長は譲らなかった。すごく……すごく恥《は》ずかしかったけど、母に「金曜は立花部長と夕食を食べるから遅くなる。悪いけど、夕食は父と二人で食べてほしい」と伝えたら、「それなら日曜まで帰ってこなくていいぞ」とさらっと言われた。その意味を想像して真っ赤になって慌《あわ》てる私に、「いい傾向だ」と母は笑っていた。

金曜日、私は定時で帰れたけど、忙しい立花部長はそうもいかない。部長の仕事が終わるまでの間、私は本屋でレシピ本を探して時間をつぶした。『彼氏に作ってあげたいレシピ』という本を買ったのは、立花部長には内緒だ。

そのあと、立花部長と合流してスーパーで食材を選んでいると、部長が信じられないことを言った。

「食材はもちろんだけど、うち調理器具が何もないんだ。それってスーパーで買えるかな？」

「何もないって……でも包丁とお鍋くらいは……」

「ない」

「炊飯器……」

「ないな。冷蔵庫の中身は飲み物だけだし……って、あれ？　美奈？　どうした？」

（男の人の一人暮らしってそういうものなの⁉　違うよねっ、絶対立花部長がおかしいんだよね⁉）

驚きすぎて何も言えない私に、部長は「そうか、やっぱりスーパーじゃ無理なのか」と勝手に納得していた。

何とか衝撃から立ち直った私は、スーパーにも売っているけど、ホームセンターや専門店に行ったほうが安くていいものが置いてあるし、必要最低限のものだけ買ってもかなりの重量になると伝える。

それを聞いて部長はしぶしぶ「じゃあ今日はテイクアウトで我慢するか」と言ったものの、ちょっと項垂《うなだ》れていた。そのあと、「明日は車を出すから一緒に買い物に行こう」と誘われ、それはもしかして買い物デートっていうやつかなってドキドキした。

立花部長の部屋は、一人で住むには随分広い３ＬＤＫのマンションだった。この前来た時は、周りを見る余裕がなかったからわからなかったけど、部屋の中は驚くほど物がない。ガランとした、大きなテレビとソファしかないリビング。その光景に、思わず「本当にここに住んでるんですか？」と聞いてしまったのは、仕方がないと思う。

（テーブルもないし、どうやってご飯食べているんだろう……）

「適当に座ってくれ。ビールと缶コーヒー、スポーツドリンクがあるけど何を飲む？」

「……お茶とかは……」

「お茶？　すまん、お茶はないな。炭酸水ならあるけど」

「……じゃあ炭酸水をください……」

「わかった」

そうして渡されたのは一リットルのペットボトルで、コップを貸してほしいと伝えたら、それもないって……

（部長は本当の本当に、この家に住んでいるんだろうか……？）

唖然《あぜん》としている私の顔を見て、立花部長がちょっと困ったように教えてくれたのは、さらにビックリする話だった。

立花部長がこのマンションに引っ越したのはつい先月の話で、それまではなんと五ヶ月近くも会社の近くのホテルで寝泊まりをしていたらしい。

イタリア支社に転勤になった時に、それまで住んでいたマンションを解約していて、その時に荷物もほぼ処分。

日本に帰ってきたはいいけど、さて住む場所がない。親戚の伯母さんが探しましょうかと言ってくれたが、自分が納得いく場所がいいのでと断り、マンションを見つけるまではとホテルで仮住まいをしていたらしい。結局、ホテル暮らしが結構快適だったため、ずるずるとそこに居続けたとのこと。

驚きのあまり言葉を失っている私にまずいと思ったのか、「腹が減っただろ？　夕飯を食べよう」とテイクアウトしてきたご飯をいそいそと床に並べていく。それを見ながら、「明日、まずテーブルを買いましょう」と言うと、立花部長はポリっ……とこめかみを掻《か》き、困ったような顔で頷《うなず》いた。


夕食を食べたあとは、ソファに並んで座り、テレビを見ていた。しばらくすると、立花部長が私の腰に腕を回し、二人の隙間を埋めるように私を引き寄せた。跳ねる鼓動そのままに、体もビクッと揺れてしまう。

「美奈……今日泊まれる？」

「は、はい……」

耳に落とされるキスに気を取られながらも、ついに来たーっと体を固まらせ、首だけ動かして頷いた。

「よかった。じゃあ家に連絡しなきゃね」

「あの、母はきっと、その、察してくれます……」

「そう？　でもちゃんと言っといたほうがいいんじゃない？」

「本当に大丈夫です……」

なんせ、「私たちのことは気にせず泊まってくるといい」と、朝から恥《は》ずかしいことを言ってくれたのだ。多分このまま帰ったほうが驚かれると思う……

「そう。……じゃあこれから一緒にお風呂に入ろうか」

「はい……って！　むっ無理です無理です！　あの、部長がお先にどうぞっ！」

「なんで？　この前は一緒に入ったじゃないか」

「あれはっ！　だってっ！　……ホントに無理ですっ！」

くっついていた体を、腕の長さ分だけぎゅーっと押し返して勢いよく首を横に振ると、部長は笑いながら離れてくれた。

「わかったわかった。じゃあ美奈が先に入っておいで」

「え？　いえ、私は部長のあとでいいです」

「いいから、ほら俺の気が変わる前に行きな」

「は、はいっ」

急《せ》かされるように言われて、慌《あわ》てて自分の鞄《かばん》を持ってバスルームへ入った。

（念のためお泊まりセットを持ってきてよかった……）

このあとのことはとりあえず頭の隅《すみ》においといて、全身を必死で洗う。だが、私が本当に困ったのはお風呂から出たあとだった……

（どんな格好で出ていけばいいんだろう……）

新しい下着は持ってきたけど、替えの服は持ってきてない。もう一度この服を着ればいいかな？　それともいっそ下着姿で……？　無理無理、恥《は》ずかしくて死んじゃうっ。バスタオルだけを巻いてとかテレビでよく見るよね……。いや待て待て、あれを私がしたら丸さが際立つっ！

（どうしよう、どうしよう、どうしよう……）

何が正解かわからなくて、バスタオルを抱きしめたままうずくまっていると、いきなり脱衣所の扉が開いた。ビックリして見上げた先には、同じように目を丸くして私を見下ろす部長。

「美奈？　どうした？」

「ぶっ、部長!?」

「音がやんだからもう出てくるかな？　って思ったのに、一向に出てこないから見に来たんだけど……。どうした？　のぼせた？」

同じようにしゃがみこんだ部長に正面から見つめられる。だけど、正直に言うには恥ずかしすぎて……

とはいえ、心配してくれているのにごまかすわけにもいかない。

「あ……の……」

「うん？」

「何を着て……出ていけばいいのか……わからなくて……。か、替えの服を持ってくるのを忘れてしまって……って、キャア⁉」

必死に今の状態の説明をしている私を、立花部長は何も言わずに抱き上げた。膝《ひざ》の後ろと背中に腕を回されているこれは、俗に言うお姫様抱っこというやつで……

「部長っ、あのっ、下ろしてくださいっ！」

「ダメ。やっと手に入れたのに、そこからまさか一週間もお預けされるとは思ってなかったからね、俺の我慢はもう限界だったわけ。なのになにそれ、俺を焦《じ》らしているわけ？そんなの何も着ないで出てくるのが正解に決まってるだろ」

「えっ？」

それだけ言うと私を寝室に連れていき、ベッドの上に優しく下ろした。そして唯一体を隠していたバスタオルを勢いよく剥《は》ぎ取り、荒々しいキスをする。

（キスも土曜日以来だ……嬉しい……）

立花部長の舌に翻弄《ほんろう》されながら、体の横に置いたままの手をどうしようかと考えた。あと、どうやって呼吸をしよう。キスの時は鼻で息をするっていうのは、マンガで読んで知っている。知っているけど、いざ実践するとなると難しい……。そんなことを考えていたら、立花部長が急にキスをやめて顔を上げた。

「あっ……」

それが寂しくて思わず声が出る。そんな私を見て、立花部長はにっこり笑った。

「もっとキスしたかった？　でもキスだけだと美奈は俺に集中できないみたいだね。俺は美奈のことしか見えていないのに」

「そっ、そんなことっ」

「そんなの不公平だから、美奈にも俺でいっぱいになってもらわないとね」

「えっ」

そう言って笑う立花部長の目は、見たことがないほど妖しい光を宿《やど》していた……

部長が私の首元に顔を埋《うず》める。そのままちゅっと軽い音を立てて吸い付かれた。それはくすぐったいような……しびれるような……不思議な感覚だった。

「んっ……ふ」

「美奈は首が弱いよね。前もここにキスをすると、よく締まったし」

「やぁっ、変なこと言わないでください……」

「別に変なことじゃないだろう？　美奈の膣《ちつ》は熱いし、よく濡れて、適度に俺を締めつける……本当に最高なんだから……。ああ……早く入りたい。早く俺を入れさせて……」

「ひっ……あぁっ」

耳の穴に舌を突き入れられ、両手でむき出しのお尻を揉まれる。強弱をつけながらこねe回すその動きに、下腹部が熱くなってくる。

「このお尻も可愛いよね。俺の両手にちょうどよく収まる。柔らかくて……少し強めに掴《つか》むだけで俺の指の跡が付くんだ。噛《か》んだら簡単に歯形も付きそうだ。ねぇ美奈、ちょっと試してみる？」

「い、やです……」

「……ははっ、冗談だよ」

そう言ってまたキスをしてくるけど……

（さっきのは絶対冗談じゃなかったたっ！　本気の声だったたっ！　部長はもしかしたらSっけのある人なんだろうか？　いや、他の人を知らないからよくわからないだけで、もしかしてみんなこんな感じなんだろうか？）

キスをしながらそんなことを考えていたら、お仕置きのように胸の頂《いただき》を強めに摘《つま》まれてしまった。

「いたっ」

ふいに来た痛みに、思わず閉じていた目を見開く。すると、視界いっぱいに立花部長の顔が映った。うっすらと笑っているはずの部長の瞳は、背筋がゾクッとするほど昏《くら》い光を宿《やど》している。

「美奈、君はどうして俺とキスをすると気を逸《そ》らすんだ？　そんなに俺とのキスはつまらない？」

「違いますっ！」

「もう、これは本格的にお仕置きが必要だよな」

そう言うやいなや私の両足を勢いよく開き、そのまま背中を浮かせるようにして膝《ひざ》を私の顔の両脇に持ってくる。私の恥《は》ずかしい場所が全部、部長にも私にも見える格好に涙が出てきた。

「いやっ！　こんな格好嫌ですっ！　部長っ！」

足を戻そうと暴れると、さらに左右に割り開かれてしまう。

「美奈のここ、すっごく可愛いよ。まだ慎ましやかに閉じているけど、ここが開くととても美味《おい》しい蜜が出てくるんだ……知ってた？」

そう言って私の秘所に顔を近づけ、秘芯にチュッとキスをする。そのまま軽く噛まれ、ビリッとした感覚が背筋を走った。

「んんっ」

部長は秘芯に舌を絡めては吸い付く。そのうち自分でも秘所の割れ目がひくついてくるのがわかった。そこがひくつくたびに室内にクプッという音が響く。それが恥ずかしくて恥ずかしくて……

両手で耳を塞《ふさ》ぐけど、部長に外されてしまう。部長はそのまま私の手をベッドにぬいつけた。

「気持ちよかったら声を出して。俺に可愛い声を聞かせて」

「いやっ。だってっ、へっ、変な声だしっ」

「可愛いって言ってるだろ？　美奈は俺が信じられない？」

「そんなぁっ、ひぃあっ」

ひくつく割れ目を、つーっと舌が舐め上げる。そのまま部長の肉厚な舌が私の中に入り、膣《ちつ》の上のほうをぐりぐりと刺激してきた。

「あぁっ、やめっ」

部長の動きを制限しようと太腿《ふともも》で部長の顔を挟むと、ますます深く突き入れられてしまう。なら……と足の力を抜くと、お尻に手をかけられ、さらに割り開かれた。

「美奈の膣がよく見える。可愛いピンクの口を開いて俺を誘っているよ。美奈も俺が欲しいんだね」

「ちがっ」

「違わないだろう？　それとも……こっちのほうがいいのかな？」

そう言って部長の舌が触れたのは、私の一番汚くて恥《は》ずかしい場所で……

そこだけは嫌だっ！　本当に嫌だっ！　と暴れたけど、部長はやめてくれなかった。

見られることさえ耐えられないような場所を、部長の舌は何度も何度も舐め上げる。丁寧に、熱心に……

そんなところを舐められているのに、お腹の中からムズムズとしたものが込み上げてくる。それが堪《たま》らなく嫌で、涙が出てきた。なのに、部長はさらに恐ろしいことを言う。

「ここもピンクで可愛いよ。さすがに今日は何も準備してないからこれでやめるけど、いつかここの処女も俺がもらうから」

「嫌っ！　絶対に嫌ですっ！　嫌ぁっ！」

頭を振って泣きながら拒否すると、部長は最後にチュッとその場所にキスをして、にっこり笑い、「冗談だよ」と言った。本当に……？　と疑ったけど、それ以上聞いて墓穴《ぼけつ》を掘りたくなかったので、とりあえず私はそれを信じることにした。

「ふぁっ……あぁっ！」

無理やり押しやられる絶頂に、私はもう息も絶え絶えだった。あのあと、立花部長はその唇と舌……そして指で私を何度も攻め立てた。その行為は、前回の記憶を塗り替えるほど私に色々な衝撃を与えた。詳しく説明してしまったら、私は軽く二十回は恥ずかしさで悶死《もんし》できる……

今なお私の秘所から顔を上げてくれない立花部長に、泣きながらもうやめてとお願いする。やっとその願いを聞いてくれる気になったのか、ゆっくりと顔を離した部長は、代わりに指を三本挿入しながら私の耳にキスを落とした。

「じゃあ美奈が俺と三つ約束するなら、もう許してあげるよ」

「やく……そく……？」

「一つ目は、俺を部長と呼ぶのはやめること。何度も逸人と呼んでって言っているだろう？」

「は、やとさ……ん」

「そう、次に部長って呼んだらお仕置きだからね。二つ目は、ダイエットをやめること。俺の前では普通に食べているけど、美奈、ダイエットしているだろう？　食事を減らすとか、体に負担がくるようなやつはやめてくれ。俺は美奈があと十キロ太っても、君のことが好きだよ。まぁさすがに抱き上げるのは辛いかもしれないから、そうしたらジムにでも行って鍛《きた》えるよ。美奈が十キロ増えようが二十キロ増えようが、結婚式で君を抱き上げられるよう頑張るさ。だから美奈、ダイエットはやめなさい。君は今のままで十分魅力的だから。そのままの君が、俺は好きだよ」

「ふぇっ……ううっ……っ」

その言葉を聞いた時、羞恥《しゅうち》とは違う涙が流れた。

（私にこんなことを言ってくれる人がいるなんて……想像したこともなかった。きっとこんな素敵な人は、もう一生現れない……）

広い胸にしがみついて泣きじゃくる私を、逸人さんはきつく抱きしめてくれた。

「最後、三つ目の約束。美奈、誰に何を言われようが俺を信じろ。俺は決して君を裏切らない。君が大好きな俺の気持ちを信じてくれ。たとえ関係ない奴らが何かを言ってきても、決して俺から離れるな」

「はい……はいぃっ！」

彼の背中に回した手に力を込めて、必死にしがみつきながら約束をした。自分からは決して、この手を放さないって……

「いい子だね。じゃあ……続きだ」

「はい……えっ？　や、やめてくれるって……」

「お仕置きはやめるけど、セックスをやめるなんて言ってないだろ？　これで終わったら、俺は欲求不満で確実に暴れるね」

「で、でも。私、もうっ」

「美奈、ゴムありとゴムなし、どっちがいい？　俺から逃げないって約束したから、美奈に選ばせてあげるよ」

「避妊は大事です……」

「そっか。まあ、俺も美奈にウエディングドレスを着せてあげたいから、結婚まではちゃんとゴムを着けるよ。ただ、美奈がさっきした俺との約束を破ったら、俺もこの約束は守らないから。そのつもりでいるんだよ」

「守ります。約束、絶対守りますっ」

勢いよく頭を上下に振ると、嬉しそうに笑った逸人さんが、その表情と一致しないことを言ってきた。

「そんなに必死になられると、ゴムなんて捨ててしまいたくなるよね」

その言葉に、思わずベッドの上のほうへと体をずりあげて逃げてしまう。だが、すぐに力強く腰を掴《つか》まれ、戻された。

そのまま逸人さんのものが私に入ってくる。それは、先週何度も受け入れたはずなのに、私に微《かす》かな痛みを与えた。

「一週間してなかっただけで、だいぶ狭くなったね。美奈のココ」

逸人さんはそう言うと、ゆっくりと出し入れを繰り返し、私の最奥《さいおう》を目指して突き進んでくる。そして私の奥までそれが届いた時、私のことをギュッと抱きしめてくれた。

そのまま私の中が逸人さんのものに慣れるまで、動かないで待ってくれる。

やがて私の体が彼の大きさになじんでくると、ゆっくりと腰を引き……また突き入れてくる。彼のものが出ていく時は我慢できるけど、入ってくる時にはどうしても変な声が出てしまう。

最初のうちは浅いところで繰り返されていたそれが、どんどん深いものに変わっていく。ずんっと最奥を突かれ、そのまま腰を押し付けられると、お腹の奥が鈍い痛みを感じた。

「あぁっ、んっ、んぁっ」

「ここが子宮の入り口だよ。こうして……俺のでここをこじ開けて……出したら……子供ができる……。結婚したら、毎日何度もここに出してあげるよ。楽しみだな、美奈」

激しく揺さぶられ、顔に、首にとキスを受けながら、逸人さんは本当に毎日するつもりなのか？　とその時のことを想像し、恐ろしさに体がビクついた。

寝室に響くのは、ベッドの軋《きし》む音と私から溢《あふ》れたものが出す水音、そして激しく肉を打つ音。

朦朧《もうろう》とした意識の中でもしっかり聞こえてくるそれが、堪《たま》らなく恥《は》ずかしい。何度も何度も替えられるゴムに、これはゴムの在庫がなくなるのが先か、私の意識がブラックアウトするのが先か……と、馬鹿なことを考えた。

逸人さんのことは大好きだ。私にはもったいない人だし、これからも好きでいてもらえるように頑張ろうと思う。だけど……だけど、これだけはもう……声を大にして言いたい。

「逸人さんっ。もう無理ーっ！」

「大丈夫大丈夫。もうちょっと頑張ろう。運動はダイエットにいいんだよ」

「ダイエットはっ、んんっ、するなって言ったっ！　……あぁっ！」

「それはそれ、これはこれだよ」

「そんなぁっ」

「あぁ……その顔も可愛いな。美奈、もっと、もっと俺で啼《な》いて……」

滲《にじ》む視界の中には、うっとりとした顔で私を見つめる大好きな人。

朦朧《もうろう》とする頭で、少しだけ……少しだけ逸人さんを変態と言った由理さんの言葉に納得してしまったことは、逸人さんには秘密だ……。


その日以降も、会社で積極的に逸人さんとの関係をばらしたりはしていない。だけど、付き合っていることを隠してコソコソするのはやめた。

仕事が終わってから一緒に外で夕食を食べることもあるし、逸人さんの家でゆっくりすることもある。休日に二人で出かけるのだって、当たり前になってきている。

やがて来る私の誕生日に、逸人さんがプレゼントしてくれた指輪が社内の話題を掻《か》っ攫《さら》うのは、また別のお話……。

変態は恋人を甘やかす　おまけ

会社の廊下を足早に進みながら、逸人はスマホを取り出し、電話をかけた。三コール目で出た相手は、いつものように呑気《のんき》な声で何の用かと尋ねてくる。

「川崎、お前今すぐ本木に、今日はどこで昼をとるのか聞け」

『いきなり何～？　そんなの自分で聞けばいいじゃん』

「あいつは俺が美奈に近づくのをことごとく邪魔しやがるから、素直に教えるわけがない。その点お前なら別に警戒されないだろう？」

『そりゃそうだろうけど、由理だってお前と森下さんのこと知っているんだろう？　付き合う前ならまだしも、もうちゃんと付き合っているんだから邪魔なんかしないと思うけど』

その言葉に、逸人の脳裏《のうり》に蘇《よみがえ》るのは月曜の夜の出来事。

月曜日、仕事帰りに美奈にメールをしようとスマホを出すと、どこかで見ていたかのようにタイミングよく着信音が鳴り響いた。嫌な予感に襲われながらも相手の名前を確認した逸人は、次の瞬間、躊躇《ちゅうちょ》なく拒否ボタンを押した。だが相手は諦めずに、数秒後に再度かけてくる。

小さくため息をこぼし電話に応じると、聞こえてきたのは昔からの友人の怒声だった。

『ちょっとっ、あんた今電話拒否したでしょっ！　どういうつもりよっ！』

「わざとじゃない」

『嘘おっしゃいっ！　あぁもうっ……まぁいいわ、私が何を言いたいかわかっているわよね!?』

「美奈のことなら心配するな。ようやく捕まえたんだから大事にするさ」

『そんなの当たり前でしょ!?　私が言いたいのは……』

そこから延々一時間、由理から文句を言われ続けた。逸人からすれば、何故美奈と付き合うことで、ああも由理に文句を言われなきゃいけないのかという気持ちはある。だが、彼女が美奈を妹のように可愛がっているのは知っている。

しかも由理には、自分が昔、女性と少々だらしない付き合い方をしていたことも知られていた。美奈のことを本気で心配しているのが理解できるから、大人しく由理の小言に付き合ったのだ。

そんなことを思い出し小さくため息を漏《も》らすと、逸人はもう一度、電話の相手に頼んだ。

「いいから、お前が聞いて俺に知らせてくれ」

『まぁ、いいんだけどさ。でも由理がダメなら森下さんに直《ちょく》で聞けばいいのに』

「美奈は……俺と付き合っていることを社内の人間に知られたくないらしい。そのせいか食事に誘っても断られてばかりいる。そうじゃなきゃ、連日友人との約束があると言って彼氏の誘いを断らないだろ？」

『それってさぁ、お前が彼氏じゃないってことだったりして〜』

「川崎……」

『待ったっ。ちょっとやだなぁ冗談だって、そんなマジな声を出すなよっ。怖いだろ〜。まぁ、俺としては森下さんの気持ちもわかるかなぁ。お前を狙ってる女は多いし。あっ、そうそう。なんか金曜の飲み会でお前が森下さんをお持ち帰りしたことが、女子社員たちの間で噂《うわさ》になっているみたいだぞ。お前のファンの女たちがピリピリしているから、彼女の周辺に気を付けてやれよ』

「そうか……わかった」

今週誘いをかけてくる女が多いのはそれが原因か？　恋愛初心者の美奈にとって、女からの嫉妬《しっと》の視線に晒《さら》されることはきついだろう。それが原因で自分から去ってしまう可能性もないわけじゃない。早めに釘を刺しておくか……

ようやく手に入れた可愛い恋人を守る算段をしつつ、美奈との時間を確保するためにはどう動いていけばいいかと、逸人は思考を巡らせた――

第三話　変態は嫉妬《しっと》する

突然だけど、うちの会社は水曜日はノー残業デーだ。そうはいっても忙しい時期は無理だし、主任以上の人たちはなかなか難しいみたいだけど、私たち総務部は月末以外の水曜日はみんな定時で帰っている。

本日はそのノー残業デー。私は定時で上がって、逸《はや》る気持ちを抑えながら約束している場所へ向かった。


私たちが会う時に、いつも利用するイタリアンレストラン。店に入ると、もう二人が並んで座って待っていた。いつもは先に来ている二人が向かい合って座って、もう一人が到着するのを待つのに、今日は違うらしい……

（こ、怖いなぁ……）

「お待たせ」と声をかけると、二人はそろって「待ってたよっ!!」と力強く言ってきた。ここは「待ってないよぉ」じゃないのかなっ、ああ……二人とも目がキラキラしているっ。

座ってすぐに来たウェイターさんに三人用のセットメニューを頼んだ途端《とたん》、二人の尋問スイッチが入った。

「さぁさぁみっちゃんっ！　どういうことなのか包み隠さず話しなさいっ！」

「付き合うことになったきっかけは？　みっちゃんが告白した……はないか。ってことは向こうから言われたんでしょ？　なんてなんて？　あーっ、やばいわーっ、妄想爆発しそうーっ！」

「ちょっとのんちゃんっ。これから私が聞こうとしてるのにっ。で、いつから付き合ってたの？」

「私だって色々聞きたいんだから、しょうがないじゃん。ちーちゃんが待っててよ。それでそれで？　彼氏さんの年っていくつ？」

「同じ会社の人？」

「かっこいい？」

「で？　どこまでいったの!?」

最後は仲良くハモったこの二人は、中学の時からの友達だ。

黒髪のショートヘアが似合う、スレンダーボディの持ち主であるちーちゃんこと小林《こばやし》千尋《ちひろ》と、さらっさらの長い髪が美しい……諸事情で少々ふっくらしているのんちゃんこと三浦望美《みうらのぞみ》。高校は三人とも別々だったけど、月に一度は会って遊んでいた。

私とちーちゃんが働き始めてからはなかなか時間が取れなくて、二、三ヶ月に一度くらいしか会えなくなったけど、その分会えた時は何時間でも話し続けて、お店のラストオーダーの時間になってしまうことも多い。

ちなみに、昔から夢はお嫁さんと言っていたのんちゃんは、高校卒業とともにバイト先のレストランで知り合ったシェフさんと結婚している。

そして、そんな二人に何故私が質問攻めにされているのかというと――先週の土曜日の朝に原因があった。

＊　＊　＊

四日前の土曜日の朝、ふっと目を覚ますと、温かい腕に抱きしめられていた。

逸人さんと付き合い始めてからひと月が過ぎた。

週末を逸人さんの部屋で過ごすのも、これで三回目。金曜の夜から一緒に過ごし、日曜の夕方に逸人さんに送ってもらって家に帰る。平日も逸人さんが早く帰れた日はこの部屋で一緒にご飯を食べて、ゆっくりすることも多い。ようやく最近……逸人さんと二人っきりでも緊張しなくなってきた。

昨晩も逸人さんと一緒に過ごし、土曜日の今日は二人で映画を観に行く約束になっていた。

逸人さんと夜を過ごすと、次の朝はどうしても私が寝坊してしまうから、ゆっくりめに起きて外で少し遅めのブランチを食べようって、昨日二人で決めたんだけど……

何かが鳴っている。

きっとこの音で目が覚めたんだと思いながら、頭の横にあったスマホの画面を見ると、そこにはちーちゃんの名前が出ていた。寝ぼけた頭で電話に出ると、『あれ？ ごめーん、寝てた？』と元気な声が聞こえてくる。

「えへへ……ちょっと寝坊しちゃった……」

『へぇー珍しいね、みっちゃん、朝に強いのに。仕事忙しいの？』

「そんなんじゃないよ。ちーちゃんこそどうしたの？ メールじゃなくて電話なんて珍しいね」

『ああ、メールだと説得に時間がかかるかなぁっと思ってさ』

「説得？」

『うん。あのさぁ、みっちゃん来週の金曜日は空《あ》いてる？』

「金曜……は、ちょっと……」

『あ、何か予定があった？』

「うん……でも、何とかなるかもしれないから。のんちゃんと三人でご飯に行くの？」

『ご飯はご飯だけど、のんちゃんはいないんだよねー』

「え？　ああ、体調が悪いのかな。悪阻《つわり》が酷《ひど》いって言っていたもんね」

『あー、そうじゃなくてね。のんちゃんは誘ってないんだよ。だって合コンだからさぁ、さすがに妊婦は誘えないよねー』

「合コン⁉」

驚いて聞き返した瞬間、お腹に回されていた腕がピクッと震えたのがわかった。このままじゃ逸人さんを起こしちゃうかもしれないと気付いて、彼から離れようと腕を持ち上げようとしたら、なんでかますます抱き込まれてしまった。どうしようと焦《あせ》りながらも、電話の向こうにいるちーちゃんに返事をする。

「ちーちゃん、私、そういうのは……」

『みっちゃんが合コンとか嫌なのは知ってるんだけどさ、今度の合コン相手はかなり優良物件ばっかりって話なんだよっ。女側にまだ空きがあるっていうから、私と一緒に行こうよっ』

「いや、あの、ちーちゃん、私ね……」

『大丈夫っ、万が一変なのがみっちゃんに近寄ったら、私が撃退するからっ』

「そういうことじゃなくて……」

「美奈、おはよう」

「ひっ！」

「誰と話しているの？」

耳元で聞こえた少しかすれた声と、ギュッときつく抱き締めてくる腕に心臓がバクバクする。これは逸人さんに説明するのが先か、それともちーちゃんとの電話を続けたほうがいいのかっ⁉

そんな風に固まってしまったのは私だけのようで、電話の向こうからはちーちゃんが何かを叫んでいる声が聞こえてくるし、逸人さんは不埒《ふらち》な手を私に這《は》わせてくる。

(待って、お願いだから二人ともちょっと待ってっ！　こんなことなら次に会った時にじゃなくて、ちーちゃんたちに報告しておけばよかった……っ！)

「ちっ、ちーちゃんっ！　とにかく合コンは行けないからっ、ごめんねっ」

『みっちゃんっ！　今の男の声は何っ⁉　彼氏？　彼氏なの⁉』

「あの、えっと……」

「みーな、友達？」

「逸人さんっ、ちょっ、そんなとこ触らないでっ」

『そんなとこ⁉　ちょっ、そんなとこってどこなの⁉　みっちゃんっ⁉』

「あ、や、ちーちゃんゴメンっ、あとで電話するからっ！」

まだ何か言っているちーちゃんには申し訳ないけど、急いで電話を切り、とうとうパジャマの中まで入ってきた手を止めようと、その腕を掴《つか》んだ。すると、今度は後ろから首筋にキスをされる。

「逸人さんっ！　酷《ひど》いっ、私、電話してたのになんでこんなことっ」

「俺が酷いの？　酷いのは美奈のほうだろう？」

キスしたところをペロッと舐めながら、逸人さんはそんなことを言ってくる。必死で腕を掴んでいるのに、気にもしていないように動かされるその手は、今度は私の胸を優しく揉み始めた。

「私の何が酷いの？　ちょっ……んっ、ダ……メっ」

「合コン、行くの？」

「いかな……あぁっ」

「俺とのこと、友達に言ってないんだな」

「それはっ、今度会った時に言おうと思っててっ」

「へぇ……」

「ホントに内緒にしてたわけじゃっ」

「…………」

パジャマのズボンの中に入ってきた手が秘所へと伸ばされる。ショーツの上から優しく割れ目をなぞるその手から逃げようと、体をひねってうつ伏《ぶ》せになったら、いきなり下着ごとズボンを下ろされた。

「逸人さんっ！」

振り返って見た先には、私のお尻に両手を置きながらうっそりと嗤《わら》う彼がいた。

(逸人さんがこの顔をしてる時は危ないっ！)

「ああ……昨日いっぱいしたから赤く腫《は》れているね、可哀想《かわいそう》に……」

そう言いながらその場所を両手で割り開き、顔を近づけていく。嫌っと言って逃げようと腰を浮かせると、逸人さんは太腿《ふともも》をガシッと掴《つか》み、そこにちゅっと音を立ててキスを始める。

「かっ、可哀想ならしないでっ」

「可哀想だから……俺が舐めて治してあげるよ」

「そんなぁっ」

「舐めたら治るって、よく言うだろ？」

恥《は》ずかしい場所に顔を埋《うず》めながらそんなことを言われてしまう。

「ふぁっ、あっ……そ、そんなとこで話さないでっ」

彼から逃げようとするのに、時折全身に走る快感に力が抜けた。

「大事な美奈の大事なところだからな、しっかり治さないと……」

「やぁっ、舌入れちゃいやぁっ」

膣《ちつ》に入れられた舌を、無意識のうちに締め上げてしまう。背後で逸人さんが笑った気配がしたと思ったら、今度は勢いよく舌を引き抜かれた。

「ふぁあああっ」

その衝撃に背中をしならせると、すぐさま肉厚の舌が戻ってくる。そうして何度も舌を出し入れされているうちに、ふいに秘芯に小さい刺激が襲ってきた。

「ひっ、はっ、逸人さんやめてっ」

舌が挿し込まれるたびに襲ってくるその刺激の正体が、逸人さんの髭《ひげ》だと気付くまでしばらく時間がかかった。

「逸人さん本当に嫌ぁ～っ、チクチクするの……」

「チクチク？　ああ……これ？」

ククッと笑った逸人さんが私のお尻に頬《ほお》を擦《こす》り付ける。ザリッとした音を立てながら繰り返されるそれから必死に逃げると、追ってきた逸人さんに後ろから抱きしめられた。

「ごめんごめん、痛かった？」

「痛いってほどじゃないけど……いや……」

「気を付けるからこっちを向いて？」

耳にキスをされつつ腕の中で体の向きを変えて見上げると、朝からキラキラ眩《まぶ》しい笑顔の逸人さんがいる。逸人さんはもう一度「おはよう」と言うと、朝には少し刺激の強すぎるキスをした。

それから逸人さんが本格的に行為をしかけてくると、私も抵抗しきれなくて……

結局映画は次の日に行くことになってしまった。本当に嫌だったらもっと抵抗すればいいんだろうけど、やっぱり好きな人が自分を求めてくれていると思うと嬉しくて……

でも、あまりの腰の痛さに、ずっと楽しみにしていた映画に集中できなかった私は、次はもっとしっかり抵抗しようと心に誓ったのだった。

＊　＊　＊

そのあとちーちゃんたちに彼氏ができたことをメールで知らせたら、『水曜日にいつものお店で』と返ってきて、今の状況になったというわけ——

目をキラキラさせながら質問してくる二人に、ちょっと恥《は》ずかしいけど逸人さんとのことを話した。

「ちょうど付き合い始めて一ヶ月くらいなんだけど……立花逸人さんっていって、うちの会社の営業部長さんなんだ。優しくてみんなに人気があってね、背が高くてかっこ良くて、私にはもったいないくらいすごい人なの」

「ちーちゃんっ、みっちゃんが惚気《のろけ》たよっ」

「何かもうたまんないねっ。あれ？　でも営業部長ってことは、結構年上なの？」

「あ、うん。今三十六歳だって」

「十三も違うの⁉　おっさんじゃんかっ！」

「ちーちゃんっ、そんな本当のこと言っちゃダメだってっ」

「逸人さんはおじさんじゃないよっ！」

逸人さんの年に驚く二人に、ちょっとムッとしながら反論すると、二人は顔を見合わせたあと、ニマーッと笑って謝ってきた。

（その顔なんかヤダッ）

「ごめんごめん、そうだよね。みっちゃんの大事な彼におっさんは失礼だった」

「うちの旦那さんも六つ上だけど、年上っていいよねー」

「逸人さんは本当におじさんじゃないもん……」

「わかったって、ごめん。ほら私って年下としか付き合ったことないからさ、ちょっと想像がつかなくって」

「想像？」

「そんなに年上だと、あっちのほうはどうなんだろって」

「あっち？」

「やだーっ、ちーちゃんったらなに言ってんのっ」

「だってみっちゃんの初彼だし、そこは気になるじゃん。変な趣味の人だと困るしさ」

「確かにみっちゃんって、その手のことに疎《うと》いしね。変なことされてても気付かなそうだよね」

「そうそう、で？　そこんとこはどうなの？」

意味がよくわからなくてポカンとしてたら、二人はまた顔を見合わせたあと、コソコソ話し始めた。しばらくそうしていたあと、こっちを向いたちーちゃんが声を潜《ひそ》めて言ったのは……

「彼ともうエッチした？」

「なっ、なななにをっ」

「だってみっちゃん初めてでしょ？　疑問とか不安とか、なんか困ってることとないかなと思ってさ」

いきなりなんてことを聞いてくるんだと慌《あわ》てながら二人を見たら、とても真剣な顔をして私を見ていた。本当に心配してくれているんだ……。そう思ったら、疑問だったけど誰にも聞けなかったことを聞いてしまった。

「あの……ね、ああいうことって、みんなどれくらい……その、するのかな」

「どれくらいって、エッチの回数のこと？」

ちーちゃんの言葉に恥《は》ずかしかったけど頷《うなず》くと、のんちゃんが「ちなみにみっちゃんたちはどれくらいしてるの？」と聞いてきた。この前の土曜日は、昼間と夜で……えっと、六回だったかな？　日によって違うけど、だいたいそんな感じだと思う。もう少し減らしてほしいって一回だけお願いしたら、それなら平日も抱きたいと言われて、それ以上何も言えなくなっちゃって……

逸人さんとした次の日はお腹と腰が怠《だる》いし痛むから、平日は勘弁してほしいのが正直な気持ちなんだよね。逸人さんは慣れたらそんなことも減るって言っていたけど、あれだけしてもなかなか慣れないなら、いつになるかわからないし。

そんなことを考えながら「だいたい六回くらい」と答えたら、二人はまた顔を見合わせて何かをコソコソ話し出した。今度はさっきより長く話したあと、「付き合い始めたばっかりなら、それくらいが普通かな」と言われた。

（そっか……やっぱりみんな、そんなもんなんだ。逸人さんが特別ってわけじゃないんだ）

「そうはいっても、彼氏さんの歳を聞いちゃうと元気だなって思うけどね」

「うちも毎日してたのは新婚の頃までだったなぁ。いいなぁ、みっちゃん」

「毎日⁉　あれを毎日なんて、のんちゃんすごいね。私はまだ体が慣れなくて、週末だけでも精一杯で……」

「え？　みっちゃんだって……えっ⁉」

二人は勢いよく顔を見合わせると、また何かをコソコソ話し出す。

……いい加減ちょっと疎外感を感じる。いいよ、いいよ、私はサラダを堪能《たんのう》するから。やっぱりここのシーザーサラダは美味《おい》しいっ。

んぐんぐと一人でサラダを食べていたら、ようやく二人が私のほうを見た。

「ねぇねぇ、来月の中学の同窓会の時にさ、みっちゃん、彼氏さんに会場まで送ってもらいなよ」

「え？」

「みっちゃん、電車で行くって言ってたけど、結構遠いしさ。本当はうちの旦那さんの車で二人を拾って行こうと思ってたんだけど、みっちゃんとちーちゃん家《ち》、方向が逆だから、どっちから行こうか悩んでたんだよね」

「だから私は電車で行くから気にしないで」

「だってみっちゃん、酷《ひど》い方向音痴じゃない。一回も行ったことのない場所に迷わず行ける？」

「地図も住所も書いてあったから大丈夫だって」

「遊園地で地図を見て迷子になったのは誰だっけ？」

「あう……」

「聞くだけ聞いてみなよ。ダメなら私が拾って行くから」

「わかった、ありがとう」

「で、その時是非とも私たちに紹介してね」

声を合わせて言う二人に、それが目的だったのか……と苦笑しながら、やっぱり逸人さんはすごいと思った。実は今日二人に会って逸人さんのことを話すと伝えたら、「もし俺に会いたいと言ってきたら、いつでも顔を出しに行くよ」と言ってくれていたのだ。きっと二人の反応を予想していたんだろうな。

だけど……逸人さんには申し訳ないけど、もし逸人さんが一緒なら、会場に行く間も憂鬱《ゆううつ》にならなくてすみそう。来月の同窓会は中学を卒業してから初めてのもので、正直私は行きたくなかった。私が告白してふられた相手も、きっと来るからだ。でも、私が行かないと言ったら二人も行かないと言う気がしたから、参加することにしたんだよね。

(家に帰ったら、逸人さんに電話してお願いしてみよう)

そのあとも逸人さんとはどんな出会いだった？　などなどを聞いてくる二人に恥《は》ずかしいけど答えつつ、いつものように閉店まで三人でゆっくりと食事を楽しんだ。

＊＊＊

同窓会がある土曜日の朝、目が覚めると私は逸人さんの腕の中だった。えっ⁉　いつの間にベッドに入ったんだっけ、と慌《あわ》ててしまう。確か、リビングのソファでテレビを観ながら、逸人さんの帰りを待っていたはずなのに……

新年度が始まったばかりの今、逸人さんはとっても忙しい。

いや、もともと私とは比べものにならないほど忙しい人だったんだけど、それでも二十二時には帰れていたし、たまに二十時とかに帰れる時は二人で夕食を食べることもあった。

だけど……ここ二週間くらいは毎日日付が変わってからの帰宅になっているらしく、当然一緒に夕飯は食べられないし、会えない夜にかかってきていた電話もなかった。その代わりに、朝起きて深夜に届いていたメールを見る。そんな日がしばらく続いている。

私みたいな一般社員は、いつもよりちょっと忙しいなぁくらいだけど、部長さんともなるとやっぱり色々違うみたいだ。先週の週末は逸人さんが出張だったので、久しぶりに週末を自分の家ですごした。

そんな忙しい彼に、

「ごめん、金曜、帰る頃には日付が変わっちゃいそうなんだ。だけど土日の休みは確保したから家に来ていてほしい。先に寝ていていいから。いい加減、美奈の顔が見たい」

なんて言われたら、来ないわけがないわけで……

家で両親と夕食を食べたあと、逸人さんの夜食にしようと多めに作っておいた夕飯を持って、彼の家を訪れたのだ。

家主がいない家に上がるのは抵抗があったけど、「いつでも勝手に入っていいから」と付き合ってすぐにもらっていた合鍵を、初めて使ってみた。

予想通り空《から》っぽの冷蔵庫に食材を入れる。

タッパーに詰めていた夕飯を食器に移したところまでは、しっかり覚えているんだけどなぁ。

きっと逸人さんがベッドに連れてきてくれたんだろうけど、仕事で疲れて帰ってきた彼にこの重い体を運ばせてしまったのかと思うと、申し訳なさに涙が……

軽くため息をついてから逸人さんの寝顔を見つめる。

深く眠っているその顔は、最後に見た時より少し痩《や》せている気がする。顔色もあまりよくないけど、ちゃんとご飯食べているのかな……？　きっと、外食やコンビニばっかりなんだろうなぁ。

そんな彼に美味《おい》しい朝ご飯を用意するため、私は居心地のいい腕の中から、えいっと抜け出した――

「フンっんん、んっん～ん～、フンっんん、んっん～ん～」

鼻歌を歌いながら準備したのは、野菜と卵の雑炊と、アジの開き、出し巻き卵と昨日作っておいた浅漬け。普段朝食をほとんど食べない逸人さんには少し重いかもしれないけど、残ったら私のお昼ご飯にすればいいかな。

パクチー以外は嫌いな物がない逸人さんは、何を作っても美味《おい》しそうに食べてくれる。だけど、どうやら洋食より和食のほうが好きみたいで、和食だとわかりやすく食べる量が増える。そんなわけで、逸人さんの家で食べる時は自然と和食を並べることが多くなった。

朝食の準備が終わってキッチンを片付けていると、背後から腰を掴《つか》まれ後ろに引かれた。

「わっ」

ボスンッと背中に温かくて硬い感触を感じて上を仰ぎ見ると、逆さまになった逸人さんの顔があった。寝起きで少しとろんとした目が、私を見て嬉しそうに細められる。

「おはよう、すごくいい匂いがする。朝食を作ってくれたのか?」

「う、うん。ちょっと多いかもしれないから、無理して食べなくてもいいからね」

「大丈夫、美奈のご飯は旨《うま》いからきっと食べられる」

「えと……ありがとう」

美味しいって言われるとやっぱり嬉しい。でもちょっと照れてしまって視線を逸《そ》らすと、おでこにちゅっと軽い音を立ててキスされた。

「は、逸人さんっ」

「あー……、美奈だー」

続いてぎゅっと抱きしめられ、頭の上に逸人さんの頬《ほお》が置かれる。そしてさらに腕に力を込められた。嬉しいけど、いったいどうしたんだろう？

「逸人さん……？　どうかしたの？」

「んー……美奈を補充している」

「補充？　私を？」

「今週はどうしても時間が取れなかったからなぁ。先週は出張が入ったせいで土日が潰《つぶ》れたし、美奈が足りない」

「た、足りないって……」

「美奈は？　俺が足りてる？」

「………」

答えなんて決まっている。二週間もまともに会えなかったのは、付き合ってから初めてだった。

今まで何度か友達の愚痴《ぐち》で「彼氏と会えなくて寂しい」って聞かされたけど、正直、一週間や一ヶ月くらいでそんなに寂しいものなのかな？　って思っていた。

少し前なら、逸人さんが忙しくて会えなくても、やっぱり「たった二週間」と思っていたと思う。仕事が大変なんだし、私と会うより逸人さんが休めたほうがいいって。でも、今はちょっとでもいいから会いたいと思ってしまう。「おやすみ」だけでもいいから声が聞きたいって思ってしまう。

(どうしよう……私、毎日毎日逸人さんのことばっかり考えちゃってる。でも、逸人さんが仕事で大変だっていうのに、会いたいなんて我儘《わがまま》言っちゃいけないし)

そんなことを悩んだ二週間だった。

でも、もしかしたら逸人さんも同じ気持ちだったのかな？　ちょっとでもいいから私に会いたいと思ってくれていたのかな？

痛いほどに抱きしめてくる腕の強さが、その答えを教えてくれていた。

「わ、たしも……、寂しかっ……んんぅ」

最後まで言う前に、顎《あご》を持ち上げられ唇を塞《ふさ》がれた。すぐに入ってきた舌に、恐る恐る自分の舌で触れてみると、絡め取られ吸われる。朝日が差し込む部屋の中でするにはちょっと恥《は》ずかしいキスが終わると、腕の力も緩《ゆる》められた。

「はぁっ……」

「まあとりあえずこれで我慢しておく」

「が、我慢……ですか」

「ああ、続きは今夜だな。楽しみにしてるよ」

逸人さんはにっこりと笑うと、顔を洗ってくると言って洗面所に向かっていく。

その背中を見送りながら、私はまだ激しく動いている心臓を落ち着かせようと深呼吸をした。顔に集まっている熱は、少しの怖さと恥ずかしさ、そして嬉しさのせいだと思う。

（まだ朝なのに、今夜がとっても待ち遠しい――）

熱くなった顔を手でパタパタと扇《あお》ぎながら、私は朝食をテーブルへと運んだ。


少し遅めの朝食は、綺麗に全部なくなった。量が多いかな？　と心配だったけど、大半が逸人さんの胃に収まった。

寝起きとは思えないほどの食欲をみせた逸人さんは、やっぱりここ最近、外食ばっかりだったらしい。「濃い味に飽きていたから、雑炊が嬉しい」と喜んでくれた。

「この浅漬け、旨《うま》いな。どこで買ったんだ？」

「それは昨日作っておいたの。少ししょっぱいかと思って心配だったんだけど、口にあったなら良かった」

「作った？　これを？　漬物って自分で作れるのか？」

「さすがに糠《ぬか》漬《づ》けは毎日手をかけないといけないからやらないけど、浅漬けならすぐできるよ」

「へぇ……。ああ、昨日の夜食もありがとう。美味《おい》しかったよ」

「あ、うん。うちの夕飯の残りで申し訳ないんだけど」

「筍《たけのこ》ご飯、すっごく旨かった。もう一度食べたいな」

「じゃあ明日また作るね」

「んー……それはたぶん無理だから、また来週でいいよ」

「え？　材料を買ってくればすぐに……」

「ああ、でも明日の美奈はまともに立っていられない予定だから」

「そ……そうなんですか……」

「そうなんですよ」

こ、これはご飯食べている時にしていい会話じゃないよねっ⁉　困ってひたすらお箸《はし》を動かした。そんな私を見て逸人さんが笑っている。ひ、酷《ひど》いよ……。恨《うら》みがましく見ていると、逸人さんがそういえばと時計を見上げた。

「美奈、同窓会って何時から？」

「あ、えと……十七時から開始。だから十六時三十分に会場近くのコンビニでのんちゃんたちと待ち合わせして、一緒に行こうと思って」

「それじゃあ十五時三十分頃に出れば余裕だな」

「うん……。あの、逸人さん。私、やっぱり電車で行こうかと思っているの」

「何故？　友達は車だろ？」

「そうだけど、せっかくのお休みだし、逸人さんは家でゆっくりしていて」

「そんなこと気にしなくていい」

「でも……」

送ってもらえれば私はとっても助かるけど、こんなことで忙しい彼の休日を使うことに罪悪感があるわけで……

「本当に気にしなくていいから。そんなに心配しなくても、大して疲れてないよ」

「……うん……」

「そうだ、同窓会が終わって美奈を迎えに行ったら、帰りにNホテルに行って泊まろうか。この前Nホテルのランチを食べてみたいって言っていただろ？　明日はホテルのランチを食べて、買い物でもしよう」

「うん……」

申し訳ない気持ちは変わらないけど、結局彼の言葉に甘えることにした。お礼に今日のお昼ご飯は好きなものを用意するって言ったら、嬉しそうに「生姜焼《しょうがや》きが食べたい」と笑ってくれる。

その笑顔を見た時に、ふっと頭をよぎった妄想。もしこのまま逸人さんと付き合っていって、何年か経ったら……毎日こんな感じになるのかな？　その、結婚したら……って、気が早いよねっ。まだ付き合ってから二ヶ月くらいしか経ってないんだしっ。

「美奈？　暑いのか？　顔が真っ赤だぞ？」

「なっ、なんでもないっ。なんでもないのっ」

頭の中の妄想を追い払おうと勢いよく頭を左右に振った私は、逸人さんの視線から回避すべく、冷蔵庫の中身を確認すると言ってキッチンに逃げたのだった――


待ち合わせの場所として指定されたコンビニの駐車場では、既に二人がソワソワしながら待っていた。まだ時間には余裕があったけど、逸人さんに車を止めてもらって急いで降りる。

「ごめんねっ、待たせちゃった？」

「いやいや、私らもさっき来たとこなんだよ」

「みっちゃん迷わず来られた？」

「うん、逸人さんに連れてきてもらったから大丈夫だった」

そんな会話をしている間も、二人がチラチラと私の背後を見ている。視線の先にいる逸人さんは、車のエンジンを切るとゆっくりと降りてきて、私の隣に立った。

ちょ、二人の前でこの手は恥《は》ずかしいからやめてほしい……っ。

腰に添えられた手からさりげなく逃げようとしたのに、張り付いたように離れてくれ

ない っ。

(あぁっ、二人が見てるっ。目をキラキラさせながらこの手を見てるっ)

恥ずかしさをごまかすように、少し早口で逸人さんを紹介する。

「あの、こちらが私のかっ、彼氏っの、立花逸人さん。逸人さん、二人が私の中学からの友達の、小林千尋ちゃんと三浦望美ちゃんです」

「小林さん、三浦さん、はじめまして。立花といいます」

そう言って微笑《ほほえ》む逸人さんを、二人は口を開けてポカンと見上げていた。

(ほら、逸人さんはおじさんじゃないでしょ?)

私が何度、逸人さんはおじさんじゃない、私にはもったいないくらい全部がかっこいい人なんだって言っても、「まぁ、好きな人が自分にとっては一番かっこいい人だよね~」とニヤニヤしながら聞いていた二人。そんな二人も、ようやく私の話を信じてくれそうで嬉しい。

二人が私の話を疑っているとかじゃないけど、逸人さんの歳を聞いておじさんだって印象が強かったみたいだから、ちょっと悔しかったのだ。

思わずへらっと笑って二人を見てしまう。

先に我に返ったのは、のんちゃんだった。いや、のんちゃんの旦那さんである明《あきら》さんといったほうが正しいのかな? 二人の後ろから顔を出した明さんは、ホニャンとした笑顔で「望美、挨拶《あいさつ》は？」と言って、のんちゃんの背中をとんとんと叩いた。

のんちゃんが「とにかく優しいの〜」と惚気《のろけ》る明さんは、男性にしては少し低めの身長で、料理人らしく清潔感のある短い髪をした人。そして、トレードマークは黒縁《くろぶち》眼鏡だ。私やちーちゃんにもよくしてくれる、とてもいいお兄さん。そんな明さんに促《うなが》されたのんちゃんが、慌《あわ》てて何度も頭を下げながら自己紹介をした。

「はじめまして、三浦望美ですっ。みっちゃんにはいつもお世話になってます！　こっちは私の日那様の明です」

「はじめまして、よろしくお願いします」

そんなのんちゃんと明さんに、逸人さんも挨拶を返す。

「こちらこそ、よろしくお願いします。美奈からお二人のことはお聞きしています。とても仲がよいそうですね」

「そ、そんな……」

照れたように顔を見合わせている二人。隣にいたちーちゃんも、少し遅れて逸人さんに挨拶してくれた。

「小林千尋です。よろしくお願いします」

「小林さんもよろしくお願いします、今日は美奈のことを頼みます」

「それはもうっ、任せてくださいっ」

「じゃあ美奈、終わったら迎えに来るから、電話して？」

「うん。ごめんね、せっかくの土曜日なのに……」

「だから何度も言っただろう？　こんなこと大したことじゃない。気にせずに同窓会を楽しんでおいで」

「はい……」

そうして大きな手で頭を撫《な》でられながら頷《うなず》いた時……そんな私たちを声を出さずに見つめる六つの目の存在を思い出した。慌ててそっちに顔を向けると、ニヤニヤ笑う親友二人と、ニコニコ笑う親友の旦那様が一人。

「あのっ、これはっ」

「いいのいいの、うん、ねっ、ちーちゃん」

「いやぁ～安心したねぇ、のんちゃん」

「ちょっ、待ってっ、二人とも待ってーっ」

うんうんと頷きながら歩き出した二人の背中を追いかける。チラッと振り返ると、私の視線に気付いた逸人さんが軽く手を振ってくれた。そんな逸人さんに小さく手を振り返し、私は追いついた二人と一緒に会場の居酒屋へ向かった。

二人にとって、やっぱり逸人さんは予想以上の人だったみたいだ。この前も話したのに、居酒屋に着くまでずーっと逸人さんの話をしていた。

「いやぁ、でも想像以上にイケメンでビックリしたわ〜」

「確かに〜。しかも超ラブラブで、見ていてなんだかムズ痒《がゆ》かったね」

「うぅっ」

「あ〜、あの感じじゃ次のご祝儀はみっちゃん宛《あて》かなぁ」

「そうだね、立花さんの歳なら付き合うなら結婚を意識してるよね、きっと」

「けっ、結婚ってっ」

「やっぱそうだよね。みっちゃん、そこのところどうなの？」

「ど、どうって？」

「立花さんと結婚について何か話したりしてる？　結婚したら仕事はどうするか〜とか、向こうの親と一緒に住むのかとか」

「ええっ⁉　そ、そんなのまだ早いよっ！　私たちまだ付き合って二ヶ月しか経ってないのにっ」

「それもそっか」

「え〜付き合ってる期間なんて関係ないよ〜」

のんちゃんたちの会話に何とか相槌《あいづち》をうちながら、二ヶ月前まで自分には縁がないと思っていた『結婚』を、私は少し身近な存在に感じていた——

＊＊＊

同窓会自体は卒業してから初めてだったけど、ほとんどの子たちとは成人式の会場でも会っていたので、誰だかわからなくなるほど変わったなぁという子はいなかった。ただ……自分だってそうなんだけど、中学の時より伸びた背と、みんなでお酒を飲む場所にいることが、なんだか不思議。

「それでは久しぶりの再会を祝してっ、かんぱーいっ！」

「かんぱーいっ!!」

幹事の言葉で時間どおりに始まった同窓会は、学生にも人気の居酒屋が会場だった。

お酒が苦手な私はカルピスを飲みながら、みんなの近況を聞く。結婚しているのは四十人中、のんちゃんだけだった。比較的仲の良かった女の子たちは、一足早く人妻になったのんちゃんの恋バナに興味津々《きょうみしんしん》だ。

「おざわっちの旦那ってシェフなんだ～。どこの店なの？　今度行ってみたいっ」

「美味《おい》しいから是非行ってみて。池田《いけだ》ちゃんて、家どの辺？」

ちなみにのんちゃんの旧姓は小沢《おざわ》である。そうやって六人くらいで恋愛話や仕事の話をしていると、当然のように私にも話が振られた。

「もりちゃんは？　今彼氏いるの？」

「うん。いるよ」

「え～っ、いいないいな。どんな人なの？」

「同じ会社の別の部署の人だよ」

「みっちゃんの彼氏ったら、もう超かっこいいんだよ～」

「そうそう、しかもラブラブなんだよね～」

左右に座っているのんちゃんたちが「ねっ」っと同意を求めてくるけど、ら、ラブラブなんて言われたら反応に困る……っ。

「えとっ、とっ、トイレに行ってくるねっ」

「あっ、もりちゃんが逃げたっ」

「もりちゃんったら耳まで真っ赤になってるよ。戻ってきたらまた聞くからね～」

みんなのげらげら笑う声を背に、私はトイレに逃げたのだった……。

せっかくだからとトイレで用を済ませ、一回深呼吸をしてから通路に出ると、扉の前に一人の男の人が立っていた。……それは、すっかり大人の男の人になった私の初恋の相手――遠藤《えんどう》君だった。

予想していなかった遠藤君の出現に一瞬心臓が跳ねたけど、彼もトイレに来たんだろうと思い、そのまま横を通り過ぎる。

「……っ、森下っ」

「えっ？」

名前を呼ばれたうえに腕を取られ、驚いて遠藤君の顔を見上げた。そんな私を見て焦《あせ》ったように手を離した彼は、自分の足元をじっと見たまま動かない。

沈黙が続き、私もどうしていいのか困ってしまった。呼び止めたってことは、私に何か用があるんだと思う。ずっとこのままでいるわけにもいかないから、小さく息を吸って遠藤君に話しかけた。

「えと、久しぶり」

「あ、ああ……」

私が話しかけると勢いよく顔を上げた遠藤君。でも目が合うと、さっと逸《そ》らされる。

（本当にどうしたんだろう……？）

「あの……私に何か話がある……ん、だよね？」

「……」

「遠藤君？」

名前を呼ぶと、やっと私と目を合わせてくれた。が、次の瞬間、彼は勢いよく体を九十度折った。

「ごめんっ!!」

「ちょっ、遠藤君!?　どうしたの?」

「俺、昔……森下にホントに酷《ひど》いこと言ったたっ。ごめんっ!」

「遠藤君……」

それは、あの告白の返事のことだろうか?　突然の謝罪にどうすればいいのかわからなくて、ただ彼のつむじを見つめる。何も言えずにいる私に、遠藤君は頭を下げたまま言葉を重ねた。

「俺……あの頃は恋愛とか本当に興味なくて、男とか女とかそんなのあんまり考えたことなくて……森下のことも気の合う友達だと思っていた。だから森下が俺のことどう見ていたかなんて考えたことなかったんだ。それにああいうことも初めてだったから……その、テンパッちまって……。家に帰って姉ちゃ……姉に話したら、すっげー叱られて拳骨《げんこつ》くらって、次の日に謝ろうと思ったんだっ。だけど、なんでかあのことがクラス中に知られてて、からかわれて……。それ以上からかわれるのが嫌で森下を避けた。本当に、悪かったっ。ごめんっ!」

野球部に入っていた遠藤君は、あの頃は青々とした坊主頭の少年だった。クラスで一番小さかった(悲しいけど身長だけ)私と、クラスで二番目に小さかった遠藤君。全校集会や遠足ではクラスの先頭にいつも並んで立っていた。何度か席が近くなったこともあって、あの頃の私が一番仲の良かった男の子。

あの頃、私と変わらなかった身長は、今では見上げなければいけないほど伸びている。

あの頃、青々としていたその頭には、今では少し茶色がかった柔らかそうな髪がある。

あの頃、女の子たちと変わらず高かった声は、今では大人の男の人の声になっている。

遠藤君が変わったその分だけ……私たちは大人になったんだろう。

「気にしてないよ」

自然と出た言葉に、遠藤君はこれまた勢いよく顔を上げた。

「私は全然気にしてないから、遠藤君も気にしないで？」

「森下……」

昔、戦い始めたばかりの頃……やっぱりすぐには変化があるわけじゃなく、何度もくじけそうになっていた私に、母が言った。

『結果というのは、ほとんどの場合すぐに出るものじゃない。たった数日行動したくらいで諦めるな。辛いなら、お前がまた頑張れるように私たちがいつでも話を聞く。泣きたいなら、いつだってお前を抱きしめる。だから……美奈、人を恨《うら》むな。理不尽なことに腹を立ててもいい、泣いてもまあいい。それでも美奈は、何かを、誰かを恨むのではなく、許せる人間になってくれ。すべてを受け止めなくてもいい。ただ、相手が真摯《しんし》に話した言葉を、しっかりと聞ける人間になってほしいんだ。心から後悔している人間を……許せる大人になれ、美奈』

言われた時は、正直よく意味がわからなかった。なんせ私が小学生の時に言われた言葉だ。いつかと同じように、兄たちが頭を抱えていたのを覚えている。

なんとなく意味がわかるようになってからは、そんなこと無理だとも思った。なんで自分を虐《いじ》める人を許さなくちゃいけないのって。

だけど、今……母が言っていた言葉の意味が、初めてちゃんとわかった気がする。

本当に悪かったと思ってくれている人の言葉を受け入れることで、その人も……きっと私自身も、そのことを過去のことにできるんだと思う。母の中では違う意味だったのかもしれないけど、私はそう思う。

遠藤君は、あの時のことを本当に後悔してくれている。気にしているのは自分だけだと思っていたのが申し訳ないくらい、後悔してくれていた。そんな彼の謝罪の言葉を聞いてしまったら、返す言葉は決まっている。

「今の今まで忘れていたくらいなんだ。だから遠藤君も気にしないで忘れて？　……だけど、遠藤君の気持ちは嬉しかった。ありがとうね」

「森下……ごめんな。ありがとう」

そう言って笑った遠藤君には、少しだけ……あの頃の面影《おもかげ》があった——

遠藤君と二人で戻ると、何故だかみんなが一斉に私たちのほうを見てきた。

（何っ⁉　なんか怖いよっ⁉）

ビックリしながらも、のんちゃんたちのほうへ向かう。すると、「ほら〜っ！　やっぱり二人で抜けてたよっ」という声が響いた。

「え？」

「何だ？」

声の主は横川《よこかわ》さん。彼女たちのグループは色々と派手な噂《うわさ》やその言動で、いつも注目の的だった。そして、はっきりと言われたわけじゃないけど、私はたぶん横川さんにあまり好かれていなかった。何度か悪意の標的にされそうになったけど、その度に、のんちゃんたちに助けてもらっていた。だから正直苦手な人なんだけど……

その彼女にニヤニヤと笑われているこの状況に、なんだか嫌な予感がした。お酒のためかほんのり顔を赤くしている彼女は、私と遠藤君を指差しながら大きな声で続けた。

「なになにっ、遠藤ったらいつからデブでもよくなったの〜？」

その声は、やけに静まり返ったこの部屋に、とてもよく響いた。

隣に座っている子が、横川さんの腕を引っ張っている。けれどそれに気付かないほど酔っているのか、彼女は一人、けらけら笑いながら手に持っているビールを飲み干し、再び私に視線を向けた。

「森下さんもさぁ〜。デブでふられたのに未だにその体型ってやばいでしょっ。私なら、あんなこと言われたら、絶対死ぬ気でダイエットするねっ。努力が足りないんだよ〜っ、努力がっ」

「そ、うだね。もっとダイエット頑張らないと」

正直、こんな会話にはもう慣れてしまっていた。だから、いつものようにへらっと笑いながらそう返す。すると、一瞬彼女の顔が歪《ゆが》んだように見えた。本当に一瞬のことで、すぐにまた笑っていたから見間違いかもしれないけど……

「あの時、すぐ近くにいたんだよね、私。三組の中田《なかた》がエッチしたいってうるさいから、一緒に場所を探してたら面白いもの見ちゃってっ。だからすぐみんなに教えてあげたじゃんっ、みんなも笑ってたでしょ〜?」

そう言った横川さんが部屋を見回す。その横川さんの視線を、みんな、顔を逸《そ》らすことで避けていた。異様に静まり返っている状況に、彼女は面白くなさそうに目を細めたあと、声を荒らげた。

「なによっ、みんなもバカにしてたじゃないっ!」

「いい加減にしろよっ!」

横川さんの声に被せるように響いた遠藤君の声。慌《あわ》てて遠藤君の腕を軽く引っ張ったけど、彼は横川さんを睨《にら》み続ける。

「なんで遠藤なんかに怒鳴られなきゃいけないわけっ⁉」

「怒鳴られるようなことをしているからだろうがっ」

「はぁ⁉　意味わかんないんだけどっ」

「おまえっ……」

「えっ、遠藤君っ、いいから、大丈夫だから」

「いいわけないだろうっ」

「いいのっ、本当に。横川さん、私と遠藤君はトイレのタイミングが一緒になっただけだよ。みんなもなんか……ごめんね。気にしないで、ほら、飲んで飲んでっ」

そう声をかけると、気まずそうにしながらも各々《おのおの》会話を再開してくれた。

そのことにほっとしながら、遠藤君に小さく「ごめんね」と言うと、「森下は何も悪くないだろ」と不機嫌そうに返された。

でも、うん、なんかごめん。

急いで席に戻ると、のんちゃんたちが怒りに震えていた。

「ごめんねっ、みっちゃんっ。あまりに頭にきて声が出なくて……言い返すタイミングを逃《のが》しちゃった」

「横川の言ってることなんて気にしちゃダメだよっ。あの女、本当にシバキ倒してやりたいっ」

「私は大丈夫だから、二人も気にしないで」

この同窓会に出るって決めた時に、ある程度の覚悟はしていた。お酒の入る場所だし、もしかしたらあのことを肴《さかな》にする人もいるかもしれないなって。だから本当に二人や遠藤君が気にすることはないんだ。

「たぶん、もりちゃんは八つ当たりされたんだと思う」

同じテーブルにいた子が、ふいに口を開いた。

「え？」

「私ん家《ち》、横川さんの家と近いから色々噂《うわさ》で聞くんだよね……。横川さん、大学出たあと就職浪人になって、スーパーでレジ打ちのアルバイトをしてたらしいんだけど、そこの店長と不倫して、奥さんとすごい修羅場《しゅらば》を繰り広げたらしいよ」

「何それっ、マジで⁉」

「近所でも色々言われてるし、バイトもクビになったらしいし、誰かに八つ当たりしたくて堪《たま》らないんだと思う」

その子の話にみんなが前のめりになって加わるのを見ながら、やっぱり私は彼女に嫌われていたんだな、と感じた。誰にも嫌われないでいられるなんて思ってないけど、少しだけ胸が重くなる。それをごまかすようにギュッと握った拳《こぶし》で心臓の上をトントンと叩いているうちに、なんだか無性に逸人さんに会いたくなった。優しく細められるあの目を見たい、あの大きな手に触れてほしくて仕方ない。

そんなことを考えていたら、いつの間にかボーっとしてしまっていたみたいだ。「そうしなよっ！　みっちゃんっ」というちーちゃんの声で、ようやくみんなが私を見ていることに気付いた。

「えっと、ごめん、聞いてなかった」

「だからさっ、立花さんにコンビニじゃなくて、ここに迎えに来てもらいなよっ」

「え？　なんで？」

いきなりの言葉にビックリしながら聞き返すと、興奮したように早口で言われた。

「だってなんか悔しいじゃんっ、立花さんを見たら、横川、絶対悔しがると思うよっ」

「確かに……立花さん、かっこよかったもんね」

「そうしなよ、もりちゃんっ。彼氏イケメンなんでしょ？」

「横川に見せびらかしちゃいなよっ」

「それは駄目だよ」

自分でも驚くほどキツイ声を出してしまった。目を丸くしているちーちゃんたちを見て、言葉に気を付けて言い直す。

「逸人さんは見世物じゃないから。のんちゃんとちーちゃんに会ってもらったのは、逸人さんも、二人も、私にとって、とっても大事な人たちだから。……この場所に逸人さんを呼ぶのは、意味が違うと思う」

「みっちゃん……」

「ごめん、私が間違ってた。頭に血が上るとすぐこれだ……。ホントごめん」

「ううん。私のことで怒ってくれてありがとう」

そう言うと二人は「当たり前だよっ」と言ってくれた。他の子も顔を見合わせながら、ごめんと言ってきてくれた。それに応《こた》えながら、やっぱり私は来ないほうが良かったのかもしれないなと思った。

遠藤君と話せたことも、他の子に会えたことも嬉しかったけど、この場の楽しい空気を壊してしまったから。

……昔から、横川さんはよく私にあたってきた。はっきりと虐《いじ》めというほどのものではなかったけど、世の中には生理的にどうしても気に入らないって人もいるみたいだし、私と横川さんはきっと相性が悪いんだろう。

(会いたいな、逸人さんに会いたい。ギュッと抱きしめてほしい……)

そんなことを思いながら、氷が解けてほとんど味のしなくなったカルピスを、グイっと一気に飲み干した――

同窓会が終わり逸人さんに電話をすると、もうさっきのコンビニで待っていると言われた。

のんちゃんたちも明さんとそこで待ち合わせしているそうなので、また三人で居酒屋からコンビニまで歩く。駐車場に並べるように車を止めて、缶コーヒーを飲みながら明さんと話している逸人さんを見つけた瞬間、思わず駆け寄ってしまった。

「逸人さん、待たせちゃってごめんなさいっ」

「そんなに待ってないよ。同窓会は楽しかった？」

「はい」

「そう。じゃあ行こうか」

そう言って車に乗る逸人さんに続いて、助手席のドアを開ける。のんちゃんたちにまたねと声をかけるために振り返ると、二人が慌《あわ》てたように明さんの車の後部座席を開けながら叫んだ。

「あっ、ごめん、みっちゃんっ！　ちょっと待ってて っ！」

「待って待ってっ、渡したい物があるのっ」

「え？」

ドアを開けたまま体を二人に向けると、「遅くなったけど、誕生日おめでとうっ!!」と大きな袋を渡された。

「わ〜っ、ありがとう〜」

「こっちはおまけっ」

もう一つ小さな袋を渡される。お礼を言いながら中を見ようとすると、何故か二人に止められた。

「あっ、中身は家でゆっくり見てね」

「そうそう、またメールで感想教えてくれればいいから」

「え？　わ、わかった。じゃあ、またメールするね」

（おかしいな、いつもはその場で開けて感想を言っているのに）

そんな疑問が頭に浮かんだけど、今日は三人だけじゃないからそれでかな？　と納得した。

二人にもう一度お礼とまたねと声をかけてから振り返ると、ハンドルに右肘《みぎひじ》をつき、にっこり微笑《ほほえ》んだ逸人さんがこっちを見ていた。

心なしか車の中の空気がおかしい……。小さく「逸人さん？」と呼びかけると、逸人さんが目を細めて首を傾《かし》げた。

「美奈、誕生日っていうのは誰の？　もしかして美奈の誕生日なのかな？　遅くなったってことはもう過ぎたってことだよね？」

「あっ……」

「おかしいな、俺はそんな話、聞いた覚えがないんだが？」

「えっと、あの」

「……とりあえず、車を出すから乗って」

「は、はいっ」

しまったと焦《あせ》りながらも車に乗って、のんちゃんたちに小さく手を振る。

ゆっくりと走り出した車の中には、なんともいえない重い空気が漂《ただよ》っていた。

（どうしよう……どうしよう……どうしよう……）

この状況をどうにかしなくちゃと思うのに、何を言えばいいのかわからない。考えてみたら、私たちはまだ喧嘩《けんか》も言い合いもしたことがなかった。

逸人さんは優しい人だし、私が逸人さんに対して不満を持つことなんて何もなかったから。喧嘩をしたことがないということは、仲直りをしたこともないわけで……

何を言えば、どう言い訳をしたら彼の機嫌が直るか必死に考えるけど、何も思いつかない。

自分の膝《ひざ》を見つめながらグルグルと考えていたら、ふいに車が止まった。

逸人さんに「着いたよ」と声をかけられ、慌《あわ》てて顔を上げる。そこは逸人さんのマンションの地下駐車場だった。え？　と思って彼のほうを見ると、苦笑し一度深い息を吐いてから言われた。

「ごめん、ちょっとあのままホテルに行く気になれなかった。一度部屋で話そうか」

それに勢いよく頭を上下に振る。何も言わないまま進んでいく彼の背中を見つめながら、私は数時間前に出た部屋へと帰った。


「それで、美奈の誕生日はいつだったんだ？」

私をソファに座らせると、逸人さんはその足元に座って聞いてくる。私は小さな声で「先週の、木曜、でした……」と答えた。

「そうか……」

「あ、あの、ごめんなさいっ、私、あのっ」

「……うん。大丈夫、わかってるから」

「え？」

「俺が忙しそうだったから、気を遣ったんだろう？　あとは……そうだな、付き合い始めたばかりだし、プレゼントをねだるみたいで自分から誕生日なんだと言いづらかった、とか。そんなとこだと思うけど」

「……」

思っていたことを言い当てられた私は、言葉が出なくなった。

誕生日のこと、本当は何度か逸人さんに言ってみようかと思ったのだ。プレゼントなんていらない。忙しいことも知っていたし、会えなくてもよかった。ただ、電話でもいいから「おめでとう」と言ってほしくて……

でも、それを言ったらきっと逸人さんは無理やりにでも時間を作ってくれるんじゃないかと思ったら、伝えられなかった。いつか、何かのついでにでも教えられたら、来年は一緒に過ごせるかな？　そう思って……

「美奈、俺は美奈が好きだよ。お人よしなところも、人のことばかり優先するところも、他人を気遣えるところも、全部美奈の美点だと思っている。だけど……」

「逸人さん？」

「だけど、美奈はどうなんだろう？　俺は美奈にちゃんと彼氏だと認識されているのかな？」

「そんなの当たり前だよっ、わっ、私も逸人さんが大好きですっ」

「ならなんでいつまで経っても俺に遠慮ばかりするんだっ！　呼ばなければ家に来ないし我儘《わがまま》も言わないいっ、電話やメールも俺がしなければきっと美奈からは何もしてこないだろうっ⁉」

声を荒らげる逸人さんを、呆然《ぼうぜん》と見つめた。

言われた言葉をもう一度頭の中で繰り返す。何か言わなきゃという思いと、何も言えないという思いが胸の中に渦巻《うずま》いていた。

確かに私はいつも彼からの連絡を待っていた。ただ、待っていたんだ。連絡がない日はきっと忙しいんだろう、なら私からの連絡も迷惑かもしれない、と。いくら合鍵をもらっても、好きな時に来ていいからと言われても、呼ばれていないのに行ったら迷惑だろう、と。

我儘《わがまま》を言って彼を煩《わずら》わせたくない、そんなことで嫌われたくない。そんなことばかりを考えて、逸人さんが何を思っているのかなんて考えたことなかった。……いつも私がそうであるように、彼が私からの連絡を楽しみに待っていたかもしれないなんて、考えたこともなかった。

もし……もし彼の誕生日を私があとから知ったらどう思うだろう？　なんで教えてくれなかったんだろうって、悲しくて、不安で……

なんでそんなことがわからなかったんだろう。

逸人さんにちゃんと謝らないと。そう思って声を出そうとしたのに、先に彼が「ごめん」と言って苦笑した。そして膝《ひざ》の上に置いていた私の手を両手で包み込み、まるで祈るようにその上におでこをつける。

「逸人さんは何も悪くないっ。私がいけなかったの、ごめんなさい」

「いや、美奈ならこんなこともあるかもしれないってわかっていたはずなんだ。やっと手に入れたと思って油断していた俺がいけない。それに、怒鳴るつもりはなかったんだ。

悪かった」

「逸人さんが怒るのは当たり前だから。私がもし逆の立場だったらやっぱり悲しいから……。本当にごめんなさい」

「うん。美奈……、俺は美奈の一番近くにいたいんだ。家族より、友達よりずっと近くに」

「あの……」

「我儘言っていいんだ。寂しかったらそう言ってくれたほうが嬉しい。確かに俺が家に帰る時間は遅いけど、美奈の好きな時にこの家に来ていいんだ。電話だってメールだって、友達にするように俺にもしてほしい。正直、俺は今日、美奈の友達二人が羨《うらや》ましかったよ」

「逸人さん……」

いきなりは難しいかもしれない。それでも思っていることはちゃんと伝えなきゃいけない。

逸人さんは私よりずっと大人なんだから、私が我儘を言いすぎたり、やってはいけないことをしたりすれば、きっとしっかり教えてくれるだろう。

しばらく私も逸人さんも何も言わなかった。それはさっきの車での沈黙とは違って、気が重くなるようなものじゃない。でもそろそろ、ちゃんと顔を見たかった。だから逸人さんに隣に座ってくれるようにお願いしようとしたんだけど、またもや逸人さんが一瞬早く口を開いた。

「美奈、これは誕生日プレゼントじゃないから」

「え？」

そう言って逸人さんは私の右手をとり、薬指に白銀色《しろがねいろ》の指輪を嵌《は》めた。指輪の中央には。ピンク色の石で桜の花が象《かたど》られ、その周りを小さなダイヤが囲んでいる。驚いて指輪を凝視《ぎょうし》していると、膝《ひざ》立ちになった逸人さんが私の首に腕を回す。次の瞬間、私の首元には指輪と同じピンクの桜が咲いた。

「逸人さん……？」

鼻先が触れるほど近くにある逸人さんの顔。それを呆然《ぼうぜん》と見つめていると、私の一番好きな、目じりを下げた優しい微笑《びしょう》を浮かべ見つめ返してくれた。

「これはうちの祖母の形見なんだ。祖母の名前が『桜子《さくらこ》』だからってジジィが贈ったらしい。母親と伯母が祖母から一つずつ受け継いだんだけど、もうずいぶん前に俺がもらっていたんだ。自分たちではもう可愛すぎてつけられないから、俺にいい子ができたらやってくれって言われて……」

「そんな大事なのっ……」

「これを渡したら美奈に少しは俺の気持ちが伝わるかもしれないと思ってね」

そう言って私の左手をとった逸人さんが、薬指に優しく口付ける。

「美奈、近い将来、ここにつける指輪を用意して、君に伝えたいことがある。だからそれまでに気持ちの準備をしておいてほしい」

その手のその指の意味を知らない女性がいるだろうか……。私を見上げてくる逸人さんの顔がどんどん涙で滲《にじ》んで見えなくなってくる。

そんな私に、「わかった？」と優しく笑いかけてくれる逸人さん。何度も頷《うなず》いて応《こた》えると、彼は伸び上がって私の額《ひたい》、両頬《ほほ》、そして唇にチュッと軽いキスをくれる。

「逸人さん、ありがとうっ。わ、私、大事にするから、この、指輪も、ネックレスも大事にするからっ」

「うん、そうしてもらえると嬉しいよ。でもさっきも言ったけど、これは誕生日プレゼントじゃないから。誕生日プレゼントは、お仕置きが終わったら買いに行こうか」

「そんなっ、もう十分だか……ら……。あ、の……お仕、置き？」

「ああ、俺に誕生日を隠していたイケナイ子には、しっかり反省をしてもらわないといけないだろう？」

「反省しましたっ！　もうっ！　十分反省しましたっ！」

「聞こえない」

にっこり笑うその顔は、私がいつも逃げたくなる魔王様の笑顔でした。

今夜は眠れないかもしれない、そんな予感に体が震えたのだった……。

「お仕置きしないとね」と言われたから、どんなことが待っているんだろうと恐々《きょうきょう》としていたんだけど、いつものように優しく触れられるだけだった。

二人で別々にシャワーを浴びて、ベッドの上でキスをする。大きな手で胸を、腰を、お尻を、太腿《ふともも》を優しく撫《な》でられるたびに、快感に産毛《うぶげ》が逆立った。キスが欲しくて逸人さんに顔を寄せると、小さく笑みを零《こぼ》した唇が求めたものを与えてくれる。

自然と漏《も》れる声をキスで掻《か》き消されているうちに、私の秘所がしっとりと濡れてくる。少し体をずらした逸人さんが、私が零《こぼ》した愛液を纏《まと》わせた指で秘芯をクリクリといじった。その強い刺激に背中を跳ねさせると、次は胸の頂《いただき》を口に含まれた。そのまま強く吸われ、さらにじわっと愛液が溢《あふ》れる。

「ふぁっ……」

「ふふ、気持ちいい？」

「……気持ちいい……」

「…………」

聞かれるままに答えると、私の胸を口に含んだまま逸人さんが動きを止めた。

今まで何度も行為の最中に聞かれていたけど、恥《は》ずかしくて答えられなかった。だけど、言葉は大事だって改めて思ったから頑張って答えたんだけど……失敗だったのかな……？

空回《からまわ》りした自分がなんだかとっても恥ずかしくて逸人さんから顔を背《そむ》けると、急に頂を歯で強く噛《か》まれた。

「痛っ」

「……本当は久しぶりだし、ゆっくり溶かしてからと思っていたんだけど……」

「え？　あ、あっ、ふぅっんっ」

さっきまでその周りに触れるだけで、一度も膣内《なか》に入ってこなかった指が、一気に二本も中に挿入される。少しだけピリッとした痛みを感じたけど、膣《ちつ》を拡げるように指を回されると、その刺激に掻き消され、気にならなくなった。

左手で胸を揉まれながら頂を吸われ、右手の親指で秘芯を押しつぶされる。そして中に入った指はその速度を上げつつ出し入れを繰り返す。

「あっ、やぁっ、……あぁっ、あっ、あっ、んぁあっ！」

漏れ出る声を気にする余裕もないほど、急速に高みに連れていかれる。次の瞬間、閉じた瞼《まぶた》の裏が真っ白に染まった。

ゆっくりと目を開けるけど、まだ目の前がチカチカする。そんな私の唇にチュッと軽い音を立ててキスをしたあと、逸人さんは私の横に移動し、ベッドのヘッドボードに背中を預けた。そして枕元に転がっていた箱の中から四角いパッケージを取り出し、封を切って装着する。

私は恥《は》ずかしくって、未だに彼のそこが見られない。呼吸を整えながら目を閉じて次にくるであろう快感に備えていると、彼が私の頭を撫《な》で、よくわからないことを言った。

「じゃあ美奈、来て」

「え?」

目を開けて見上げると、彼はいつものように微笑《ほほえ》んだまま、自身のそこを指差して言う。

「美奈、ここに座って」

「…………え?」

「今日はお仕置きだって言っただろう? 今までしなかったことをしなくちゃ、お仕置きにならないじゃないか」

「で、でもっ、そこに座るって……」

「大丈夫、ちゃんと俺が支えてあげるから。いいからほら起きて、こっちにおいで」

しばらく逸人さんの顔を凝視《ぎょうし》していたけど、彼は笑ったままそれ以上何も言わなかった。

(座るって、あ、あれの上に?)

恐る恐る見た彼のそこは、あまりにも長く大きく見えた。薄い膜に包まれた先端が、彼の引き締まったお腹に付いている。

あれを何度も受け入れていたなんて正直信じられないっ。無理無理無理っ、あれを自分でなんて無理だよ！　……でも、このまま黙って見ていても、逸人さんは絶対引いてくれないことも、なんとなくわかっている。

意を決して起き上がり、のろのろと彼に近づく。ここに手を置いていいからと言われ、両手を逸人さんの肩にもっていかれた。

そのまま促《うなが》されてゆっくりと腰を落としていくと、秘芯にその先端が当たる。その瞬間、思わず腰を上げてしまった。

どうしよう……と固まっていると、逸人さんがクスッと笑って私の入り口に先端を押し当て、ぐっと私の腰を下へと押した。ずぶっと押し込まれる感触に、腕と膝《ひざ》の力が抜けて、一気に腰を落としてしまう。

「やっあああぁぁっ！」

「っく、ぅ……」

十分に溶かされた膣内《なか》は、恐怖を覚えるほど長く大きいそれを簡単に呑み込んだ。背筋を走った快感に、全身の力が抜けて逸人さんの胸の中へと倒れこんでしまう。

「ふっ、んんっ、ん……」

「上手く呑み込めたね」

そう言った逸人さんに頭の天辺にキスをされ、腰を撫でられた。そのまま両手でお尻をグニュグニュと揉みしだかれる。そうされると膣内《なか》の彼の存在をより強く感じてしまい、自然と声が出た。

「あっ、ふぅ……う……」

「じゃあ次は動いてみようか」

「え……？」

「このままじゃ二人とも辛いだろう？　今日は美奈が腰を上下に動かして」

「そんなの無理だよぉ……」

「無理じゃないよ、みんなやっていることなんだから」

「……そうなの？」

「美奈が慣れるまではと思って、今まではずっと同じような形でしてたけど、セックスっていうのはいろんな体位で楽しめるんだよ。俺としては美奈の可愛いお尻を堪能《たんのう》できる後背位《バック》がしたいけど、それはまた次にとっておくよ」

「……バック……？」

「さぁ美奈、ゆっくりでいいからやってごらん」

しばらく「やっぱり無理しなくていいよ」と言ってくれないかという望みをかけて逸人さんを見つめていたけど、微笑《ほほえ》みながら見つめ返されるだけだった。

うっ、本当にやらなきゃダメなのかな……。やらなきゃ、きっといつまでもこのままなんだろうな……

「…………わかった」

覚悟を決めて小さく息を吐いたあと、言われたとおりゆっくりと足に力を入れて腰を上げていく。けれど、私の中をいっぱいにしているものがずるりと抜けていく感覚に、声が耐えられない。

「やぁっ、は、逸人さんっ、やっぱり無理だよ……」

「まだ全然動いてないじゃないか。もう少し頑張ってごらん」

「そんなぁ……」

のろのろと腰を上げると、いつもとは違う鈍い快感が訪れる。その快感に私の入り口が小さな収縮を繰り返し、まるで抜け出る彼を引き止めるように動いてしまう。恥《は》ずかしさなどのもろもろを堪《こら》えて続けると、ようやく張り出した先端を残して彼が抜けていった。そして今度はゆっくりと腰を落として、抜け出たそれを呑み込んでいく……

怖くて彼の全部を呑み込むことはできなかったけど、ゆっくり何度も呑み込んでは抜いていくことを繰り返しているうちに、たまにちゅぷっと音がするようになった。逸人さんが動く時とは全然違う場所にくる刺激が、鈍い快感をくれる。

「ふっ……ふっ……ん……う……」

「ああ、いいな、すごく楽しい。美奈、もっと胸を俺に寄せて」

「そっ、そんなのっ……あっ」

そう言われてしまうと逆に体を遠ざけたくなってしまう。それをヘッドボードから背中を浮かせた逸人さんの唇が追ってきた。尖《とが》らせた舌で頂《いただき》をついたあとに、大きく開いた口で覆《おお》い、強く吸う。

「ふぁぁぁぁっ」

「美奈、止まっちゃ駄目だよ」

「で、でも」

「ほら頑張って」

胸を咥《くわ》えられながらお尻をペチペチと軽く叩かれる。震え出した膝《ひざ》を叱咤《しった》して動きを再開すると、お尻を叩いた手が前のほうに移動してきて、指で秘芯を潰《つぶ》された。

「やぁあっ、あぁっ」

膝から力が抜けて一気に座り込んでしまう。お尻が逸人さんの腰にくっついた。お臍《へそ》の裏まで貫かれたような感覚と、痛みを伴った快感に涙が滲《にじ》んだ。しばらく動けずにプルプル震えていたけど、逸人さんが素敵な笑顔で再開を促《うなが》してくる。それを何度も繰り返し、半泣きで頑張ったその行為に肌が汗ばんできた頃――

「よく頑張ったから、今日はもう許してあげるよ」

呼吸の荒い私にキスをしながら、逸人さんがそう言ってくれた。

(よかった……、これでもういつもどおりに戻ってくれる……)

安堵《あんど》して逸人さんの腰にぴったりとお尻をつけた状態で力を抜くと、逸人さんは両手を私の両膝裏を通してお尻のほうへと滑《すべ》らせた。そうすると自然と膝を上げられ、爪先が空を蹴る。すぐに私を支えているのは逸人さんの腰にピッタリくっ付いたお尻のみになってしまった。驚いて目を丸くする私を尻目に、逸人さんの手は、彼を咥えているところを拡げるように私のお尻を左右に割り開く。次の瞬間、私のお腹の奥に彼の先端が突き刺さった。

「あああああぁっ!」

「くぅっ、っはぁ……いくよ、美奈……」

「やぁっ、いやぁっ!　やめてっ!　やだっ、やだぁ!　お腹壊れちゃうぅっ」

ベッドのスプリングが壊れるんじゃないかと思うほどの音をさせながら、私は逸人さんの腰の上を跳ねさせられた。お腹の奥の奥……今まで経験したことのない場所を硬い先端でこじ開けられ、このまま彼のものが私のお腹を突き破ってしまうんじゃないかという恐怖と痛みで涙が溢《あふ》れ出てくる。その涙を唇で吸い取りながら、逸人さんは少し苦しそうな声で言った。

「次はっ、美奈がおかしくなっちゃうくらいいっ、気持ちよく、……っ、させるからっ、一回いかせてっ……」

「やぁっ、もうやだよぉっ、お腹痛いぃっ」

彼に上下に激しく揺さぶられ、振り落とされないように必死にその首にしがみつきながら「助けて」と訴えたのに、「可愛い、可愛いよ美奈」と嬉しそうに言われ、キスをされる。喉奥《のどおく》まで彼の舌に犯されるキスに、酸素不足のせいなのか眩暈《めまい》に襲われた。お尻が彼の腰に当たるとバチュッバチュッと音を立てる。秘芯と逸人さんの下生《したば》えが擦《こす》れ、そこからむず痒《がゆ》い刺激が走った。

痛くて辛いはずなのに、自分の中が潤《うるお》いを増してしまう。そのせいで逸人さんの動きもさらに激しくなっていく。何に対するものなのかわからない涙が頬《ほお》を絶え間なく流れ落ちる中、お仕置きは終わっていなかったんだと霞《かす》む頭で考えた……

逸人さんと体を離して荒い呼吸のままベッドに転がると、私の頭を撫《な》でながら逸人さんが「少し休憩しようか？」と言った。……最初から覚悟はしていたし、薄々わかってはいたけど、終わりじゃなくて休憩なんだ……。それでもすぐに次はさすがに辛かったから、その言葉に大人しく頷《うなず》いた。

逸人さんがキッチンから持ってきてくれた、五〇〇ミリリットルのペットボトルのスポーツドリンクを一気に半分飲む。それを逸人さんに渡すと、彼も残りを一気に飲み干した。ぬるめのスポーツドリンクが全身へ染み渡っていくのを感じながら、部屋を出る逸人さんの背中を見送る。

ペットボトルを片付けた彼が、次に戻ってきた時に持っていたのは、のんちゃんたちにもらったプレゼントの袋だった。

「逸人さん？　それって……」

「彼女たちにもらったプレゼント、早く中身が知りたいかと思って」

「う、うん。ありがとう」

でもこんな時に？　とちょっと思った。正直あとでゆっくり見たいとも思ったけど、せっかく持ってきてくれたんだしと考え直し、受け取った袋を開ける。袋の中に入っていたのは、綺麗なピンクのカーディガンだった。それを見て一瞬で私のテンションが上がった。

「それは……カーディガン？」

「うん。ちょうど新しいのが欲しいなって思ってたのっ。嬉しいっ。明日二人にお礼のメールをしなくちゃ」

「よかったね。……それで、他にはどんな物をもらった？」

「他？　あっ、そうか、もう一個もらってたっけ」

逸人さんの言葉で、おまけと言われて渡された小さな袋のことを思い出した。そのリボンを解いていると、ヘッドボードに背中を預けた逸人さんに後ろからお腹に腕を回され、抱き寄せられる。驚いて顔を後ろに向けると、彼は少し困ったように笑っていた。

「他っていうのは、他の人にはどんな物をもらった？　って聞きたかったんだ」

「他の人？　えっと、母たちは靴で、兄たちはバッグをくれたけど……あっ、由理さんには春の新色コスメセットをもらったよ」

「そっか……じゃあ、俺は何にしようかな……」

「え⁉　は、逸人さんっ、私、本当にさっきもらった二つで十分だから」

「俺が嫌なんだ。あれはジジィが買ったものだからね。初めて美奈に贈る誕生日プレゼントは、俺が買ったものがいい。だからさっきのは誕生日プレゼントとは思わないこと」

「そんな……」

(あんなに素敵なものをもらって、本当に他に何もいらないのに……)

それでも、このままでは逸人さんはずっと気にするだろうなってこともわかる。どうしたらいいんだろう？　素直に何か買ってもらえばいいのかな？　そんなことを考えていたら、逸人さんが「そうだっ」と声を上げた。

「逸人さん？」

「美奈、もうすぐゴールデンウィークだろう？　せっかくの連休だし、どこか遠くへ遊びに行こうか」

「それって旅行ってこと？」

「ああ、一泊か二泊かは場所を決めてから考えてもいいけど、のんびり出かけよう……嫌？」

嫌なわけないと頭を振ると、逸人さんは嬉しそうにそうしようと言って、さらにギュッと抱きしめてくれた。

どこがいいかな？　って言う逸人さんの声を聞きながら、嬉しくてドキドキしている胸を押さえる。週末は一緒に過ごしているけど、二人での旅行は初めてだ。

「楽しみだね」

そう言った私に、逸人さんは優しいキスをくれた――

明日、早速本屋さんで旅の情報誌を買ってこようと上機嫌で話す逸人さんに、私はホッとしていた。私が悪かったんだけど、逸人さんが不機嫌な時のエッチは色々大変すぎて、いつも以上に腰とかあそことかに違和感が残っている。正直、もうこのままお布団にもぐって眠ってしまいたい。

そんな私に気付いているんだろう。逸人さんは私を抱きしめて左右に小さく揺らすと、「どうせだからプレゼントは全部確認しておきな？」と囁《ささや》いた。

それに頷《うなず》いて開けた小さな袋の中に入っていたのは、見たこともないほど面積の少ない下着と、フリルがたっぷり使われている、着用する意味があるのかわからないほど透けた下着だった。

慌《あわ》てて袋の中に押し込んだそれらをしっかりと見ていた逸人さんが、「彼女たちとは気が合いそうだ」と言って微笑《ほほえ》む。

その日、出会って十年以上になる大好きな親友たちを、私が初めて恨《うら》んだのは言うまでもない。

その下着を私がどうしたのかは、また別のお話。

変態は嫉妬《しっと》する　おまけ

逸人が、美奈の同窓会が終わるまでの時間を使って向かったのは、美奈を降ろしたコンビニから車で十五分ほどの距離にあるファストフードの店だった。カウンターでコーヒーを注文すると、軽く店内を見渡す。奥のテーブルに目的の人物の姿を見つけた逸人は、コーヒーを受け取り、近付いていった。

「待たせたか？」

「ん？　ああ、久しぶりだね、逸人兄《にぃ》」

ストローを咥《くわ》えたまま逸人を見上げるその青年は、一目で外国の血が入っているとわかる外見の持ち主だ。

高い鼻に、はっきりとした二重瞼《ふたえまぶた》、綺麗に整えられた眉毛、そして少し垂れ下がった目尻が妙な色気を醸《かも》し出していた。濃茶色のウェーブのかかった髪は右肩の上でゆるく縛られている。薄茶色の瞳の目元を飾る黒子《ほくろ》が映える真っ白な肌が印象的だ。テーブルの下に隠れている足を見るだけでも、長身の持ち主だとわかる。

その青年の正面に座った逸人は、テーブルの上を見て小さくため息をついた。

「相変わらずだな……、お前、これ全部シェイクなのか？」

「うん。バニラとチョコは外せないし、ストロベリーも美味《おい》しいよね。あ、これね、このチェーン店で人気の小豆《あずき》入り黒蜜シェイク。逸人兄《にい》も飲む？　美味しいよ」

「いらん、俺は甘いものは嫌いだ」

「そうだったっけ？　こんなに美味しいのに、逸人兄……可哀想《かわいそう》」

「……はぁ。で、頼んだ物は？」

「持ってきたよ。でも本当に包装しなくてよかったの？」

「ああ」

　青年が差し出した小さい紙袋を受け取ると、逸人は中身を確認してから礼を伝える。

「ありがとう、いくら払えばいい？」

「いいよ、いらない。もともとクリーニングはサービスでやっているし、サイズを直したのもサービスにしておく。だから今度うちのお店で高いの買ってね？」

「はは、わかった」

「それ、母さんに聞いたけど、もともとおばさんたちのだったんだね。母さんがすごい懐《なつ》かしがってたよ」

「そうか……」

「それで今日椿《つばき》おばさんと、一緒に、えりかおばさんのところへ逸人兄に彼女ができた報告をしに行くって言ってた」

「それは母さんも喜んでいるな」

そう言って小さく笑う逸人の顔を、青年はじっと見つめる。そして、ズズーッと音をたててシェイクを飲み干したあと、「で、今日はなんで連れてきてくれなかったの？」と唇を尖《とが》らせた。

「決まっているだろう？　お前に会わせたくないからだ」

「なんで〜⁉　僕は全人類の女性に優しいのにっ！」

「だからだ」

「逸人兄の彼女を盗《と》ったりなんてしないよ……」

「俺がお前に盗られるような隙を作るわけないだろう」

「ならいいじゃないかっ。僕、今日は逸人兄の彼女に会えると思って楽しみにしてきたんだよ」

「そうか、残念だったな」

「ちぇー……、逸人兄のケーチ」

いい年をして子供のように唇を尖らせる青年を無視し、逸人は小さくため息をつく。

逸人も年を重ね、最近では昔ほど女性の視線を集めることはなくなってきた。……あくまでも逸人の感覚的にはだが。

だが目の前の青年は違う。年を重ねるごとに、逸人には無駄としか思えない色気に磨きがかかっていく。おかげで、寄ってくる女性は年々増え続け、結果、女性関係は会うたびに悪化していった。

本人が無類の女好きで、その恵まれた容姿をいいことに、手当たり次第につまみ食いを続けているのだ。そんな彼に、大事な美奈を会わせるつもりはなかった。

もちろん美奈のことは信頼している。簡単に逸人を裏切って、違う男と遊ぶことなどないだろう。わかっていても、今はまだ、少しの不安も持ちたくなかった。

付き合って二ヶ月。まだ二ヶ月なのか、もう二ヶ月なのか感じ方は人によって異なるだろう。

逸人は美奈に、言葉も態度も惜しまずに自分の気持ちを伝えているつもりだ。だが、美奈はいつもどこか逸人と距離を置く。

言葉や態度では、美奈の不安を完全には取り除けないのかもしれないと思った逸人は、ならどうすればいいかと考えた。そして昔、母たちから受け継いだ物の存在を思い出し、二週間ほど前に目の前の青年にそれを預けたのだ。

先月、美奈に「同窓会の会場の近くまで車で送ってほしい」と頼まれた時、逸人は本当に嬉しかった。初めての、美奈のお願いが。なのに……

(あんな、車で送り届けるだけのことで遠慮されるとはな……)

確かに最近は忙しくて美奈にも心配をかけていただろう。電話やメールを自分からは寄こさないのも、美奈なりの気遣いだとわかっている。わかっているが、自分に遠慮ばかりする美奈に、もっと甘えてほしいと思ってしまうのだ。そして美奈が安心して甘えられるようにできていない自分に腹が立ってしまう。

青年が逸人の目の前で軽く手を振った。それに逸人が気付いて視線を向けると、からかうように笑う。

「どうしたの？　何か逸人兄《にい》ってば余裕ない感じだね」

「当たり前だろう。初めて惚れた相手だ、障害になりそうなものは排除するに決まっている」

「……意外。逸人兄はそんなこと言わない人だと思ってた」

「お前も、本気で誰かに惚れたらわかるんじゃないか？　さて、夕飯くらい奢《おご》るぞ。行こう」

「やったぁ、僕チョコバナナパフェが食べたいな」

「夕飯だと言っているだろうが」

「ご飯も食べるよ、パフェを食べたらね」

トレーにいくつも載せたシェイクのコップを、上機嫌でゴミ箱に捨てる青年を待ち、店を出る。

(できるならば、他の誰よりも自分の傍《そば》が心地いいと感じてほしい。膝《ひざ》の上で丸くなって眠る猫のように甘えてほしい。自分の隣で穏やかに笑っていてほしい)

美奈との間にある、あと一歩の距離を埋めたい。

そんな逸人の願いが込められたアクセサリーの出番が来るのは、このあとすぐ。

美奈が行きたいと言っていたホテルで、美奈が喜びそうなシチュエーションでと考えていた逸人の計画が狂うのは、このあとすぐのことだった——

第四話　変態はマーキングする

また今日から一週間が始まるなぁと思いつつ、月曜日特有の体のだるさを抱えて乗り込んだエレベーター。階数ボタンを押そうと手を伸ばした私は、視界に入ってきたその手を見て、顔を真っ赤にした。

何故なら私の右手の薬指には、大好きな人からもらった大事な指輪が、キラキラと光を反射して輝いていたからだ。


結局、あれから深夜まで寝られなかった。

Nホテルのランチはまたの機会にしようと決めた私たちは、日曜日、パスタを食べてまったりと過ごした。パスタだけでは物足りないだろう逸人さんのために、サラダ兼用の、たっぷりの野菜と生ハムを挟んだサンドウィッチとスープを一緒に出す。

のんびりとそれを食べたあと、二人で並んでソファに座り、適当に選んだ映画を観た。

ゆっくりと過ぎる時間の中で、逸人さんは何度も私の右手を握り、薬指をなでていた。

逸人さんにそこに触れられると、指輪を意識してしまってなんだか恥《は》ずかしい。なんでそんなに触るの？　と聞いたら、蕩《とろ》けそうな顔でキスをされた。

「これを美奈がつけているって思うたびに、美奈が俺のだって実感できて嬉しいんだよ」

「うっ……あ……の、たとえ指輪をつけてなくても私はいつだって逸人さんのだよ？」

「もちろん、これをつけていなくたって、誰にも美奈は渡さないさ。ただ……やっぱり少し安心するんだよ。美奈、これからは毎日これをつけて仕事に行くんだよ？　絶対に外したら駄目だからね」

「えっ？　仕事中も？」

「当然だろ？　うちの会社は華美じゃない装飾なら、別にうるさくないだろう？」

「確かにファッションリングをしている人もいるけど……」

「どうした？　これじゃ嫌だった？　なら違う指輪を……」

心配そうに私の右手を見つめる逸人さんに、慌《あわ》てて否定した。こんなに可愛くて、想いのこもった指輪が嫌なわけない。

「違うのっ、嫌なんじゃないの。ただ、会社につけていって、もし傷がついたり、なくしちゃったりしたらと思うと怖くて」

私にとってはとても大事なことなのに、逸人さんは私の言葉を聞いて本当に驚いたというように目を丸くした。

「何だそんなこと？　もともとこれはうちの母親たちが使っていたんだから、傷ならもうそれなりについているよ。それに、もしなくしてしまったら、それはそれさ。物なんていつかは壊れるし、どんなに気を付けていてもなくなる時はなくなる。気にすることないよ」

「でも……」

「これは虫除《むしよ》けもかねているんだから、会社につけていかないと意味がないだろう？」

「虫除けなんて私には必要ないよ」

真面目な顔でそんなことを言う逸人さんがおかしくて笑い声を上げると、逸人さんが私の頬《ほお》をムニュッと摘《つま》んできた。ほっぺたは全然痛くないけど、このまま力を入れられて、私のほっぺたがどれだけ伸びるのか、彼にばれると思うと心が痛いっ。慌てて彼の手の上から自分の頬を押さえると、逸人さんが私の目をジッと見つめてきた。

「そんなことわからないだろう？　美奈は可愛いから、俺はいつも心配で仕方ないよ」

「私にそんなこと言う男の人は、家族以外じゃ逸人さんだけだよ……」

「それは俺にとって、とてもラッキーなことだな」

「ラッキーって……、男の人は綺麗でもてる彼女のほうが嬉しいものじゃないの？」

「何故？」

「何故って……、何度か男性陣がそんなことを話しているのを聞いたことがあるから……」

「そんなのは心の底から好きになった女がいない奴の台詞《セリフ》だよ。どうしようもないほど惚れた相手が、この世の誰よりも可愛くて綺麗に見えることを知らない奴らは、本当に気の毒だと思うよ」

そう言うと柔らかく微笑《ほほえ》み、私の鼻の頭にチュッとキスをした。そのまま顔中にキスを降らせた彼は、最後に唇に触れ合うだけのキスをして、もう一度「だから俺が安心できるように、この指輪を外さないで」と言った。

正直、私にこんなことをしたいと思う人が他にいるとは思えないけど、大好きと伝えてくれた大事な人を安心させるために、私は「うん」と頷《うなず》き、キスに応《こた》えた。

うちの会社の身だしなみのルールは、基本的に緩《ゆる》いほうだと思う。同じ総務部でも受付勤務の人や、秘書課の人たちは細かく決められた注意事項があるらしいけど、私たち経理課の者は、社会人として常識のある格好をしましょう、くらいしか言われたことがない。まぁ、言われなくてもわかるよな？　ってことだと思うけど。だから私が指輪やネックレスをしていったところで、何かを言われることなんてないと思っていた……んだけど……

今日もみんなにお茶を出したあと、朝の雑事をしてから自分の席に座った。いつものようにもう来ていた由理さんに「おはようございます」と声をかけると、綺麗な笑顔で「おはよう」と返される。パソコンを立ち上げて始業の準備をしていると、「あら？」という声が聞こえた。

「どうしたんですか？」

「あ、ううん。そのネックレスがね」

「これ……ですか？」

「うん、なんだかどこかで見たことがある気がしたの。ごめん、気にしないで？　それ可愛いわね、美奈ちゃんによく似合っている」

「ありがとうございますっ」

「あいつからの誕生日プレゼントってところかしら？　癪《しゃく》だけど、いい選択だわ」

若干嫌そうに言われて、あははと笑いながら肯定すると、頭上から「何、森下、彼氏できたの？」という声が聞こえた。ビックリして振り返ると、先輩社員の上原《うえはら》さんが立っていた。

まだ眠そうにあくびをかみ殺している上原さんを、由理さんが呆れたように見る。何か用かと尋ねると、ＵＳＢと数枚の書類を渡された。

「悪いんだけど、これ、水曜の会議までにまとめといてくれない？」

「わかりました」

「しっかし、森下に彼氏か〜。物好きもいるもんだなぁ」

「あはは、そうですね」

「いや池原《いけはら》がさ、森下が珍しく指輪してたってさっき言ってたけど、指輪ってそれ？彼氏ができた途端《とたん》指輪って、森下、わかりやすいな〜」

「……ちょっと」

あはははと笑っている上原さんを、由理さんがきつく睨《にら》む。それを見て慌てて間《あいだ》に入った。

「じゃあこれ、終わったら渡しますから」

「あ、うん。よろしく」

「はい」

首をコキコキ鳴らしながら自分の席に戻っていく上原さんを、由理さんはまだ睨みつけている。そんな由理さんに気にしてないですからと言い、書類に目を通した。

必要なデータをパソコンの中から探しながら、みんな結構人のことを見ているんだなと感心してしまった。

私は、誰がアクセサリーをしていたとか、どこかが変わったなんて、普段あまり気にしていないから、私の指輪にも由理さんくらいしか気付かないと思ってた。

そのあとは誰にも指輪のことにふれられなかったから、私の意識もすっかり指輪から離れていった。

今日のランチは、私のリクエストで会社の近くにあるカフェのワンコイン弁当になった。お弁当を店の入り口とは別の窓口で購入できるそのカフェは、お洒落《しゃれ》で美味《おい》しいから、いつも人がいっぱい並んでいる。そこで買ったお弁当を、会社の前にある公園で食べていると、由理さんがやけに真剣な表情で私に指輪を見せてくれないかと聞いてきた。

「あ、はい。どうぞ」

「ああ、外さなくていいから、ちょっと手を貸して？」

「はい……」

「…………………………………あっ‼」

どうしたんだろう？　と思いながら由理さんに右手を差し出すと、由理さんは私の手をジーッと見つめたあと、目を丸くしながら声を上げた。

「な、何ですか⁉　由理さん？　どこかおかしなことでもありました？」

恐る恐る声をかけると、由理さんは私の手をそっと離し、両手で頭を抱えてしまった。

そして「うーーーーーっ」と唸《うな》り声を上げる。本当にどうしたんですか⁉

「由理さん……？」

「ごめん……なんでもないの……」

（いやいや、なんでもないようには見えないですよ⁉）

そうは思っても、なんでもないと言われてしまえばそれ以上何も言えない。どうしようと困っていたら、由理さんがガバッと顔を上げ、私の両手をギュッと握った。

「ゆ、由理さん⁉」

「美奈ちゃん……、私はいつだって美奈ちゃんの味方よ。もし美奈ちゃんが立花を嫌で嫌で仕方なくなったら、私が絶対にあの野郎を抹殺《まっさつ》して美奈ちゃんから引き離してあげる。あの変態が美奈ちゃんに何かおかしなことをやらかしたら、私が絶対に奴のものをぶった切って制裁《せいさい》してあげる。…………だけど、とりあえずはもう邪魔しないことにするって、立花に伝えといてくれる？」

「邪魔……ですか？」

「うん。立花にそう言ってくれたら伝わると思うから。本当はこれくらい自分で言えばいいんだろうけど、もんのすっごくっ癪《しゃく》だから、美奈ちゃんから伝えといて？」

「わ、わかりました」

何だかよくわからないけどコクコクと頷《うなず》くと、由理さんがはぁーーーっと深いため息をついてから微笑《ほほえ》んだ。

「そろそろこのあたりのランチも食べ飽きてきたし、明日からまた社食で食べよっか」

「え？」

「外で食べると、やっぱり時間も限られてて忙《せわ》しないしね。今まで私の我儘《わがまま》に付き合わせちゃってごめんね」

「そんなっ、外で食べるのも楽しかったですよ」

「そう？　よかった。じゃあ、たまには外に出ようか」

「はいっ」

半年ほど前に由理さんは社食で何か嫌なことがあったらしく、ここ最近ずっと外でお昼を食べていた。もうそれが気にならなくなったなら、よかった。

でもそっか、明日から社食なら私はまたお弁当にしようかな。もともと毎日両親の分を作っているから、前はお昼にお弁当を持ってきていた。自分で作れば、買って食べるよりはヘルシーにできるしね。

由理さんには言えなかったけど、やっぱり外食が増えたら肉付きが増してきた気がしていた。……気のせいだって言い切れないこのお肉たちめっ。

そんなことを考えながら、何だか久しぶりに見た気がする由理さんの見惚《みと》れるほどの柔らかい微笑みを鑑賞し、ぽかぽかの陽気の中で美味《おい》しいランチを堪能《たんのう》した。

＊　＊　＊

「それで、由理さんが逸人さんにそう伝えてくれって言っていたんだけど、何のことかわかる？」

『邪魔しないって言ったんだろ？』

「そう。由理さんはそう言えばわかるって」

『ああ、わかるから大丈夫。しかし、いったいどんな心境の変化があったのやら……』

その日の夜に、逸人さんに電話で由理さんからの伝言を伝えたら、逸人さんにはちゃんと意味が通じたらしい。

『それじゃあ、明日から美奈は昼は社食にいるんだな』

「そうだね、またお弁当生活に戻ろうと思う」

『じゃあ明日から俺も社食で食べようかな？』

「えっ？」

『……嫌？』

「う、ううん」

『よかった、じゃあまた明日』

「あっ……、はっ、逸人さんっ」

『ん？』

「あのっ、そのっ、あのっ……」

『どうした？』

電話越しの心配そうな声に、さらに焦《あせ》ってしまう。電話をする前から、言おうか言うまいかすごく悩んでいたけど……もし迷惑だったり嫌だったとしたら、ちゃんとそう言ってもらえるだろうからと、ギュッと手を握り締めて気合を入れる。

「あのね、め、迷惑じゃなかったらっ、逸人さんにもっ、あのっ、お、お弁当っ……」

『……………うん。いいの？　嬉しいよ』

しっかり最後までは言えなかったけど、逸人さんはちゃんと私が言いたいことをわかってくれた。

朝食は面倒だと言ってコーヒーしか飲まないし、昼食と夕食はコンビニか外食。そんな逸人さんの食生活が、私はいつも心配だった。

だから一緒に夕食をとる時はできるだけ私が作るようにしているし、多めに作って電子レンジで温めるだけにしてあるおかずも、逸人さんの家の冷凍庫に詰め込んできている。コンビニでご飯を買ってきて、そのおかずをチンして食べているんだってよく電話で話しているから、喜んではくれているらしい。

逸人さん本人は、今までずーっとこうやって生きてきて、風邪をひいたことも病気になったこともないって笑っているけど、今まで平気だったからってこれからも平気だとは限らないと思う。

毎日お弁当を二つ作っているのだ。それが三つでも四つでも作る手間は変わらない。だから逸人さんさえ迷惑じゃなかったら……と、昼からずっと考えていた。

電話越しにとても嬉しそうな声を聞けて、ホッとした私が何か入れてほしいものはある？　と聞いたら、『出し巻き卵』と返ってきた。

「それだけ？　今日スーパーでいっぱい食材買ってきたから、明日だったら何でも作れるよ？」

『ははは、そんなに買い物してきたの？　……うん、出し巻き卵が食べたい。美奈の作る出し巻き卵、好きなんだ』

「本当？　嬉しい」

『あっ、あと、おにぎりかな。もうずっと食べてないから、おにぎりが食べたい。いい？』

「うんっ」

『ああ、唐揚《からあ》げもいいなぁ……』

「うん」

『駄目だ、このままだと際限《さいげん》なくリクエストしちゃいそうだから、もう切るよ』

「ふふっ、別にいっぱいリクエストしてくれていいのに」

『お楽しみはとっておかないと。おやすみ美奈。明日楽しみにしているよ』

「うん、おやすみなさい、逸人さん」

電話を切ると、明日のお弁当の下準備のためにキッチンに向かった。

おにぎりに唐揚げと出し巻き卵かぁ、何だか運動会のメニューみたい。あとは何か野菜と、彩《いろど》りにミニトマトでも入れようかな？　と考えながら冷蔵庫を開けていると、後ろからお風呂上がりの母に声をかけられた。

「何だ美奈、腹でもすいたのか？」

「違うよ、明日のお弁当の準備」

冷蔵庫からお肉とお茶を取り出すと、お茶をコップに入れて母に渡してやる。

ありがとうと言って受け取る母は、何度見ても私とは全く似ていない人だ。一応白髪を染めてはいるが、真っ黒でサラサラな髪は腰のあたりまであるし、キリッと目尻の上がった切れ長な一重と、整った眉は印象的だ。鼻だって高いし、背も高い。どうやったらこの人から私が生まれるのか……いまだに不思議で仕方ない。わかりやすくいえば、私の母は世間一般的に美人と称される容姿をしているのだ。

……私はどちらかと言うと、ご近所でクマ先生という愛称で呼ばれている父に似ている。

整骨院を営んでいる父は、横にも縦にもとても大きくて、背は母よりさらに高い。その部分は両親どちらからも受け継げなかった私だが、お肉を溜《た》めやすいところは父に、無駄に育った胸は母に似ている。

せめてあと五センチ欲しかったなぁと思いながら鶏肉をパックから出していると、渡したお茶を一気に飲み干した母が私の頭を力強く撫《な》でてきた。

「そうか、毎日ありがとうな。そういえば、昨日優朔《ゆうさく》さんが久しぶりにハラスのおにぎりが食べたいと言っていたんだ。できれば近いうちに作ってやってくれ」

優朔さんとは父の名。ちなみに母の名は陽子《ようこ》で、うちの両親はいまだにお互いを名前で呼び合う、娘から見てもとても仲の良い夫婦だ。

「そっか。なら明日はおにぎりにする予定だから、明日作るよ」

「それなら優朔さんには黙っておこう、そのほうが喜びそうだ。おやすみ、美奈」

「うん、あっ、あのね母。私、明日から、たまに逸人さんにもお弁当を作っていこうと思うんだけど」

「いいんじゃないか、彼は一人暮らしなんだろう？　喜ぶんじゃないか」

「うん、喜んでくれた」

「うちの食費は美奈が出しているんだ。何も気にせず好きな物を作ってやったらいい」

「ありがとう、おやすみ」

「ああ、おやすみ」

キッチンを出て行く後ろ姿を見て、ホッと息をついた。母に限ってうるさいことを言うことはないと思っていたけど、一応断っておきたかったのだ。

私は今まで実家を出て暮らしたことがない。短大も家から通える範囲で選んでいたし、会社も通勤にさほど時間がかからない場所にある。

それなりにお給料をもらっているから、家にお金を入れようとしたのだけれど、家賃は一万円でいいと両親はそれ以上受け取ってくれない。両親曰《いわ》く、家事を全部やっていることで割引をしているらしいけど、そんなの一人で暮らしていたってすることなんだから、随分甘やかされているんだろう。なので、せめて食費は私が持つことにしたのだ。そのおかげで逸人さんのお弁当も、何も気にせずに作れるからよかった。


逸人さんと一緒にお弁当を食べたら、周りからどう思われるかはわかってる。他の人たち、特に逸人さんのことを好きな人の反応が正直とても怖い。

だけど、逸人さんがこんなに大事にしてくれているんだもの。いつまでも他人の目を気にしていちゃ駄目だよね。

右手に輝いている指輪を見つめ、私はお腹と両手にグッと力を入れて気合を入れた。

＊＊＊

由理さんと久しぶりに向かった社員食堂は、いつものように七割ほどの席が埋まっていた。食事を選びに行った由理さんと別れて、お茶を三人分持つと席を探す。ちょうど何席か空《あ》いているところがあったから、そこに座って鞄《かばん》の中からお弁当箱を二つ取り出した。

お味噌汁を取ってこようかな？　でもどうせなら温かいほうがいいから、逸人さんが来てから持ってこようかな、とそわそわしていると、今日はがっつりな気分と言っていた由理さんが、カツ丼を手に私の前の席に座った。

「あいつ、いつ来るかわからないし、先に食べちゃいましょうか」

由理さんが冗談なのか本気なのかわからない顔でそんなことを言った時、ちょうど食堂の入り口から逸人さんが入ってくるのが見えた。逸人さんもすぐに私たちに気付いたみたいで、笑いかけながらこっちに向かってくる。

「待たせたかな？」

「全然」

「すごーく待った」

「……お前には聞いていない」

「あ、あはは。えと、逸人さん、お味噌汁いる？」

「ああ、じゃあ取ってくるよ」

「ううん、私が行ってくるから座ってて？」

私がそう言って立ち上がると、逸人さんはありがとうと言って私の隣の椅子《いす》を引いた。

それを横目にお味噌汁が置いてあるコーナーへと足早に向かう。

精算を済ませて、お味噌汁を二つお盆に載せながら、由理さんに、今日のお昼を逸人さんも一緒にとっていいかと聞いた時のことを思い出した。

由理さんはあの綺麗な顔を、これでもかと歪《ゆが》めてから「いいわよ」と言ったっけ。そんな表情をしても綺麗な人は美しいんだなぁと思ったことを思い出して思わず笑った時、近くのテーブルに座っている女性社員たちの声が耳に入った。

「ねぇっ、あそこ見てっ！　あれって立花部長と総務の本木さんじゃない⁉」

「えっ⁉　やだホントだーっ」

「ええっ、あの二人ってやっぱり付き合ってたの～⁉」

「ショックーっ、でも本木さん綺麗だもんね～」

「あの二人って昔から仲がいいって、先輩たちも言ってたしね」

「あー、私、先輩に聞いたけど、あの二人って立花部長がイタリアに行くまで付き合ってたんだって」

「やっぱそうなんだ」

「立花部長の転勤で別れたっぽいけど、昔から結婚秒読みって言われていたらしいよ」

「いーなー」

それ以上聞いていられなくて、私は固まったように動かない足を無理やり前に出した。

あの人たちが話しているのは噂話《うわさ》だ。実際にどうだったかなんて、あの二人にしかわからない。

逸人さんも由理さんも素敵な人だし、昔二人が付き合っていたって言われてもすっごく納得できるじゃない。私だって最初は二人が付き合っていると思っていたし。それに昔のことなんて関係ない。今、由理さんは川崎主任と付き合っているし、逸人さんの彼女は私だ。……私……なのに……

何かを話している二人を見つめる。その光景は誰が見てもお似合いで、きっと付き合っているって周りに言ったら、「やっぱり」って言われる人たち。逆に、私が逸人さんの彼女と知って、「お似合い」と言ってくれる人はどれだけいるんだろう……

駄目、周りのことなんて気にしないって決めたじゃない。関係ない人たちが何を言おうが、気にしちゃいけない。小さく頭を左右に振ってから二人のもとへ帰る。

「ごめんなさい、お待たせしました」

「ありがとう」

「さぁさぁ、食べましょ」

嬉しそうにお箸《はし》を持った由理さんに笑いかけてから、逸人さんにお弁当を差し出した。

逸人さんが、とっても嬉しそうに包みを開く。

「おおっ、唐揚《からあ》げがある」

「昨日食べたいって言っていたから」

「いーなー。美奈ちゃん、やっぱりうちにお嫁に来ない？」

「由理さんがもらってくれるなら喜んで」

「美奈を頼るな、いい加減料理くらい覚えろよ。いまだに生煮《なまに》えのカレーとシチューしか作れないのか？」

「失礼ねっ、炒めてミックスを入れるだけならグラタンも作れるわよ」

「自慢にならん」

「ご飯も炊《た》けない男に言われたくないわね」

「俺は炊けないいんじゃない。炊かないいんだ」

「アホらし」

いつものように軽口を交わす二人を笑って見ながらも、心臓がギュッと握りつぶされるように痛んだ。

(逸人さんは由理さんの料理を食べたことがあるの？　なんで由理さんが料理が苦手なことを知っているの？　なんで由理さんは逸人さんがご飯を炊けないってわかるの？

なんで？　なんで？　なんで……？)

「美奈、美奈、このおにぎりすごく美味《おい》しいよ」

「よかった、それの中身はハラスだよ。ちょっと油が多いけど、父が好きだからよくおにぎりに入れるの。あ、もう一つはおかかだよ」

「おかかのおにぎり……」

「おかか好きじゃなかった？」

「いや、……おかかのおにぎりが、一番好きなんだ」

このあと二人とどんな会話をしたのか、記憶がない。

ただいつものようにへらへら笑いながら、二人の掛け合いを見ていた気もするし、逸人さんと今度行く旅行の話をして、今の季節ならどこがいいかと三人であーだこーだと言っていた気もする。そうやって笑っていないと、二人に迷惑をかけてしまいそうだったから。

笑いすぎて浮かんだ――と思われないと困るものが、視界をぼやけさせていたから……

言葉にできない感情がこみ上げてくる胸を、必死に手で押さえていた。

「おかかのおにぎりが一番好き」

そう言って本当に幸せそうに笑った逸人さんを、由理さんが……とても嬉しそうに、とても……愛おしげに見ていた。私は由理さんのあんな顔を、今まで見たことがない。

川崎主任といる時だって、あんな目を向けていないのだ。

逸人さんが私にくれる愛情を疑ったことはない。由理さんだっていつも親身になって私のために怒ったり、私を助けたりしてくれる。私にとって、二人ともとても大事で、大好きな人たちだ。

なのに……、今はあの二人のことを思うと、こんなにも胸が痛い……。私の知らない二人の時間が、確かにあるんだとわかるのが辛い……

自分でもどうしたらいいのかわからないこの感情を、私は数日間、持て余すことになる――

＊＊＊

今日は水曜日なのでノー残業デーだ。逸人さんもいつもより早く帰れると言っていたので、本屋さんで旅行雑誌を数冊、そしてスーパーで食材を買い、逸人さんのマンションの近くにあるコーヒーショップで時間をつぶしていた。変な気を遣わずに、部屋で待っていてくれたらいいと言われたんだけど、遠慮しているわけでも気を遣っているわけでもなく、どうしても家主のいない部屋に上がることに気がとがめてしまうのだ。それを言うと、彼も苦笑して「まぁ、いつか慣れてくれたらいいよ」と引いてくれた。

ホットのキャラメルラテを飲みながら、買ったばかりの雑誌を広げる。ゴールデンウィーク特集のものを二冊と、温泉宿の特集をしているものを一冊。

観光もいいし温泉でのんびりもいいなぁ～と思って選んだけど、逸人さんはどうしたいかな？　連休までもうあまり日数もないから、人気のあるところは予約でいっぱいかなぁ……？　そう思いながらページをめくっていると、急に隣の席の人に声をかけられた。

「ゴールデンウィークに旅行に行くの？　いいなぁ温泉」

「え？」

カウンター席がいっぱいだったから、私は二人用のテーブルに座っていた。同じように私のテーブルの隣も二人用。さっきまでは空席だったそこに、なんだか眩《まぶ》しい男の人が座っていた。

私と同じくらいの長さかな？　肩より少し長い緩《ゆる》くウェーブのかかった髪をハーフアップにしている。髪も瞳も茶色。川崎主任よりも垂れ目の人を見たのは久しぶりだ。ハーフの人なのかな？　と思わせる美形の男性は、目を丸くしている私に、某アニメのアンドロイド少女のような黒縁《くろぶち》眼鏡越しに、微笑《ほほえ》んだ。

「あれ？　違った？　それって旅行雑誌でしょ？」

　そう言われて指差されたのは、私がテーブルの上に置いていた雑誌だ。知らない男の人に急に話しかけられた経験がないから、どうしたらいいのかわからなかったけど、とりあえずそれに頷《うなず》いた。

「僕もねぇ、今度旅行に行きたいなぁって思ってるんだけど、ゴールデンウィークってどこもかしこも混んでいるから、違う日程にしようかなぁって悩んでるんだ」

「そ……うなんですか」

「うん」

　ニコーッとさらに目尻を下げるその人につられて、へらっと笑ってしまう。普通だったら近寄りがたく感じるほど綺麗な顔をしているのに、何だか警戒心を抱かせない不思議な雰囲気を持った人だった。

　カップを傾ける姿が雑誌の一ページのように絵になるけど、彼が今飲んでいるのがクラッシュした氷が入った抹茶シェイクの一番大きなサイズのものなのも、何だか親近感がわいた原因かもしれない。私の二番目の兄も甘いものが大好きで、よく同じものを嬉しそうに飲んでいるのだ。

「やっぱりゴールデンウィーク中はどこも混んでいますかね？」

　思わず私からも話しかけてしまう。

「そうだねぇ、できるなら外したほうがのんびり楽しめると思うよ。でも温泉に行くなら宿の外に出る必要もないし、いい選択だと思うなぁ」

「まだ温泉に行くか、決まっていないんです。ただ、一緒に行く人が最近とても忙しかったので、ゆっくり温泉に浸《つ》からせてあげたいなと思って」

「いいよねぇ、疲れた時の温泉って。僕も好き」

そう言ってニコニコしている彼に、よかったら読みますか？　とテーブルに置いてある雑誌を渡すと、嬉しそうに受け取ってくれた。

「わぁ、いいの？　人と待ち合わせしているんだけど、なかなか来なくて暇だったんだ。ありがとう」

「いいえ」

　そのあとはまた広げた雑誌を読んでいった。

　たまに隣から「ここなんてよさそうだよ」と言われて、隣の彼が広げたページを見て確かに素敵だと思うと端を折ったり、あの大きなサイズのシェイクをあっという間に飲み終えて、今度は違う味のものを同じサイズで買ってくる彼をビックリして見たりしているうちに、気付けば随分と時間が過ぎていた。時計を見て、もう一杯飲んでも逸人さんが来なかったらお店を出ようかな？　と思っていると、隣の彼の待ち人さんがやってきた。

　恋人を待っているのかな？　と思ってはいたけど、近付いてきたのはとんでもない美人さんだった。

メリハリのきいた素晴らしいスタイルに、はっきりとした目鼻立ち。綺麗にまとめてあげてある髪の、後《おく》れ毛までが計算されているのではと思うほど、色気も魅力も満ち溢《あふ》れている。

彼女さんはまっすぐに彼のもとへ歩いてくると、そのまま彼の前に座って顔の前で両手を合わせる。

「ごめんね、なかなか斉藤《さいとう》様のお話が終わらなくて」

「ああ。あの方って話が長いよね～、大丈夫、なかなか楽しい時間つぶしができていたから」

「そう？　ならよかったけど……。って、ちょっとあんた、またこんなに飲んでいたの⁉　一日一杯にしなさいって言っているでしょ⁉」

「だから同じものは飲んでいないよ。一日一杯。ちゃんと守っているよ、僕」

「またそういう減らず口を……」

疲れたように額《ひたい》に手を当てた彼女さんを、隣の彼はニコニコ見ている。

「どうする？　すぐ出る？　何か飲むなら買ってくるよ」

「そうね……まだ時間に余裕があるし、コーヒーにエスプレッソ追加で」

「そっちは少し糖分をとったほうがいいと思うよ」

「いいのよ、胃を刺激したほうが食欲もわくわ」

やれやれといった顔で彼が席を立つ。私はそんな彼らをじっと見ていた自分に気付いて、慌《あわ》てて視線を手元の雑誌に戻した。


数分後、戻ってきた彼は持っていた一つのカップを彼女さんに、もう一つを私のテーブルの上に置いた。え？　と顔を上げると、またニコニコ笑った顔で「雑誌を貸してくれたお礼」と言って席に座る。

「いえ、お礼なんていらないですから」

「だって本当に退屈だったから嬉しかったんだ。大丈夫、逸人兄《にい》の彼女に下心なんてないから」

「……………えっ⁉　逸人兄って立花逸人さんのことですか⁉」

「そう。君、逸人兄の彼女でしょ？　名前は何だったっけ……？　って、この間教えてもらえなかったから知らなくて正解なんだ」

「うそっ‼　この子が逸人の彼女なの⁉」

「あれ？　気付かなかった？　僕はちゃーんと気付いていたよ」

「あいつったら何にも特徴を教えてくれないんだから、気付くわけないじゃないっ！」

「何を言っているのさ、とっても目立つ大事な特徴をつけてるじゃない」

「何を言って……ああ、そうね。ちゃんとつけてるわね」

ビックリして呆《ほう》けたままの私のことなど気にもせず、隣のテーブルのカップルさんたちは何故か私の右手と首元を見て、納得したように頷《うなず》き合っている。ちょっと待ってくださいっ、私にもちゃんと説明をっ。

が、それを訴える前に、彼女さんが私の向かいの椅子《いす》に座り直して、私の顔を覗《のぞ》き込んできた。うわぁ近くで見てもすごい美人さんですね……って、だからまずは説明をしてくださいーっ。

「そっかそっか、逸人ってばこんな感じの子がタイプだったのね」

「あの、お二人は逸人さんのお知り合いなんですか？」

「そうよ、お知り合い。こーんな時からのね」

こーんなの部分でテーブルの下へ手を向けた彼女さんが、にっこり笑った。

うわぁ、ほんとにほんとに綺麗な人だな。逸人さんの周りは、なんでこんなに綺麗な人ばかりなんだろう。

その時、ふいに由理さんと楽しそうに話していた逸人さんを思い出して、胸の奥がズキンと痛んだ。それを振り払おうと小さく頭を振る。そして改めて二人の顔を見て、一度頭を下げてから挨拶《あいさつ》をした。

「はじめまして、森下美奈といいます。逸人さんとは最近親しくしていただいてます」

「美奈ちゃんかぁ、僕はウィリアム。ウィリアム・T・コンフォール。ウィルって呼んでね」

「はい。……え？　コンフォール……さんですか？　立花じゃなくて……？」

幼い頃から知っているということだし、なにより「逸人兄《にい》」と呼んでいるので、てっきり逸人さんの弟さんかと思ったんだけど、苗字が……というより、もしかしたら国籍が違うのかもしれない。私が不思議そうな顔をしていたんだろう、彼はすぐに説明をしてくれた。

「僕と逸人兄は血の繋《つな》がった兄弟ではないよ。逸人兄のお母さんや伯母さんがこの人と親友でね、小さい頃から何度も一緒に遊んでいた……何ていうの？　親戚のようなもの？　たぶん」

「そうなんですか」

「うん。逸人兄に兄弟はいないよ？　聞いていなかった？」

その言葉で気付いてしまった。逸人さんからは伯母さんがいるらしいって話以外、家族の話をあまり聞いたことがないって……

（由理さんは知っているのかな……）

そんなことを考えてしまう自分が嫌になる。一瞬言葉に詰まってしまったけど、なんとか知らなかったですと笑って答えられた。

「そっかぁ、じゃあこれから言うつもりだったのかな？　逸人兄に怒られちゃうかなぁ」

「それくらいであの子は怒らないわよ。美奈ちゃん、私は彩華《あやか》・コンフォール。よろしくね」

「よろしくお願いします……あれ？」

ペコッと頭を下げたまま止まってしまった。そしてさっきのウィルさんの言葉を思い出して、一瞬ある考えが頭を過《よ》ぎる。けれど、まさかねとそれを遠くに投げてから顔を上げた。

「そうだ、私たちこれからすぐそこのイタリアンレストランで食事をとるの。よかったら一緒にどう？」

「いえ、逸人さんの仕事が終わるのを待っているところなので。それにお二人のお邪魔をしては悪いですし」

「邪魔？」

「僕たちの？……えっと、あのね、美奈ちゃん。この人は僕の母で、見た目は若作りをしているけどもうごっづー！」

「余計なことは言わなくていいの」

ウィルさんの髪をグイッと引っ張った彩華さんは、その手に握った髪を放したあと、私ににっこりと笑顔を向けた。

えっと、はい、何も聞こえませんでした。でもさっき苗字が同じだったのは聞き間違いじゃなかったのか。ウィルさんがいくつかわからないけど、私よりは年上だと思う。

彩華さんはウィルさんくらいの息子さんがいるとは思えないほど若々しい。これが話題の美魔女というやつか。

ほえーっと感心していると、彩華さんの前に置かれたスマホが震えた。彩華さんが顔をしかめながら「ちょっとごめん」と言って席を立つ。その後ろ姿を見送ったウィルさんは、彩華さんが座っていた席にに移動すると、真向かいからずいっと身を乗り出してきた。

「美奈ちゃんはこれから逸人兄《にい》とデートなの？」

「あ、いえ。家でご飯を食べるだけですよ」

「それって美奈ちゃん家？　逸人兄ん家？」

「逸人さんのお家です」

「美奈ちゃんは逸人兄の家によく行くの？」

「よく……ですかね？　週末は大体お邪魔してます」

「それじゃあさ」

「あっれ～？　もしかして森下さん？」

嬉しそうに笑ったウィルさんが何か言いかけた時、ウィルさんの後ろから女性の声がした。誰？　と思って顔を上げる。その瞬間、自分の顔が強張《こわば》るのがわかってしまった。

「やっぱそうじゃん、何、森下さんって今この辺に住んでんの？」

「……ううん、私は実家住まいだから。今日は約束があって……。同窓会ぶりだね、横川さん」

知らない女性二人と一緒に立っている横川さんを見上げて、何とか笑ってそう答えると、彼女はけらけら笑いながらウィルさんたちの荷物が置いてあるテーブルについてしまった。

「あっ、その席は」

「ん？　ああ、いいじゃん、今は誰も座ってないんだし。それより何、もしかして森下さんって本当に彼氏いるの？」

どうしようと思ってもともとその席に座っていたウィルさんを見たけど、彼は気にしていないのかニコニコして横川さんを見ていた。い、いいのかな？

「ほら同窓会で彼氏できた〜って自慢してたらしいじゃん」

「自慢なんて……」

「みんなで、絶対見栄《みえ》張って嘘言ってんだって笑ってたんだけど、どうなの？」

「……嘘じゃないよ」

ここまで露骨《ろこつ》な態度は初めてだな……。違う、いつもはのんちゃんたちが壁になってくれていたんだ。横川さんはどうして声をかけてきたんだろう？　私が気に入らないなら、気付かないふりをしてくれたらよかったのに。

「ヨコ～、私らあっちにいるからね」

横川さんと一緒に来ていた二人が、奥のほうを指差して声をかける。すると、横川さんが慌《あわ》てて二人を引きとめた。彼女が席を立ってくれそうでほっとしていると、横川さんはその二人を手招きしながら大きな声で言った。

「あ～待って待って、ほら、前に話したじゃん。あの笑える告白の」

「え～？　……もしかして男からデブは女じゃないってふられたってやつ？」

その言葉に、息をするのを忘れるほど胸が痛んだ。

彼女たちの声が聞こえたんだろう他のお客さんたちも、チラチラと私のほうを見ている。だけど、何だか酷《ひど》く耳鳴りがして周りの声が聞こえない……。

震え出した手を膝《ひざ》の上で重ねて俯《うつむ》いていると、目の前で大きな手がフリフリと振られた。はっとして顔を上げる。そこには、さっきと変わらない笑顔で、手を振るウィルさんがいた。

「ウィルさん……」

「あ、やっとこっち見たね。美奈ちゃんたらボーっとしちゃうから心配したよ」

「あ……すみません」

「やっだ、あんたがはっきり言うから森下さんが泣いちゃうじゃん」

「話をふってきたのはヨコでしょ～」

楽しそうな笑い声を聞きながら、ウィルさんになんとか笑って見せていると、「ごめんね～」と言った横川さんが、信じられないことを伝えてきた。

「いや、悪気があったわけじゃないんだよ。ただ何も知らないでいたら可哀想《かわいそう》だなぁって思って」

「え？」

「あの子がね、この店に入ってきた時に森下さんの彼氏を見たことがあるって言ってさ。なんか、森下さんの彼氏が他の女の子たちと一緒にいたのを見たらしいよ」

「……え？」

「森下さんが遊ばれてたら可哀想だなって、これでも心配したのよ。ほら教えてあげなよ」

「え～、彼女何も知らないって感じじゃん。可哀想じゃない？」

「現実を知ったほうがいいんだって」

「しょうがないなぁ。かっこいいから覚えてたんだけど、彼氏のこと、何回かM市で見たよ。いっつも違う女連れてた」

逸人さんが？

言われた言葉を理解した時に真っ先に浮かんだのは、「そんなわけない」という言葉だった。逸人さんは浮気なんてするような人じゃない。もし私から気持ちが離れたら、きちんと私にそう言う人だと思う。そう逸人さんと約束したから。他人の言葉じゃなくて、逸人さんの言葉を信じるって。

何だか歪《いびつ》な笑顔の彼女たちを見て、一度深く息を吐いてから否定の言葉を言った。

「私は彼を信じているので、心配してもらわなくて大丈夫です」

「だって、つい先週も見たよ」

「それ、僕のことだよね？」

さらに続けようとした彼女の言葉を切るように言ったウィルさんは、私をまっすぐ見つめながらもう一度「僕のことだよ」と言ってくれた。

あ……そうか、横川さんはウィルさんを、私の恋人だと勘違いしているんだ。考えてみれば、横川さんは逸人さんの顔を知らないもの。

やっぱり逸人さんじゃなかったと微笑《ほほえ》むと、彼女たちがさらに何か言ってきた。でも否定してもきっと何か言われるんだろうと思って、全て聞き流していたら、いきなりウィルさんが首を傾《かし》げながら言ってしまった。

「美奈ちゃんの彼氏に間違われるなんて光栄だけど、彼女の彼氏は僕よりずーっとかっこいいよ、ね？」

「えっ、どういうこと⁉」

「僕はたまたま会って話していただけ。美奈ちゃんの彼氏はＭＴグループで働いている、僕と違って正統派のイケメンだよ」

「MTグループ⁉　ウソッ！」

「嘘じゃないよ、美奈ちゃんもそこで働いているんだよね？」

「はい、私は彼と違って総務部ですけど」

「嘘っ！　なんで⁉」

目を吊り上げてこっちを見てきた横川さんの迫力に、つい体をビクッと揺らしてしまう。

「仕事ができて、見た目が良くて、しかも美奈ちゃんにメロメロなんだよね？」

横川さんが物凄《ものすご》い形相《ぎょうそう》で睨《にら》んでくる。まだ続けようとするウィルさんをどう止めようかと焦《あせ》っていると、お店の入り口から彩華さんと一緒に逸人さんが入ってきた。

何だか不機嫌そうなその顔が、私と目が合った瞬間に嬉しそうに綻《ほころ》ぶ。どうしよう……泣きそうだ。

「美奈、待たせてごめん。……どうかしたのか？」

「なんでもないの。逸人さん、お疲れさまです」

まっすぐ私のほうへ向かってきた彼が、心配そうにそっと私の頬《ほお》に手を添える。それを、横川さんたちが目を丸くしながら見ているのがわかった。

彼女たちと目を合わせないようにしながら荷物を手に取り、席を立つ。ウィルさんたちに挨拶《あいさつ》しようとすると、彼らももうお店を出ると言うので、四人で出口へ向かった。

外へ出てホッと息を吐いた瞬間、お店の扉が勢いよく開き、横川さんが飛び出してきた。

「どうしてよっ‼」

「横川さん？」

「どうしてあんたばっかりうまくいくのよっ！　あんたなんてデブでブスでっ、私のほうが絶対キレイなのにっ！　どうして仕事も恋愛もあんたなんかに負けるのっ⁉」

彼女は地団駄《じだんだ》を踏みながら、私をギラギラとした目で睨《にら》み付ける。横川さんを追いかけるようにして店から出てきた彼女の友達たちは、子どものような癇癪《かんしゃく》をおこしている横川さんを呆然《ぼうぜん》と見つめていた。

横川さんに何か言ったほうがいいのかもしれない。だけど何も言葉が思いつかない。

その時、逸人さんが私の肩に手をおいて、グッと引き寄せた。そして横川さんに向かって口を開く。

「君がどうしてうまくいかないのか、俺にはわかるよ」

「はあ⁉」

「どんなに綺麗に化粧をしたって、人の顔にはその人の内面が滲《にじ》み出るものだ。君のような人間が、俺の可愛い美奈の視界に入るのは不愉快だ。迷惑だから、二度と美奈に話しかけないでくれ。美奈、行こう」

横川さんに冷たい目を向け、感情のこもらない声でそんなことを言った逸人さんは、私を促《うなが》すと彼女たちに背を向けた。

背後から聞こえた「ふざけるんじゃないわよっ!!」という怒鳴り声に一瞬足を止めそうになったけど、「そのまま歩いて」と逸人さんに促された。

お店から離れてからもしばらく無言で歩き続ける。

「で？　いつまでついてくる気だ？」という逸人さんの言葉で、ようやくウィルさんたちがすぐ後ろを歩いていたことに気付いた。

「え～？　逸人兄《にい》の家までかな？」

「ふざけるな」

「成り行き上、仕方なかったでしょ。それより美奈ちゃん、大丈夫？　災難だったわね」

正面にまわりこんできた彩華さんが、そう言って優しく頭を撫《な》でてくれた。関係ない三人をまきこんでしまったことに、申し訳ない気持ちでいっぱいになる。

「迷惑をかけてしまって、本当にすみませんでした」

「美奈ちゃんのせいじゃないでしょ。あんなのただの八つ当たりにしか見えなかったもの。それとも、美奈ちゃんは彼女に何かしたの？」

「……わかりません。彼女は中学の同級生なんですけど、あまり話したこともなかったので」

正直、どうしてあんなにも横川さんに嫌われているのかわからない。昔だってほとんど接点はなかったし、中学を卒業してからは、この間の同窓会まで一度も会ったことがなかったのに……

俯《うつむ》いたまま、そんなことを考えていると、「気にしないのが一番よ」と彩華さんに声をかけられる。なんとか笑顔をつくって彩華さんに応《こた》える。逸人さんも肩においた手に力を込めて、「気にするな」と言ってくれた。

そんな空気を変えるように、彩華さんたちにもう一度、一緒にご飯を食べようと誘われたけど、物凄《ものすご》く嫌そうに逸人さんが断ってしまった。ブーブー文句を言うウィルさんを、苦笑いした彩華さんが引っ叩《ぱた》いて黙らせている。

「さて、予約時間に遅れても困るし、もう行きましょうか」

「もう？　ねぇ本当に行かないの？　一緒にご飯食べようよ」

「それはまたの機会でいいでしょ。それじゃあね美奈ちゃん、今度是非うちに遊びに来て」

「ちぇー、まぁいっかぁ。じゃあね美奈ちゃん、今度デートしようね」

「だから余計なことを言うんじゃありませんっ」

「イタッ、痛いって、引っ張らないでよ」

彩華さんはウィルさんの髪を引っ張ると、手を振りながら歩いていった。そんな二人に手を振り返しながら、逸人さんと顔を見合わせて少し笑う。

　二人とも、とても綺麗でいい人たちだった。ちょっとしか話してないけど、ここのところ会社の人たちにきつい眼差《まなざ》しばかり向けられていたから、ああやって優しく微笑《ほほえ》まれると本当に嬉しい。

　そう思った拍子に、会社の女性陣から言われた言葉の数々が頭の中に浮かんでしまう。ギュウッと目を閉じて、思い出すな、忘れるんだと言い聞かせていると、「美奈？」と逸人さんが私の顔を覗《のぞ》き込んできた。気持ちを切り替えようと軽く頭を振る。「お腹すいたね？」と言って彼を見上げると、「俺も。早く帰ろう」と手を取られる。

　春になったとはいえまだ少し肌寒い夜、繋《つな》いだ手はとっても温かかった。

＊　＊　＊

　逸人さんを待たせるのも悪いので、今日の夕飯はすぐにできるメニュー、親子丼にほうれん草の白胡麻和《しろごまあ》えと茄子《なす》の煮浸《にびた》しだ。茄子が好きな逸人さんが嬉しそうに頬張《ほおば》っているのを見ながら、恐る恐る彼に尋ねた。

「あのね、今日なんだけど……」

「ん？」

「あの……泊まっていっても、いい、かな？」

「え？」

「あっ、別に無理ならそれでいいし、あの、その……」

思っていたよりも驚かれてしまい、やっぱり迷惑だったかと慌《あわ》ててしまう。言わなければよかった……と俯《うつむ》いていると、大きな手が私の頭をぐりぐり撫《な》でてきた。

「無理なわけないだろ、嬉しすぎて言葉が出なかっただけさ」

顔を上げると、ニコニコしている逸人さんがいた。

「でも美奈のご両親のほうは大丈夫？」

「うん、明日は母が午後からの出勤だから、父の朝ご飯もお弁当も用意してくれるって」

「じゃあ、これ食べたら明日の着替えとか取りに一度帰る？」

お泊まりにオッケーが出たようで、ほっとしながら首を振った。

「ううん。えと、一応、下着とかブラウスは持ってきてるから平気」

「そう」

「うん」

「嬉しい」

そう言った逸人さんにチュッと触れるだけのキスをされ、私は赤くなりながらご飯の続きを食べた。

ご飯のあとに交代でお風呂に入ってから、ソファに並んで座ってテレビを見た。喉《のど》が渇いたので、自分用に紅茶を、彼には牛乳たっぷりのカフェオレを作る。彼のカップをテーブルに置くと、逸人さんが少し残念そうにそれを手に取った。彼は、コーヒーはブラックが好きで、一日に何杯も飲んでいる。だから夜くらいはミルクを入れて飲んだほうがいいって言って、いつもそうしているんだけど、一杯目くらいはブラックにしてあげればよかったかな？

さっきと同じように彼の隣に腰かけようとすると、手を引かれて彼の膝《ひざ》の間に座らされた。そのまま逸人さんは私のお腹の前に腕を回し、肩に頭をのせてくる。

「逸人さん？」

「ん？」

「えと、この格好は恥《は》ずかしいんだけど」

「そう」

「………………」

「………………」

「あの、普通に座っちゃ駄目？」

「これだって別に普通だろう」

「………………」

「…………」

「はぁ……」

彼に腕を離してくれる気がないと知ってため息をつくと、逸人さんが「ククク……」と笑う。私だってこの体勢が嫌なわけじゃないのだ。恥《は》ずかしいだけで。

「ごめん、平日に美奈が泊まってくれるなんて初めてだろう？　ちょっとうかれているんだ」

「それは、その、体がね」

「ああ、わかっている。今日は我慢するから」

そう言いながらも、逸人さんが首筋にキスをしてきた。

ちゅっ、ぺろっとされてしまい、体をひねって逃げると、咎《とが》めるようにハムッと甘噛《あまが》みをされる。

このままではまずい、非常にまずい。どうしたって私はその行為をキッパリと拒否できないから、いつの間にか二人でベッドの中にいたってことになってしまう。そう思って何とか彼の気を逸《そ》らそうと、今日出会った彩華さんたちのことを話題にしてみた。

「あ、彩華さんたちって、とっても綺麗だね。私、二人が恋人同士だと思って、二人にそう言ってビックリさせちゃった」

その話題は、逸人さんの気を逸らすのにとっても有効だった。逸人さんは顔を勢いよく上げると、私の顔を覗《のぞ》き込んでくる。

「綺麗って、あの駄犬《だけん》もか⁉　そもそもなんであいつらに美奈が俺の彼女だってばれたんだ？」

「コーヒーショップで隣同士だったんだけど、なんでかウィルさんに逸人さんの彼女でしょって聞かれて、ビックリしてそうですって言っちゃったの」

「あいつの嗅覚《きゅうかく》は犬並だな……」

はぁ……とため息をついた逸人さんは、何故か私の首に鼻を擦《こす》り付け、すんすんと匂いを嗅《か》いでくる。

（いやぁーっ、何⁉　私ってば何か匂うの⁉）

「ちょっ、逸人さんやめてっ」

「んー、俺の匂いしかしないかな」

「何を変なことを言っているの⁉」

「あの駄犬は油断できないんだ。彩華さんが一緒だったから心配ないだろうけど、万が一あの馬鹿が美奈に手を出したらソッコーで去勢してやる」

「だから何を言っているのっ」

ぐりぐりと顔を擦り付けてくる彼を必死にはがすと、逸人さんは不満気な表情で上目遣いに私を見てきた。その表情が可愛くてつい抵抗を止めたら、鼻をカプッと噛まれてしまった。

「何故そんなに嫌がるんだ？　まさかあの駄犬《だけん》に惹かれたなんて言わないよな？」

「ええ⁉　逸人さん、本当に言っていることがおかしいよ」

「……だってあいつのほうが俺より見た目がいいだろう？　………若いし」

「へ？」

「あいつは俺より三つ下だし、女に人気があるし、この前だってまだ二十代で通るって自慢していたし」

「逸人さん⁉」

「美奈はあいつを見てどう思った？　かっこいいって思った？」

「えっと、ウィルさんも彩華さんも綺麗な人だなとは思ったよ」

「美奈、見た目に騙《だま》されちゃ駄目だぞ。あいつは駄犬だ。調教を失敗した駄犬だ。さっさと去勢したほうがいいって周りの人間たちが彩華さんに散々言っているほどの駄犬だ。視界に入れたら美奈が穢《けが》れる。美奈が減る。だから近寄っちゃいけない」

　ぎゅうーっと抱きしめられて言われた言葉につい笑ってしまうと、逸人さんが恨《うら》めしそうに唸《うな》った。

「何がそんなに面白いんだ？」

「だってまるで逸人さんが、ウィルさんにやきもち妬《や》いているみたいなんだもの」

「妬くさ、当たり前だろう？」

「へっ？」

「俺は美奈に近づく人間みんなに妬いているよ。邪魔しないとか言っておきながら俺と美奈のランチタイムを邪魔する本木や、美奈に可愛い笑顔を向けてもらえている川崎、俺が知らない学生時代の美奈を知っている小林さんたちや、毎日美奈と一緒に暮らしているご両親に、いつも楽しそうに美奈が話しているお兄さんたち。みんな羨《うらや》ましいし、美奈に大事にされている人たちに妬いている」

「…………」

驚きすぎて言葉が出ないでいると、逸人さんが私の体の向きを変えて、彼の膝《ひざ》の上に横向きに座らされた。

「こんなに心が狭いことを言うと、美奈に嫌われるな」

そう言って目を伏《ふ》せる彼に、衝動的にキスをしてしまった。逸人さんの首に抱きつき、彼を見上げる。

「わ、私も妬いているのっ！」

「美奈？」

「逸人さんと由理さんが昔付き合っていたって聞いてから、ずっと胸の奥が重たくって痛くてっ……。私の知らない逸人さんを由理さんが知っているのかもしれないって思うと、由理さんが大好きなのに胸が嫌な気持ちでいっぱいになって、そんな自分がすごく嫌で……。由理さんが川崎主任と付き合っているって知っているのに、もし由理さんがまた逸人さんを好きになっちゃったらどうしようってっ……んぅっ」

私の言葉が逸人さんに呑み込まれた。押し入ってきた彼の舌に、歯列を舐め回され、舌を擦《こす》り合わされる。長い長いキスは、二人の唾液《だえき》が、私の口の端から流れ出てもやまなかった。次第に呼吸まで難しくなってきた私が、彼の首に回していた手を胸元に持っていき、力をこめて押すことでやっと休憩がもらえる。

「はぁっ……はぁっ……はぁっ……ふむん～っ⁉」

息が整わないうちにまた口を塞《ふさ》がれて、知らず涙が出てくる。ようやく逸人さんが顔を離してくれた時には涙で逸人さんの顔が見えなくなっていた。

「ひゅっ、ひっ、ひっ、ふぅっ、ふっ、ふう………」

「……ごめん、やりすぎた」

額《ひたい》に何度もキスを落としてくれる逸人さんに、何とか首を振って大丈夫だと伝えると、ギュウッと抱きしめられた。

「美奈、俺は本木と付き合ったことなんてないよ」

「え？　でも会社の人たちはみんなそう思っているみたいで……」

「うん、まぁそう思わせていたことは認めるけど、実際は俺にとって妹のようなものだから」

「思わせていたって……」

「俺は女と付き合うつもりがなかったから、いちいち寄ってくる女を断るのが面倒で本木を使っていたんだ。本木は本木で色々とあって……、それについては俺からは言えないけど、本木にとっても俺と付き合っていることにしておけば都合がよかったから、何か聞かれても否定しなかったんだ」

「でも、それは逸人さんがそう思っているだけかもしれないよ？」

逸人さんがそう思っていたから、由理さんは言い出し辛くて自分の想いを殺していたのかもしれない。仲がよすぎて関係を壊すのが怖かったとか。

せっかく逸人さんが否定してくれているのに、素直に納得できない自分が本当に嫌だと思っていたら、急に逸人さんの胸が震えた。何？　と顔を上げると、私と目が合った瞬間に逸人さんは大口を開けて笑い出す。

「逸人さん!?」

「ふっ、くっくく……美奈、それを本木に言ってごらん。その時ばかりは美奈を泣かせるくらいの剣幕《けんまく》で反論すると思うよ」

「……」

「俺とあいつは兄妹だ。あいつが困っていたら力になりたいと思うし、いい男と幸せになってほしいと願っている。でかくなってからは可愛くない口ばかりきく生意気な妹だが、昔と変わらず家族として愛情を持っているよ。美奈にもお兄さんがいるだろう？もしお兄さんと血が繋《つな》がっていないと言われたら、お兄さんを男として意識する？」

その言葉に否定の意味で首を振ると、「そうだろう？」と頭を撫《な》でられた。

「俺とあいつはそういう関係。血は繋がっていないけど、俺にとってあいつは妹なんだ」

「……ごめんなさい」

「謝る必要はないさ、元はといえば面倒だからといって周りの誤解を放置していた俺たちが悪い」

「ううん。そんなことない」

噂話《うわさ》というものが、酷《ひど》く無責任で自分勝手なものだって、私は知っている。それがどんなに事実とかけ離れたことでも、その噂が面白かったり、周囲の興味を引いてしまったら、あたかも真実のように扱われてしまうし、時には否定の言葉さえ曲解《きょっかい》され、肯定と取られてしまう。

由理さんはずっと言っていたじゃない。『あいつとだけはありえない』って。それはきっと、こういうことだったんだ。

何だかすっと、由理さんの言葉が胸に落ちていった。

由理さんは、もしかしたらいつか私がこの噂を聞いてしまうと思っていたのかな？

その時に私が誤解しないように、あんなに何度も言ってくれていたのかもしれない。

そう逸人さんに伝えると、しかめっ面をした彼は「それはあいつを買《か》い被《かぶ》りすぎだ。あの馬鹿は何も考えずに俺を貶《けな》しただけに決まっている」と言った。何だかおかしくなって笑い出した私を見て、逸人さんも笑った。


「俺には父親がいないんだ」

二人とも落ち着いてから、穏やかな声でそう言われた。

「俺の母親は翻訳家になるのが夢でね、学生の頃にアメリカに語学留学をしたんだ。そこで同じように留学してきていた外国の男と、それはそれは情熱的な恋をしたらしい。二人の間に何があって、どうしてそうなったのかは知らない。ただ、俺の母親は二年の予定だった留学を一年半でやめて帰国し、俺を産んだ。安定期に入ったばかりの体で無理やり帰国した母親に、何も知らなかった祖父さんや伯母は随分驚いたらしいよ。まぁ、当然だよな」

「逸人さんのお父さんとは……」

「別れたのかどうなのか……。母親は死んだって言っていたけど、本当か嘘かも知らない。ただ、俺が生まれてから一度も会ったことはないし、写真も何もないから顔も知らないんだ」

「……………」

「祖父さんは激怒したらしい。当然だよな、勉強したいと言われて送り出した娘がその途中で帰ってきて、腹には誰の子かもわからない子供がいる。せめて何か言い訳でもすれば違ったんだろうが、俺の母親は何を聞かれても全く話さなかったらしい。……祖父さんは産むなと言っていたそうだ」

その言葉に知らず体が震えた。

もしかしたら、この世界に逸人さんがいなかったかもしれないという恐怖。今私の体を包んでくれている温もりが、存在しなかったかもしれないんだ……

「母親は、祖父さんならそう言うとわかっていたんだろうな。だから安定期までは黙っていたんだ。それからの親子喧嘩《げんか》は凄《すさ》まじかったらしいよ。祖父さんはもちろん、俺の母親も頑固《がんこ》で、自分の意見を絶対に曲げないんだ。売り言葉に買い言葉の末、母親は俺を一人で産んで育てるって家を飛び出した。そして伯母の助けを借りながら、何とか1Kのアパートで暮らすことになったんだ」

両親がそろった家で育った私には、逸人さんにかける言葉を見つけられなかった。そんな私のこめかみに唇を付けながら、逸人さんはなんでもないことのように話を続けた。

「色々あって何度か引越しを繰り返して。最後に落ち着いたアパートで隣に住んでいたのが本木の家族。俺の母親は時給のいい夜の仕事をしてたから、俺はよく本木の家でご飯を食べさせてもらっていたんだ。今はあまり目立たないけど、小さい頃は俺の髪も瞳も、もっと色が薄くてね。おまけにどこから情報を仕入れてくるのか知らないけど、父親のわからない子供だってことで幼稚園でも小学校でも虐《いじ》められたよ、どうしてか女の子ばかりに」

「逸人さんが虐められてた……？」

「疑っている？　本当だよ。同級生の女の子やその母親、クラス担任の女教師はとにかく敵だった。まぁその、母はだいぶ目立つ容姿をしていたからな、そのせいもあったかもしれないけど」

なるほど、逸人さんのお母さんなのだ。それは綺麗な人なんだろう。女の嫉妬《しっと》は怖いよね、何だかジメジメしていて。そんなことを考えていると、逸人さんは「まぁ、気にしてなかったけどね」と笑った。

「伯母夫婦や彩華さん夫婦に助けられて何とか暮らしていたんだけど、俺が高校生の頃にとうとう母が体を壊してね。これ以上無理をさせたくないと思って俺が高校を辞めようと思っていた時に、祖父さんがやってきたんだ。自分が悪かったから、もう意地を張るのはやめてくれって言いにね」

「それまではその……お祖父さんとお母さんは……」

「仲が悪いなんてものじゃなかったな。二人とも自分の言いたいことだけ言って、相手の話はまるで聞かないから」

「それじゃあ、なかなか修復は難しいね……」

「母親は、見た目は若い頃の祖母に瓜《うり》二つだったらしいけど、中身は間違いなく祖父さんのクローンだったからね」

「お祖父さんと逸人さんはその……」

「特別仲が悪いわけじゃないと思うけど、いいわけでもないな。昔は大嫌いだったし」

「それはやっぱり、その、最初に反対していたから？」

「んー、どうだろう。子供の頃にさ、いっつも理不尽に怒鳴ってるおっさんを好きになるのは、なかなか難しくないか？」

「それはまぁ、そうかも」

「でも、母親が倒れた時にさ。意識のない母親の手を握って、泣きながら謝っている姿を見たら、それまでの色々がどうでもよくなったんだ。ああ、この人はただ心配だったんだ。そしてどうしようもなく不器用なんだと思ったよ」

「逸人さん……」

「俺自身は父親がいないことなんて気にしていない。伯母の旦那や、彩華さんの旦那さんが昔から可愛がってくれていたし、うるさいジジイもいるからな。でも周りはそうは思わないようで、色々と勝手なイメージで俺のことを決め付けてくる。俺は……幸せだし、可哀想《かわいそう》じゃないし、父親がいないことで周りに迷惑をかけたこともない」

最後の言葉が少しだけ震えているのに気付いて、堪《たま》らない気持ちになった。体をずらし、逸人さんの頭をギュッと抱きしめる。逸人さんは黙って私の背中に腕を回した。

「逸人さんの傍《そば》には、優しい人がいっぱいいたんだね。逸人さんが幸せになれるように頑張ってくれる人がいたんだね」

「そうだね、俺たちは周りの人に恵まれていた」

「だって逸人さんはとっても優しくて素敵な人だもんっ」

「美奈？」

「そんな逸人さんを育てて見守ってきた人たちが、素敵じゃないはずないもの。今の逸人さんを見てたらすぐわかるよ、血の繋《つな》がりはなくても、きっと素敵なお母さんたちやお父さんたちがいるんだって」

「ははは……、そっか、……そうだといいな……」

それきり言葉を発しなくなった彼の頭を何度も撫《な》でた。逸人さんは何の反応もしなかったけど、ずっと撫で続けた。

こういう時にもっといい言葉をかけてあげられればいいのに……。自分の至らなさがとても悔しい。私には昔の彼の状況をぼんやりと想像することしかできなくて……

でも、これだけはわかる。逸人さんはとても優しい。その優しさは、彼の周りの人たちが優しかったからこそ育《はぐく》まれたものだと。

無理に言葉をかけるんじゃない。無闇《むやみ》に手を差し伸べるわけじゃない。でも、いつも見守っていてくれているっていう安心をくれる。辛くてどうしようもなくなった時に後ろを振り向いたら、両手を広げて待っていてくれる。その腕があることを知っているから、逸人さんは前を向いて生きてこれたんだと思う。

いつか、逸人さんのお母さんに会えたら伝えたい。「頑張ってくれてありがとうございました」「逸人さんを産んでくれてありがとうございました」って。「これからは、私も逸人さんを幸せにできるように一緒に頑張らせてください」って……

部屋の中に満ちていた柔らかい空気を、いきなり壊したのは、逸人さんだった。

私の胸に顔を埋《うず》めていた逸人さんが、いつの間にか私のパジャマの胸元のボタンを開けて、ナイトブラの上から胸に噛《か》み付いてきたのだ。慌《あわ》てて抱えていた頭を放して逸人さんの肩を押すが、ビクともせずに私の胸を食べている。

「ちょ、ちょっと逸人さん⁉　何をしているの⁉」

「何って……食事かな？」

「食事って、それは私の胸だよっ」

「うん、美味《おい》しいよ」

「そうじゃなくてっ、噛まないでってばぁ～」

「じゃあ舐めることにする」

「違うでしょう⁉」

結局、ブラを上へ持ち上げられ、ぶるんっと飛び出た胸の頂《いただき》を吸われてしまった。

ビリッと背筋に快感が走り、口から出そうになった声を必死に呑み込む。

与えられた刺激で尖ってしまった先端を歯で挟まれ、もう一方の先端を指で摘《つま》まれ捻《ひね》られた。最初は優しく、そしてだんだんと強くされるそれに体を震わせていると、背中に添えられていた手でソファの上に寝かされてしまう。ハッとして胸元にある逸人さんの頭を遠ざけようとしたら、お尻をギュウッと掴《つか》まれた。

「んっ、いた、いっ」

私が声を上げると、微《かす》かに笑った気配がした。胸におかれていた手もすぐにお尻へと伸びて、両手でしっかりと掴まれる。そのまま力強くグニュグニュと揉まれると、大事な部分にジワッとしたものが滲《にじ》むのがわかった。

手はお尻を揉みながら少しずつ下のほうへとおりていく。そしてそこへ触れると、グッと押し、すぐにそのへこみをなぞるように動かしてくる。これは本格的にまずい気がする っ！

「逸人さん、きょ、今日はしないって」

「ああ、最後まではしないよ」

「最後⁉」

「ただ美奈を可愛がるだけ」

(それはあれですか⁉　直前まではするってことですか⁉)

確かに私は、エッチをするとお腹や腰が痛くて次の日が仕事の日は困るって言った。だから、ただ触られるだけなら大丈夫ってとられても仕方ないけど……しないって言われたら全くしないものだと思うじゃないっ。

私がぐるぐる考えていたのがわかったんだろう、逸人さんが両手はそのままに私の胸から顔を上げた。

「一応言い訳をすると、さっきまでは本当に何もしないつもりだったんだ。ただ、今は美奈に触りたくて我慢できない。指も俺のも入れないから、ちょっとだけ触らせて？」

「ええっ⁉」

「駄目かな？」

駄目かと聞かれたら私的《わたしてき》には駄目だけど、そんな顔で言われてしまうと拒否しづらいよっ。

いつもは凛々《りり》しい眉を下げ、しゅんとしたその姿はまるで迷子の子供のようで。今も不埒《ふらち》に動かし続けている両手さえなければ、なんだって許してしまいたくなる。

ああもう本当にどうしよう。

私だってせっかく一緒にいるんだから、逸人さんとくっついているのはうれしい。でも、そういうことをしていて最後までしないって、逸人さんは平気なのかな？　男の人の体のことはよくわからないけど、辛くはないのかな？

「その、こんなことして、途中で終わらせても、その……」

「大丈夫」

「じゃあ、あの、……どうぞ」

覚悟を決めて、抗《あらが》っていた両手から力を抜くと、逸人さんは一瞬驚いたように目を丸くしたあと、口の端を上げて、顔を寄せてきた。

キスの合間に、こんなに明るい場所で、しかもソファでは嫌だと言うと、逸人さんが抱き上げて寝室へと連れていってくれる。ゆっくりとベッドの上に寝かされ、ヘッドボード脇のランプをつけると、彼の手でパジャマを脱がされた。

顔中にキスをしたあと、その唇が首に移動する。いつの間にかブラも取り払われ、遠慮のなくなった手に形が変わるほど力強く胸を揉まれた。少し痛いそれによってさえ、私の中からはジワジワと蜜が溢《あふ》れてくる。

手はそのままにキスがだんだんと私の秘所へと近づいていく。キスがお腹まで来ると、余分にあるお肉を舐められ、噛《か》まれてしまった。しかも手でお肉を寄せてはきつく吸われて食《は》まれる。むにむにに、はむっ、むにむにむに、はむっ、むにむにむに………

「もうやめてーっ」

「ん？」

「私のお肉がいっぱいあるのは私が一番知っているから、もうやめてっ」

あんまりにも切なくて涙が滲《にじ》んできた。

確かに私のお腹には摘《つま》めるほどお肉があるけど、そんなに力強く寄せることないじゃない。

お腹をチューッと吸っている頭を無理やりお腹から離すと、不思議そうな声を返された。

「どうした？」

「どうしたって……」

「今日は最後までしない分、美奈の全身を味わいたいだけだったんだが、嫌だった？」

「だって……お肉が……脂肪がいっぱいなんだもん……」

「これくらい気にすることないだろ？　柔らかくって気持ちいいよ」

「柔らかいことが嫌なのっ」

「わかったわかった、じゃあ別のところにするから」

困ったように笑ったあと、残されていたショーツをスルスルと足から引き抜かれた。

そのまま太腿《ふともも》に手をかけられる。逸人さんが次に何をしようとしているのかに気付いて、つい足に力を入れてしまうが、容赦《ようしゃ》なく開かれた。

案の定、足の間に体を収めた彼は顔をそこに近づけ、繁みの横の薄い皮膚《ひふ》にチクッとするキスを何度も落とす。すでに濡れてしまっているせいか、彼の息遣いを感じるだけでスースーする。けれど逸人さんはその場所には触れずに、右足のふくらはぎを持って足を持ち上げ、膝《ひざ》から足の付け根へと舌を這《は》わせた。

「ううっ、ふう……ん……」

ゾクッと全身の産毛《うぶげ》が逆立つ感覚に体を捻《ひね》るけど、足を這う舌は止まらない。

時々軽く歯を立てながら太腿全体を舐めていたそれが、さらに下へ行こうとするのを必死に止める。

「それ以上は嫌っ」

しょうがないなぁといった顔をされたけど、私は悪くないはずだ。私の反応はいたって普通だ。

やれやれといった感じで私の足を下ろした逸人さんは、今度は左の太腿を丹念に舐め始めた。そして、たまに引くつく私のそこにフウッと息を吹きつける。

「やっ」

「ひくひくしてる……可愛いな」

さらに足を開かれるとそのままグイッと持ち上げられ、私の顔の近くまで膝を折り曲げさせられてしまった。

前にも何度かされたことがあるけど、自分の恥《は》ずかしい場所をすべて見られてしまうこの格好は恥ずかしすぎるっ。

私が抵抗する前に、下りてきた彼の唇が、愛液を零《こぼ》している場所とその後ろにある窪《くぼ》みの間を舐める。その唇が訪れるのを期待して溢《あふ》れ出る愛液のせいで、コプッと小さな音が響いた。

なのに彼の舌は予想していた場所よりさらに下へとさがっていく。たどり着いたその窪みの表面をべろりと舐められ、私の口から悲鳴が漏《も》れた。

「逸人さんっ、そこは汚いからっ、そこは本当にやめて！」

私の声は間違いなく聞こえているはずなのに、彼は全然聞こえないとばかりに窪みのシワを丹念に舐める。

「逸人さんっ‼」

何とか手を伸ばして逸人さんの頭を引き離そうとするのに、自分の足が邪魔をして、そこまで手が届かない。その間も繰り返される行為に涙声で名前を呼び続けると、何度目かでようやく彼が頭を上げてくれた。

「そんなに嫌？」

「あ、あた、当たり前っ、ひうっ、うう……」

「……はぁ、ごめん」

そう言って顔を近づけてきた彼から、さっと顔を背《そむ》けてしまう。そんな私の反応に逸人さんがショックを受けていたけど、自分のあんなところを舐められたあとにキスをされたくなんてないよ……

「わかった、もうしない。もうあそこは舐めないから、機嫌を直してくれ」

「それもあるけど……」

「あー、わかった。少し待っていて」

そう言って寝室を出ていった逸人さん。少しして帰ってくると、彼から微《かす》かにミントの香りがした。

「口を漱《すす》いできたからキスしていい？」

「うん……ごめんね」

「キスができないのは辛すぎるから、直接舐めるのはもうやめる」

ん？　っと何かが引っかかったけど、舌を絡められているうちによくわからなくなってしまった。

まだ満足できないと、とてもいい笑顔で言った逸人さんに、さっきと同じ格好をさせられ秘芯をちゅうっと吸われる。舌を巻きつけながらされるそれに、私のひくつきが増えた。

クプッ、クプッと音を立てながら吐き出される愛液が、お尻のほうへと流れていく。それを彼の舌が追っていこうとしたが、ピクッと震えたあとにまた戻ってきた。……逸人さんはなんでそんなにあの場所にこだわるんだろう……

彼を変態変態と言う由理さんに同意しそうになっていると、肉厚の舌がグッと膣《ちつ》に押し込まれた。そのまま何度も出し入れを繰り返され、奥の奥から愛液を掻《か》き出される。

「ふうっ、……あっ、うぅ」

次第にぶちゅっ、ぐちゅっという音が大きくなっていくけど、気持ちよくて頭がボーっとしているせいか、気にならなかった。舌を奥まで入れられてお腹側をグリグリ擦《こす》られると、太腿《ふともも》がピクピク動いてしまう。子宮の中から痺《しび》れてくるような快感が何度も走り、覚えのある感覚に襲われそうになった時に、ふいに逸人さんが顔を上げて私の足を下ろした。

「あっ、あっ、……あ、え？」

どうしたらいいかわからずに、彼を見つめてしまう。すると、私の視線に気付いた逸人さんがこっちを見て微笑《ほほえ》んだ。

「どうした？」

「う、ううん。なんでもないの」

「そう?」

「……うん」

それから彼はまた胸への愛撫《あいぶ》に戻った。胸を吸われて揉まれて……と、さっきと同じことをされているのに、なんだかもどかしさを感じる。

逸人さんが顔を下におろしていくと、期待にコプッと愛液が流れ出てくる。それを数回舐め取られ、腰が震えるような快感に背中をしならせると、逸人さんは胸への愛撫に戻ってしまう。

強い刺激と弱い刺激を繰り返され、我慢できなくなって太腿を擦《こす》り合わせていると、逸人さんは膝《ひざ》を間に入れて、それを妨げてきた。

「は、逸人さん」

「何だかもじもじしているけど大丈夫?」

「大丈夫……だけど、あの、明日も仕事だし、そろそろ寝ない?」

「まだ日付が変わるまで随分時間があるし、もう少しいいだろう?」

「でも、その、あの」

「零時前には寝かせてあげるから、もう少し付き合って?」

「わかった……」

頷《うなず》いてから時計を確認して、まだ二時間以上もあることに愕然《がくぜん》としてしまった。いくら最後までされないって言っても、こんなことをあと二時間もされたらそれはそれで辛いっ。何とかもっと早めにやめてもらえないかと考えて……恐る恐る逸人さんに声をかけた。

「ねえ、逸人さん」

「ん？」

「あの、一回だけ、なら、その……」

「一回？　何が？」

「何って、その、私のことを触っているだけじゃ、逸人さんに、悪いし、だから」

「一回だけなら入れていいの？」

耳元にキスをされつつ言われたそれに、体を震わせて「うん」と答えた。

「でもいいのか？　次の日辛いんだろう？」

耳たぶを食《は》まれたあとに、耳の穴へとくちゅっと挿し込まれる。その衝撃で腰を跳ねさせながら頷《うなず》いた。

「だ、だから、ひぁっ、……ひぅ、い、一回だけ……」

「本当にいいの？」

「う……んぅ。でも、一回が終わったら、今日は終わりね？」

「触るのも終わり？」

「うん」

「舐めるのも？」

「終わりっ」

「そっか……。まぁこれ以上苛《いじ》めて美奈が平日に来てくれなくなったら困るしな」

何かぶつぶつ言っていたけど、納得したらしい逸人さんが、額《ひたい》に軽い音を立てて了承のキスをしてくれ、私はとってもとっても安心したのだった——


さっと部屋着を脱いだ逸人さんは手早く避妊具をつけると、ゆっくりと私に覆《おお》い被《かぶ》さってきた。

広い背中へ両手を回し彼の胸に顔を埋《うず》めると、開いた足の間に硬いものが触れる。

何度か割れ目に沿って上下に動かされたあと、つぷっと入ってきたそれを、ふーっと息を吐きながら受け入れた。

何度も受け入れているけど、最初の一回はいつも少し怖い。みちみちと自分の体を広げられる感覚に、自然と膣《ちつ》が収縮を繰り返す。

何度か出し入れを繰り返しながら、奥へ奥へと向かってくる逸人さんのもの。それに膣内《なか》を擦《こす》られるたびに、子宮の奥から潤滑液が漏《も》れ出てくる。

「あっ、ふっ、ふぅんっ、……んあっ、……あっ、あぁっ」

最後は強めにパンッと音がするほど腰を押し付けられて、痛いくらいに抱きしめられた。

頭上で逸人さんが「ふうーっ」と、長い息をつくのを聞きながら、早く彼のものに慣れるように深呼吸を繰り返す。

「動いても大丈夫?」

「もう少しだけ待って……?」

「いいよ。じゃあ、しばらくこうしていようか」

そう言って彼の唇が私の唇に降りてきた。舌を絡め合うようなものじゃなく、ちゅっ、ちゅっと触れるだけのキスを繰り返す。たまに下唇を彼の唇で食《は》まれ、またちゅっと唇を合わせる。私の体を宥《なだ》めるようなキスに、自然と体の力が抜けていった。

私からキスをして、「もう大丈夫」と伝える。すると逸人さんはいつも以上にゆっくりと腰を動かしながら胸を吸い、秘芯を摘《つま》んだ。

「あふっ……んん、逸人さん、あっ、もっと好きに動いても、大丈夫だよ?」

「今日は好きに動いたらすぐ終わっちゃいそうなんだ。あまり時間はかけないから、もう少し俺に付き合ってくれ」

「あっ、んんっ、わ、わかった」

私が頷《うなず》くのを笑って見つめたあと、逸人さんは、ゆっくりゆっくりと腰を引いていく。

膣肉《なか》が引っ張られるような感覚に、抱えられている足が震える。ぐぐっと押し込まれて戻ってきたその先端が、子宮の入り口まで到達すると、さらに押し込むように小刻みに揺さぶられた。

「あっ……んっ……あ……」

少しも痛みがないし、絶え間なく気持ちいい……。全身から汗が噴き出てくるような快感はないけど、お風呂に入っている時のように、ああ気持ちいいなぁという感覚が続く。

しばらくして秘所からちゅぷちゅぷという音がしてくると、逸人さんは私の胸を両手で掴《つか》み、左の先端を口に含んだ。尖《とが》らせた舌の先端で突き出たものを押し潰《つぶ》されながら、逆の胸の頂《いただき》はより尖らせるように指先で捏《こ》ねられる。

「あぁっ、ん……やぁ……」

逸人さんは熱心にしゃぶっていたものを放すと、今度は両手で揉んでいる胸の全体にキスを落とし始めた。

吸い上げられ、小さな痛みを伴うキスは、ふわふわとした快感に酔っていた私にはとても刺激的なものだった。胸にキスをされる度に、逸人さんを呑み込んだ部分の潤《うるお》いが増していく。

「美奈……気持ち良さそうな顔してる……」

「ふぇっ⁉」

楽しそうな声に閉じていた目を開くと、息を荒らげている逸人さんと目が合った。その強烈な色気に、心臓よりも早く私の秘所が反応する。ギュウッと中にいる彼を締め付けてしまったせいか、逸人さんが小さく声を零《こぼ》した。その姿がまた色っぽくて、胸がドキドキとうるさい。

「こら、そんなに締めるな」

「わざとじゃ……あぁっあ……」

私の締め付けから逃げるように勢いよく引き抜かれる。耐え切れずに声を上げると、その声を呑み込むようなキスをされた。

そのままゆるゆると腰を回しながら、逸人さんは秘芯に手を伸ばし、それを押し潰《つぶ》す。彼の先端でお腹側の壁をゴリゴリ擦《こす》られ、秘芯を捏《こ》ねられると急激に高みへと押し上げられた。

「やっ、だめ、だめ、や、あああぁぁっ」

目の前が真っ白に染まった私が背中をしならせると、私の腰をしっかり持った逸人さんも、数回力強く腰を叩きつけて達した。

顎《あご》を上げて「うっ……ふぅ……」と声を漏《も》らす逸人さんがとても色っぽくて、思わず見とれていると、視線を合わせた彼が「ん？」と首を傾《かし》げる。

「あ、何か……その、色っぽいなって思って」

「俺には美奈が色っぽく見えるよ。ピンクに上気したほっぺとか堪《たま》らない」

逸人さんはそう言って、頬《ほお》に何度もキスをしながら、私の中に入っていた自身を引き抜いた。

「うん……」

「俺が？」

シャワーを浴びるか聞かれて頷《うなず》く。いろんなところを舐められてしまったし、寝る前に汗と一緒に色々を流してさっぱりしたい。

「お先にどうぞ」という言葉に甘えて、脱がされたもろもろを持って浴室に行き、あっついシャワーですっきりさっぱりした。

一回で終わったおかげなのか、いつも以上に優しくしてもらえたおかげなのか、あそこに違和感はあるけど体も特に辛くないし、まだ時間も早いからちゃんと寝られる。

よかったよかったと思いながらタオルで体を拭《ふ》いていた私は、そこでようやく自分の体の異変に気付いて固まった。

「え……何……？　これ……」

慌《あわ》てて脱衣所の鏡の前に立って体を確認すると、胸といいお腹といい、驚くほどたくさんの赤い小さな痣《あざ》が散っていたのだ。見下ろしてみると太腿《ふともも》の内側も酷《ひど》いことになっている。

「何？　何？　かぶれたわけじゃなさそうだけど……」

ここに来てすぐにお風呂に入った時にはこんなのなかったのにっと、思ったところで気付いた。赤いものが集中している場所は、さっきまで逸人さんが熱心にキスをしていたとこだ。

（こ、これってまさかキスマーク⁉　えっ、キスマークってこんななの⁉　もっとこう大きかったり、唇っぽいものじゃないの⁉）

さすがに私だってキスマークというものが、口紅で描いたようにはっきりと唇の形をしているものではないってことは知っている。でも想像以上に小さくて赤紫色をしているこれは、何だか変な病気になってしまったみたいだ。

そもそも逸人さんは今までこんなの付けたことなかったのに、急にどうしたんだろう。痣《あざ》の上から恐る恐る触れてみる。特に痛いわけじゃないな……と体を見下ろしていると、脱衣所の扉が開いて、スウェットの下だけを穿《は》いた逸人さんが入ってきた。

「シャワーあいた？　って、どうした？　そんな格好で。もう一回始めていいって言うなら、俺は大歓迎だけど」

「ち、違うからっ。ねぇ逸人さん、これってもしかしてキスマーク？」

「ああ、結構はっきり付いてるな。よかったよかった」

「よくないよっ、私ビックリしてて」

「ごめん。でも制服の時に見えるところには付けてないだろう？」

言われてよくよく見てみれば、首や鎖骨のあたりには、キスマークは一つも付いていなかった。胸の突起の周りや下腹、あとは太腿《ふともも》の内側だから、洋服を着てしまえば自分にはもちろん他人にも全く見えない。私は慌《あわ》ててバスタオルを体に巻くと、壁に寄りかかってこちらを見ている逸人さんに聞いてみた。

「なんで今日に限ってこんなに付けたの？　今まで一回もこんなことなかったのに」

「今までだって付けたかったよ。ただあんまりやって嫌われたら嫌だなと思ってたんだ。今日、我慢できなかったのは……、なんて言うのかな？　マーキング？」

「マーキング!?」

「駄犬《だけん》にはそれが一番効くかと思ってさ」

まさかまだウィルさんのことにこだわっているのかな？

確かにウィルさんはビックリするくらい綺麗な人だったけど、それ以上に逸人さんのほうがずっとずっとかっこいいのに。そもそもあんなに綺麗な人が私を相手にするわけないのに、逸人さんってば心配性だなぁ。

そう思うとつい面白くて笑いがこぼれた。

私が笑ったのが不満だったのか、逸人さんが拗《す》ねたような顔でこっちを見る。それが面白くて、余計に笑ってしまう。

「何がそんなに面白いんだ？」

「だって逸人さんってば心配しすぎなんだもの」

「恋人を、女癖の悪い駄犬《だけん》に近づけたくないのは、当たり前だろう」

「その恋人は、いくら魅力的な男の人が近くにいたって、それ以上に素敵な人を知っているから目移りすることもできないと思うよ？」

「その素敵な人って俺のこと？」

「それはどうでしょう」

嬉しそうにこちらに伸ばされた腕から逃げると、逸人さんはむっとしたように追いかけてくる。

「何故逃げるんだ？」

「なんとなく」

「なんとなくって……。美奈、おいで」

「近づいたら明日の自分が危なそうだから、嫌」

「それは……否定しない」

「やっぱり」

最後は二人で声を出して笑ってしまった。

シャワーを浴びる逸人さんに脱衣所を明け渡して、キッチンで水を飲みながら思う。

（本当に、目移りする気も起こらないほど、私の中は逸人さんでいっぱいなんだよ。もし逸人さんと別れてしまったら、ショックで心臓が止まってしまうんじゃないか、なんて馬鹿なことを考えるくらいに）

彼はいつだって言葉を惜しまずに与えてくれる。その分だけ私も逸人さんに伝えよう。彼に心配をさせないように……

でも今日はもう寝たいから、それはまた週末にしよう。

私は小さく笑ってから、寝室に戻った。

＊　＊　＊

翌日のランチは、月曜日にも食べたワンコイン弁当を買って由理さんと二人で公園で食べた。

逸人さんは午後から出張で、お昼は一緒に出かける営業部の人ととるって言っていた。私もどうしても由理さんと二人で話したいことがあったから、タイミングがよかった。

由理さんがご機嫌でお弁当を食べ終えたのを確認すると、私は、体を由理さんにしっかり向けて切り出した。

「あの、由理さん。私、由理さんに謝らないとって思ってまして……」

「謝る？　私に？　美奈ちゃんが？」

「はい。あの、私……、私、由理さんを妬《ねた》んでましたっ」

「へ？」

「逸人さんと由理さんが昔お付き合いをしていたって噂《うわさ》を聞いて、何かグルグル色んなことを考えちゃって、由理さんが羨《うらや》ましくて仕方がなかったんです」

「ちょっと待って、私と立花はっ」

「あの、お二人に何もなかったって逸人さんから聞きました。それまで私、由理さんが何度もそういう感情がないって言ってくれていたのに、勝手にそれを疑って、勝手に不安になってしまって……。せっかく由理さんが説明してくれてたのに、それを信じられなくて、すみませんでしたっ」

言うだけ言って頭を下げると、由理さんに顔を上げさせられた。

「あのね、誤解が解けているならいいんだけど、私と立花って昔なじみっていうか顔なじみっていうか、とにかくちっさい頃からの知り合いなの。それで昔からよく誤解されていたんだけど、本当に何にもないからね？　今までだってそうだし、この先だって、世界にあいつと二人きりになっても、絶対に何も起こらないって断言できるほど、私はあいつをなんとも思っていないからねっ」

そう言うと、由理さんは私の両手をぎゅっと握って見つめてくる。

なんだかついこの間もこんなことがあった気が……

その時と同じように真剣な目をした由理さんが、いかに逸人さんが駄目な人なのかを語り出す。

えっと、私一応、その人の彼女なんですが……と思いながら聞いていたけど、話の最後には思わず笑ってしまった。

「私はね、あいつに嫌われようが全く気にしないけど、美奈ちゃんには嫌われたくないの。あいつのせいで美奈ちゃんに嫌われたら、あいつに生きていることを後悔するような報復を絶対してやるわ。美奈ちゃんがお嫁に来てくれるなら、立花も川崎も闇に葬《ほうむ》ってあげるから、いつでも私に乗り換えてねっ！」

「じゃあもし誰ももらってくれなかった時は、よろしくお願いします」

「まかせてっ」

そのあと由理さんもウィルさんと親しいのか聞いてみると、逸人さんと全く同じように「調教を失敗した駄犬《だけん》」と繰り返す。本当に兄妹のように息のピッタリな二人が面白かった。それを伝えると、由理さんが「それはどういう文字で言っている？　兄妹？　実際は姉弟だからね」と念を押してきたのは、とりあえず逸人さんには黙っていようと思う。

第五話　変態は告白する

金曜日の終業後、今週も終わりだぁと伸びをしながら更衣室に向かっていると、ここ一週間でだいぶ見慣れた人たちに囲まれた。

逸人さんとお昼を一緒に食べ始めてから毎日のように、こうして「ちょっと話があるんだけど」と、この女性社員たちに囲まれる。日によっていない人もいるけど、基本的に五人そろって現れる彼女たちは、初日はまず私に、逸人さんと付き合っているのかの確認から始めた。

「森下さん、あなた今日、立花部長に手作りのお弁当を渡したそうだけど、いったいどういうつもり？」

確かそんな言葉が最初だった。

「どういうつもりと言われましても、付き合っている人にお弁当を作ってくるのは、別におかしいことじゃないと思いますし」

「付き合ってるですって⁉」

「あなたと立花部長が⁉」

「立花部長とは少し前からお付き合いをさせてもらっているんです」

震える手をお腹の前で必死に握り締めて、いつものようにへらっと笑ってそう告《つ》げた。

目をギラギラさせてこっちを見てくる彼女たちに、心臓が痛いほど鳴り、足が震えた。

でも、こういう時に怯《おび》えていることを相手に知らせるのは、火に油を注《そそ》ぐ行為だ。

途端《とたん》に五人が五人とも、私にきつい言葉を浴びせてきた。

一斉に言われたせいであまり聞き取れなかったことが救いだったけど、まったく聞こえないわけじゃない。内容はみんな同じようなもので、身の程を知れとかデブの癖にとか逸人さんの弱みに付け込んだんじゃないかとか、そんなことだった。

彼女たちは別に手を上げるわけじゃないし、しばらく我慢していたら解放されるから、返事を求められる時以外は黙ってそれを聞いている。

更衣室のすぐ近くの廊下で繰り広げられるそれを見た人たちは、何も言わずに横を通り抜けていく。たまに私をきつく睨《にら》んでいく人は、彼女たちと同じように逸人さんのことが好きな人なんだろう。

やっぱり今日も来たのか……、今日は五人揃《そろ》っているんだな、と思っていると、一通り話したあとに、正面に立っていた秘書課の人が顎《あご》を反《そ》らせながら言った。

「立花部長は昔から彼女のサイクルが早いって有名なの。どうせあなたもすぐに捨てられるんだから、いい気にならないことね」

「今日もお弁当を作ってきたらしいけど、見た目で勝負できない人は大変ねぇ。何とかして気にかけてもらおうと必死なんだもの」

「立花部長もいつまでボランティアをしているつもりなのかしらね」

「そもそも弁当係のついでに夢を見させてあげてるだけなんじゃない？」

「ありえる～」

「だいたいあんた、自分の姿を鏡で見たことあるの？　そんなみっともない体でよく立花部長の前に平気で出られるわね」

黙ってその言葉を聞きながら、本当にこの人たちは逸人さんのことが好きなのかな？と思った。

確かに私は人よりお肉を蓄《たくわ》えているし、顔だって特に特徴のない、普通の顔だ。綺麗な人をより取り見取りで選べる逸人さんが、実際に選んだのが私では納得のいかない人がいることもわかる。

でも、逸人さんはボランティアなんて言葉で人を貶《おとし》めることはしない。つい言い返そうと口を開いた瞬間――

「……立花部長は、人をよく見ているということでしょう」

廊下に響いたその声に、私を囲んでいた人たちが勢いよく後ろを振り返った。私からはよく見えないけど、その声には聞き覚えがあった。

「いくら業務時間外だからといって、社内でこんなみっともないマネをする人間を選ぶわけないわよね」

「上条《かみじょう》主任⁉」

そう、その声の主《ぬし》は、私と同じ総務部経理課に所属する上条主任だった。

上条主任は、いつものようにビシッと背筋を伸ばした綺麗な姿勢で立っていた。真っ黒な髪を後ろで一つに縛り、ノンフレームの眼鏡越しに彼女たちにきつい眼差《まなざ》しを向けている。

「自分たちではなく森下さんが選ばれた理由がそんなに知りたいのなら、直接立花部長に聞きなさい。集団で個人を囲むような卑怯《ひきょう》なマネをせずにね」

「これはっ……」

「彼女が何か勘違いをしているようだから少し注意を……」

「これ以上恥を上塗りする前に、さっさと立ち去りなさい」

上条主任に冷たい声で言われ、彼女たちは更衣室のほうへと走っていった。

私の前まで歩いてきた上条主任に、頭を下げてお礼を言う。

「すみません、ありがとうございました」

「もてる彼氏を持つと色々大変ね。今すぐに更衣室に行くのは嫌でしょう？　少し私の休憩に付き合わない？」

休憩室を指差す主任に、喜んでと付いていった。

「是非」

自動販売機のコーヒーで申し訳ないですけど、と言いながらさっきのお礼にカップを渡すと、主任が「何だか悪いわね」と受け取ってくれた。

「私が出すのに」

「それじゃあ申し訳ないです」

「そう？　じゃあ、ありがたくいただいておくわ」

定時を過ぎたからだろう、休憩室には私たち二人しかいなかった。

ふうっと自分のココアを冷ますために息を吹きかけていると、主任がテーブルに肘《ひじ》をつきながら聞いてきた。

「それで、立花部長とは本当に付き合っているの？　私も昨日そんな話を聞いたばかりなの」

「は、はい。付き合ってます」

「そうなの。さっきも言ったけど、無駄にもてる彼氏を持つと大変よね」

「そうですね……」

「私の旦那もね、結構競争率の高い男だったのよ。結婚前は大変だったわ」

　ふふっと笑う上条主任は、二人のお子さんを持つお母さんだ。旦那さんはうちとは違う会社の人だからよくわからないけど、結婚して十一年のおしどり夫婦らしい。

「確かに立花部長はとても女性に人気がありますけど、私が不安にならないように、気を遣ってくれていますから」

「あら、ご馳走《ちそう》さま」

「あっ、そのっ」

「いいんじゃない、惚気《のろけ》てやるくらいの気持ちがないと、ああいう女たちとは戦えないわよ」

「……でも、自分でも釣り合いが取れていないなぁって思っているんで、仕方ないことだと思ってます」

「釣り合っているかどうかなんて、人が決めることじゃないでしょ」

「え？」

「大事なのは本人たちの気持ちよ」

「……はい」

「私はね、昨日あなたたちの話を聞いた時、立花部長を見直したのよ」

「えっ？」

「あの人って気持ち悪いくらい私生活が見えないでしょ？　昔は色々噂《うわさ》もあったけど、

どれも嘘っぽかったし。だから独身貴族を謳《うた》って、わからないようにいろんな女をつまみ食いでもしているのかと思ったら、久しぶりに聞いた噂《うわさ》の相手が森下さんなんだもの。ああ、なるほどって思ったわ」

「どういう意味ですか？」

「ふふ、内緒。私はね、あなたを買っているの。毎朝時間に余裕をもって出社して、朝から笑顔で挨拶《あいさつ》をしてくる。頼んだ仕事はしっかりやるし、遅れたこともない。どんな面倒な仕事も嫌な顔をしないで引き受けて、周りへの気配りもちゃんとしている。最近の子にしては珍しい、我慢強くて、きちんとしている子だと思ってる」

「ありがとうございます……」

社会に出てから面と向かってこんな風に褒《ほ》めてもらったのは、初めてだった。嬉しくて顔に熱が集まる。

「あなたを選んだ立花部長は、とてもいい趣味をしているわ。そう思っているのは私だけじゃない、まともな価値観を持っている人ならみんなそう思っていると思う。森下さんに足りないのは自信ね。彼に選ばれたのは自分、目にも入れられなかった奴らは引っ込んでいなさい、くらいの気持ちでいればいいのよ」

主任の言葉で、鼻がつんとして目にうっすらと膜が張ってしまった。涙を散らすように下を向いて何度も瞬《まばた》きを繰り返す。

少し落ち着いてから顔を上げると、主任が優しく肩を叩いてくれた。

「コーヒーご馳走《ちそう》さま。気を付けて帰りなさい」

「はい、ありがとうございました」

軽く手を振って休憩室を出ていく主任を見送り、だいぶ冷めたココアを飲む。

優しい甘さがじんわりと体に行き渡るのを感じながら、もう一度心の中で主任にお礼を言った。

＊　＊　＊

定時で上がったはずなのに、随分時間が経っちゃったな。今日は金曜日で逸人さんも早く帰れるようだし、またスーパーで買い物をしてから、コーヒーショップで逸人さんを待っていよう。そんなことを考えながら会社を出ると、背後から「こんばんはぁ」と声をかけられた。振り向いた先にいたのは、ニットの帽子に黒縁《くろぶち》眼鏡の背の高い男性……

「ウィルさん!?」

「あ、覚えていてくれた？　一昨日《おととい》ぶり～美奈ちゃん」

「どうしたんですか？　あっ、逸人さんならまだ出てこないと思いますけど」

「ああ、そうなんだ。まぁ別に約束しているわけじゃないんだ、近くに来たから覗《のぞ》きに来ただけ」

「そうなんですか」

「美奈ちゃんはこれから逸人兄《にい》の家に行くの？」

「はい、少し寄り道をしてからですけど」

「寄り道？」

「夕飯の買い出しにスーパーへ行くだけですけどね」

「スーパー！　僕も行きたいっ、ねぇ一緒に行ってもいい？」

「え⁉」

　私としてはスーパーくらい一緒に行っても構わないけど、それを知ったら逸人さんは嫌がりそうだな。この前少し話しただけだったのに、あんなに気にしていたんだもの。ウィルさんとあまり二人でいないほうがいいと思う。

　何か断る、いい言い訳がないかなぁと視線をさまよわせていると、ウィルさんがポケットからスマホを取り出し、誰かに電話をかけ始めた。

「もしもーし、僕だけど、これから美奈ちゃんとスーパーでデートしてくるね～。ちゃーんと玄関まで送り届けるから心配しないで。えっ、やだなぁ、僕がそんなことするわけないじゃない。手も握らずにエスコートするよ」

　電話を切ったウィルさんは、とっても楽しそうに私の手を引いて歩き出した。

「ウィルさんっ、今の電話ってもしかして」

「うん、逸人兄。ちゃんと美奈ちゃんを借りる許可をもらったよ」

「ほ、本当ですか？」

「もちろん。僕、嘘はつかない主義なんだぁ」

もう一度本当ですか？　と聞きたいのを、グッと呑み込んでおいた。今はこの繋《つな》がれた手を離すことが先決だし。

「あの、ウィルさん。とりあえず手を離してもらえますか？」

「なんで？」

「なんでと言われましても」

「ん〜、美奈ちゃんは離してほしいんだ？」

「そうですね」

「そっかぁ……、残念」

そう言って手を離してくれたウィルさんは、ちっとも残念そうじゃなくて、なんだか少し面白かった。逸人さんの話じゃウィルさんは私よりずっと年上のはずなのに、そんな雰囲気を感じさせない不思議な人だ。

とりあえず逸人さんとよく行くスーパーへ向かっていると、鞄《かばん》の中でスマホが鳴った。出して見てみると、表示されているのは逸人さんの名前。ウィルさんに断って電話に出る。途端《とたん》に、珍しく焦《あせ》ったような逸人さんの声が聞こえてきた。

「もしもし」

『美奈っ、大丈夫か？　駄犬《だけん》に何かされていないか？』

「何もされていないよ」

『今どこだ？　あいつはスーパーに行くとか言っていたけど』

「今はまだ会社の近くだよ。これからいつものスーパーに行くところ」

『まだあいつも一緒なのか？』

「うん」

『少し代わってくれ』

そう言われてスマホをウィルさんに渡すと、きょとんとした顔で受け取った。

「はーい、僕だよ。……え～嫌だよ……何にも考えてないって、じゃあまたあとでね～」

「はい」と返された通話はもう切れていて、少し残念だった。

この間会った時に、逸人さんがすき焼きが食べたいって言っていたとウィルさんが言うので、材料を買ってスーパーをあとにする。

「楽しみだなぁ、僕すき焼き久しぶり」

「私もです」

いつの間にか三人分に増えていたすき焼きの材料は、ウィルさんがお金を出してくれた。

いつも食べているお肉の、値段が三倍以上のものをかごに入れた時はさすがに止めたけど、美味《お》しいほうがいいじゃない、の一言でそのままレジへ持っていくことに……。

「家じゃあ、父さんに合わせて、母さんが洋食ばかり作るんだ。和食が食べたきゃ外に行くしかないんだよ。僕はトマトソースよりソイソースが好きなんだ。なのに家じゃあパスタにオリーブオイル、ニンニクにトマトばっかりっ。ご飯が食べたいっ、煮魚最高っ、煮物も好きっ。だから外食が増えるけど、毎回外に行くのは正直面倒なんだよねぇ。だから最近は結局家でご飯を食べることが多いんだけど」

「その、彼女さんとかに作ってもらえないんですか？」

「え～、だって何が入っているかわからないから怖いでしょ？」

「へっ？」

怖い？　何が？

よく意味がわからなくて隣を歩いているウィルさんを見上げると、私の視線に気付いたウィルさんが、自分を抱きしめるみたいに腕を体に巻きつけて、震えるような仕草をした。

「前に何度か彼女たちの手料理を食べたけど、素直に美味しいって思ったことがなかったんだよね。しょっぱかったり甘かったり、変な色や不思議な臭いがしていたこともあったなぁ」

「それは、たまたま料理が苦手な人ばかりと付き合っていたのかもしれないですね」

「そうだね。でも、そもそも僕の周りの子でエコバッグを持っているのは美奈ちゃんだけだなぁ」

「エコバッグですか？」

ウィルさんが持ってくれているエコバッグを指差して聞くと、「うん」とウィルさんが頷《うなず》く。

「コレこの間会った時も持っていたよね。それを見て、この子はちゃんとご飯を作るんだなぁって思ったよ」

「たいしたものは作れないですけど」

「たいしたものは外で食べるからいいんだよ。家で食べるのは素朴《そぼく》なほうが美味《おい》しいさ」

「そうですかね？」

「そうだよ。だけど逸人兄《にい》ばっかり美味しいご飯を食べるのはズルイから、今日は僕にも愛情いっぱい込めたご飯を食べさせてね」

綺麗なウィンクをするウィルさんに苦笑してしまう。

逸人さんからもうすぐ帰るというメールが来たので、ウィルさんとコーヒーショップで待ってます、と返事をしておいた。

前にウィルさんや彩華さんと会ったコーヒーショップは、いつものように混んでいたけど、ちょうど空《あ》いていた二人用の座席につくことができた。

私はホットキャラメルラテで、ウィルさんは一昨日《おととい》と同じ抹茶のシェイクの特大サイズを注文した。

「ウィルさんって甘いものが好きなんですか？」

「甘いものっていうより、アイスが好き。特にシェイクはいくらでも飲めちゃう」

「でもそんなに冷たいものをたくさん飲んだら、お腹を壊しちゃいませんか？」

「全然平気～」

「羨《うらや》ましいです。私はあまりお腹が強くないので、冷たいものや牛乳をいっぱい飲むと、すぐお腹を壊しちゃうんです」

「え～美奈ちゃん可哀想《かわいそう》……」

「そんなに量を取らなきゃ大丈夫なんですけどね」

「でも好きなものはいっぱい欲しいじゃんね。あ、僕お代わり買ってくる。美奈ちゃんもいる？」

「私はまだあるんで大丈夫です」

「じゃあ、ちょっと行ってくるね」

あっという間に飲み終えたウィルさんを見送ったあと、逸人さんから連絡が来ているかも、と思って鞄《かばん》からスマホを取り出した。何の着信もない画面を見て、まだ終わらないかな？ と思ったその時、近くに人の気配を感じて顔を上げる。

てっきりウィルさんが戻ってきたのだと思ったら、目の前にいたのは、あの五人組の一人——確か営業部で事務をしている女性だった。向かいの椅子《いす》の横に立った彼女は、すごい形相《ぎょうそう》で私を見下ろしている。

「あなた、どういうつもりなの？」

「え、と、……何のことですか？」

「図々しく立花部長に付きまとっておきながら、他にも男がいるなんてっ」

「ええっ⁉」

(これはもしかして、彼女もウィルさんのことを誤解しているってことですか⁉)

「あの、誤解です」

慌《あわ》てて口を開くと、畳み掛けるように怒鳴られてしまう。

「何を白々しいこと言っているの？ 金曜の夜に一緒にスーパーに行って買い物しているなんて、言い逃れできるわけないじゃないっ！」

「……見ていたんですか？」

まるで見ていたかのように言う彼女に、背筋が凍った。もし彼女も用があってスーパーにいたのならしょうがないけど、今彼女の手にあるのは小さなバッグだけで、買い物袋は見当たらない。

「あなた、前に飲み会で随分見え透いた方法を使って立花部長を誘っていたらしいけど、今の男も酔ったフリして手に入れたの？　そんなブヨブヨの体でよくそんなことができるわねっ、恥《は》ずかしくないの」

「誘ってなんか」

いませんという言葉は言えなかった。私に向かって彼女が見せてきたスマホの画面に、体が固まってしまったからだ。

そこには会社前でウィルさんに会ったところ、スーパーで一緒にいるところ、そのあと二人でここまで歩いてきているところの写真が順番に映し出された。

「これ、立花部長にはもう見せているから」

「……別に構いません」

なんとも言えない恐怖に体が震えていたけど、なんとか声を出した。

「はぁ？」

「彼と一緒にいることは逸人さんも知っています。その写真を彼に見せても、あなたたちの印象が悪くなるだけで、私は別に困りません」

「なっ」

「……そんな写真を撮って、毎日私を囲んで文句を言っても、私から逸人さんと別れるつもりはありません。私は確かにあなたたちより随分見劣《みおと》りするかもしれないけど、こんな陰湿《いんしつ》なことは絶対にしないっ。逸人さんはこんなことをする人間を絶対に好きにならないっ！」

「あんたっ！」

怒りで顔を歪《ゆが》めたその女性が私のほうへ一歩足を踏み出したちょうどその時、ウィルさんが現れて、その彼女の肩を抱くようにして引き止めた。

「何だかみんなの注目を集めているけど、この子がどうかしたのかな？」

「あっ、……なんでもないわよっ！　あんた、この女の彼氏？　この人、男なら誰にでもいい顔するって有名だから、気を付けたほうがいいわよ」

「へ～そうなんだぁ」

そう言いながらウィルさんは、何故かニットの帽子と眼鏡を外した。こぼれ出た髪を軽く手でかき上げながら彼女の顔を至近距離で覗《のぞ》き込み、にっこり微笑《ほほえ》む。

「……えっ、ちょ、えっ」

「僕は美奈ちゃんの彼氏じゃないよ、今は特別な相手もいないし」

「あ、そう、なの……？」

「君は立花逸人が好きなの？　僕も結構おススメだよ？」

「ひぇっ⁉　あ、わ、私……別に立花部長が好きってわけじゃ……。あの、お時間あったら、これからご飯とか行きませんかっ？」

頬《ほお》を真っ赤にしてそんなことを言う彼女を、ウィルさんが自然な仕草で外へと誘導していく。

私はといえば、突然のことに頭が混乱して、ぼんやりとそれを見送ってしまった。二人の姿が見えなくなってから、ようやく体から力が抜ける。

逸人さんが女性に人気があるのは知っていたけど、あんなことまでされるとは思っていなかった。確かにこれじゃあ、嘘でも彼女がいるふりをしたくなるだろう。もてすぎるというのも、なんだか気の毒だな……

そんなことを思っていると、ウィルさんが一人で店内に戻ってきた。

「ウィルさん、あの人は……」

「僕の個人用連絡先を教えたら今日は帰ったよ」

「その、大丈夫ですか？」

「大丈夫。僕、ああいう子嫌いじゃないから」

「そうなんですか？」

確かに美人だけど、私には怖い人だという印象しかないなぁ。

ウィルさんは何もなかったかのように椅子《いす》に座ると、さっき買ってきたシェイクを飲み始める。

「うん、ああいう子のほうが、面倒になった時にさっさと切り捨てられていいでしょ?」

「え?」

今、何か怖いことを言われた気がする。思わずウィルさんの顔を凝視《ぎょうし》していると、それに気付いた彼がパチッとウィンクをしてきた。綺麗な人はこんな仕草も嫌味なく決まるんだなぁと感心してしまう。すると、そんな私をウィルさんが不思議そうに見てきた。

「ねぇ美奈ちゃん。僕を見てどう思う?」

「ウィルさんを見て……ですか?」

「うん、僕を見て」

「えっと……抹茶味が一番好きなんですか?」

「抹茶? ああ、コレ?」

「ええ、一昨日《おととい》も最初に抹茶味のを飲んでいましたよね?」

「うん、一番好き」

そう言うなり、ずいっと私のほうへ身を乗り出してくるウィルさん。私は反射的に仰《の》け反《ぞ》って逃げてしまった。

「逃げちゃうの?」

「えと、すみません」

至近距離でにこっと笑われ、何だろう？　と思いながらも、へらっと笑い返してみた。そのまま数秒、私をジッと見ていたウィルさんは、ゆっくりと体を離して椅子《いす》に背を預ける。

「そっかそっか……。美奈ちゃん、逸人兄《にい》が好き？」

「うぇえっ⁉　い、きなりどうしたんですか？」

「ん～？　なんとなく聞きたくなった。ねえ好き？」

「それはあの、……はい」

恥《は》ずかしくて顔が熱い。なんとか頷《うなず》いてそのまま俯《うつむ》いていると、頭をぽんぽんとウィルさんが軽く叩いてくる。

えっと……よくわからないけど、ウィルさんに触られているのはまずいかな……？

ウィルさんの手からさりげなく距離をとろうと身を引いた時、急にウィルさんの悲鳴が聞こえた。

「いった～いっ！　ちょっ、いたっ、痛いって」

「大狼《たろう》……、この駄犬《だけん》が。何を気安く美奈に触っている」

「ちょっと、逸人兄っ。僕の髪がっ、僕の頭皮が悲鳴を上げているから！」

「いっそのこと禿《は》げてしまえ」

「やめてよっ、おじいちゃんから禿《はげ》の遺伝子を受け継いでいて怖いんだから！」

「逸人さん、お疲れさまです。お仕事終わったんだね」

「ああ、待たせたね」

「は〜な〜し〜て〜」

逸人さんは、泣きそうなウィルさんをチラッと見ると、ようやく引っ張り上げていたウィルさんの髪を放した。痛い痛いと頭頂部を擦《さす》るウィルさんをさくっと無視し、エコバッグを持って、出ようかと私を促《うなが》してくる。

「うん」

「あっ、待ってよ、置いていかないで」

「大狼……、お前ついてくる気か？」

「当たり前じゃ〜ん。今日はすき焼きだもん。ねっ、美奈ちゃん」

「はい。あの、逸人さん、聞いていなかったの？」

「…………飯を食ったら即帰れよ」

「わかってるって、デートの邪魔はしないから」

「もう十分邪魔されている」

「だって逸人兄《にい》、今の家がどこなのか、ちっとも教えてくれないからさ。一回くらい招待してよ、母さんたちも結構心配してるんだよ？」

「わかった」

ため息をついてお店を出て行く逸人さん。

彼についていきながら後ろを振り返ると、ウィルさんが楽しそうに笑ってウィンクしてきた。今日一緒にご飯食べるって逸人さんに伝えてあるって言ってたの、嘘だったんだ。なんとなくそうじゃないかなとは思っていたけど。

楽しそうに話しながら歩いている二人を見ていると、とっても仲がいいんだなって思う。由理さんと話している時もそうだけど、ウィルさんと話している時、逸人さんは少し口が悪くて低めの声で話す。

私と話している時とは違うそれを目の当《ま》たりにすると、ちょっとだけ寂しい。だけどそれを見ていると、由理さんやウィルさんのことを家族と言った逸人さんの気持ちがよくわかった。今だって口では嫌そうに話しているけど、顔はとっても穏やかだもの。でも、一つだけ気になることがあるんだよね……

「大狼、今日はもうしょうがないが、お前は二度と美奈と二人で歩くな」

「え～、偶然会ったらどうすればいいのさ？」

「挨拶《あいさつ》だけして別れればいいだろ」

「そんなの寂しいじゃん。会ったらお茶するくらいよくない？」

「駄目だ」

「逸人兄横暴《おうぼう》～、そんなんじゃ美奈ちゃんに嫌われるよ～、ね、美奈ちゃん」

「えっ」

「気安く美奈に話しかけるな、美奈が穢《けが》れる」

「こんなこと言う彼氏より僕のほうがよくない？　美奈ちゃんが選んでくれるならって、痛いっ！　逸人兄《にい》っ、髪はやめてってば！」

また髪を引っ張られたウィルさんは、それでも楽しそうに笑っているけど……たろうって、ウィルさんのこと、だよね？

逸人さんはさっきからウィルさんのことを駄犬《だけん》か、「たろう」って呼んでいる。渾名《あだな》か何かかな？　ちょっと気になる……。

そわそわしていたら、私の視線に気付いた逸人さんがどうした？　と振り返ってきた。慌《あわ》ててなんでもないって手を振る。逸人さんは納得していないように首を傾《かし》げながら、手を差し出してきた。

「え？」

「おいで」

誘われるままにその手に手を重ねると、ギュッと握られ引っ張られた。

「こんな駄犬に気を遣って後ろにいることない。気を遣わなければいけないのは、この邪魔な犬だ」

「ひっどーい。自分が美奈ちゃんと手を繋《つな》ぎたいからって、僕をだしに使わないでよ」

「うるさい」

「あっ、図星なんでしょ」

「大狼！」

「はいはい、黙りますよぉ」

楽しい二人のやりとりを聞いているうちに、逸人さんのマンションに辿り着いた。

「おお、なかなかいい部屋だね」

そんなことを言って部屋をうろうろするウィルさんに、黙って座っていろっと言うと、逸人さんは着替えるために寝室に向かった。そんなことを言われても、ウィルさんが大人しくするわけがない。彼はニコニコしながらキッチンにやってくる。

「ねぇねぇ、僕、何か手伝いたい」

「えっと、じゃあ買ってきた物をテーブルに出してもらえますか？」

「うん」

鼻歌を歌いつつエコバッグの中身を取り出していくウィルさんに、さっきから気になっていたことを聞いてみることにした。

「あの、ウィルさん」

「何～？」

「逸人さんは、なんでウィルさんのこと『たろう』って呼ぶんですか?」

「ああ、それも僕の名前だから」

「ウィリアムさんじゃないんですか?」

「ウィリアムだよ。ウィリアム・大狼・コンフォール。大狼っていうのは、おじいちゃんが付けてくれた名前なんだ。大きい狼って書くの、かっこいいでしょ?」

「そうなんですか」

「うん、美奈ちゃんも今度から大狼って呼んでいいよ」

「へ?」

「美奈ちゃんとはなが〜いお付き合いになりそうだから、僕の大好きな人たちが呼ぶ名前で呼んで」

「……ありがとうございます」

なんだか逸人さんの家族から認められたようで、とても嬉しかった。

じんわりと胸の中に温かいものが広がるのを感じながら野菜を洗っていると、横に立った大狼さんがざるを差し出してくれた。

「あ、ありがとうございます」

「僕もありがとうございます、だよ」

「え?」

何が？　と思って大狼さんのほうを見ると、いつの間に移動したのか、なにやら冷凍庫を漁《あさ》っている大狼さんが、顔を上げないまま話し始めた。

「僕さ、すっごくかっこいいでしょ？」

「へ？　え、ええ。かっこいいです」

「でも美奈ちゃんは、逸人兄《にい》のほうがかっこいいと思っているんでしょ？」

「それはまぁ、……はい」

「うん、それでいいんだよ」

ニコッと笑って顔を上げた大狼さんの手には、この間私がおやつに買ってきたアイスが握られていた。

「コレ食べてもいい？」

「いいですけど、もう三十分ほどでご飯食べられますよ？」

「アイスは別腹だから大丈夫〜」

嬉しそうにアイスの蓋《ふた》を開ける大狼さんにスプーンを渡すと、彼は立ったまま食べ始めてしまう。ソファで座って食べてくださいとリビングを指して言うと、あっちじゃ遠いから嫌と言ってキッチンの椅子《いす》に座ってくれた。

「この部屋ね、正直、僕が思っていたよりずーっといい部屋だったんだ」

「広くて綺麗でいいマンションですよね」

「違うよ。いい部屋っていうのは、ちゃんと人が住んでいるんだなってわかる……、生活感があるって意味で言ったんだ」

「どういうことですか？」

「例えば玄関。綺麗に掃除がされていて、スリッパがあったでしょ。あれ、買ってきたのは美奈ちゃんかな？」

「いえ、逸人さんと二人で……」

「このテーブルと椅子《いす》だって、逸人兄《にい》だけじゃ買ってこないよ。それに冷蔵庫とか冷凍庫に、タッパーや袋に入った食べ物がいっぱい入ってた。しかも逸人兄一人でも大丈夫なように、メモが付いてて、作った日と、いつまでに食べてって書いてあった。逸人兄の冷蔵庫に飲み物とチーズ以外の物が入っているの、僕初めて見たよ。この部屋は、美奈ちゃんのおかげでちゃんと人が住んでいる家だって思える。だから、ありがとうって言ったの」

「………」

「僕、美奈ちゃんのこと、すっごく気に入ったから、今度逸人兄が店に来た時は五十パーセントオフにしてあげるよ。美奈ちゃんだけなら九十五パーセントオフでもいいよ」

「いきなりなんだ、俺に喧嘩《けんか》を売っているのか？」

ふいに声が割り込んできた。びっくりして見ると、部屋着を着た逸人さんが、キッチンの入り口で不機嫌そうに大狼さんを睨《にら》んでいる。

けれど逸人さんは私を見ると、目を丸くして足早にこちらにやってきた。そして私の頬《ほお》に手を伸ばし、心配そうに覗《のぞ》き込んでくる。

「どうした美奈？　あいつに何かされたのか？」

「違うの、あの、すごく嬉しくて」

「嬉しい？　どうしたんだ？」

「大狼さんに、名前を呼んでいいって言われたの」

「は？　名前を呼ぶくらいでか？」

「うん。それが嬉しかったの」

それはもちろん本当だけど、今、私の目が滲《にじ》んでいる理由はそれだけじゃない。大狼さんの話を聞いていたら嬉しくて、つい目に滲むものが出てしまったのだ。

お店とか、よくわからない話もあったけど、それでも大狼さんが私を受け入れてくれたことも、逸人さんのことをとても大切に思っていることも伝わってきた。

でも当然、逸人さんには意味がわからないらしい。私をギュッと抱きしめてから大狼さんを威嚇《いかく》する。

「何かよくわからんが、お前もう帰れ」

「嫌だよ。僕だってすき焼き食べたいもん。それにこのお肉買ったの僕なんだよ、帰れって言うなら持って帰っちゃうからね」

「持って帰っていいから帰れ」

「ひ〜ど〜い〜」

「逸人さん、本当になんでもないから気にしないで。そうだ、二人で先にお酒でも飲む？　さっき大狼さんも買ってたから、冷蔵庫にいっぱいあるよ」

そう勧めると、逸人さんはしぶしぶ冷蔵庫からビールを二本出し、大狼さんを引きずってソファへと移動した。

キッチンですき焼きの用意をしながら、時々聞こえる笑い声に笑みを零《こぼ》す。お腹がすいている二人のために急いで準備をして、私もその輪に入れてもらった。

大狼さんは日付が変わる前には帰っていった。

泊まりたいって言った彼を、余分な布団はないと言って追い出そうとする逸人さん。

大狼さんは次は布団持参で来ると言って怒られていた。

私と二人だと缶ビールを二本くらいしか飲まない逸人さんが、大狼さんと二人で飲んでお酒がすすんだのか、酔っているのかな？　と思うほど顔を赤くしていた。

「今日はもう、お風呂に入るのはやめたほうがいいかもしれないね」

「あー……、そんなに顔に出ている？」

「うん、赤い顔してるよ」

「そっか……。ちっ、あいつのせいで貴重な金曜の夜が……」

「でも逸人さん、とっても楽しそうだったよ」

「それは……、否定できないかな」

そんな逸人さんに笑みを零しながら、お水とお茶どっちがいい？　と聞く。お茶と答えた彼のために冷蔵庫から冷たいお茶を取り出して注《つ》ぎ、カップを渡して、彼の隣に座った。一気に飲み干した逸人さんが、ゴロンッと私の膝《ひざ》の上に寝転んでくる。乱れた髪を撫《な》でて整えていると、目を瞑《つぶ》った逸人さんが静かな声で言った。

「なぁ美奈。美奈を紹介したい人がいるんだ。嫌じゃなかったら、会ってくれないか？」

「それはもちろん大丈夫だけど、いつ？」

「……できれば明後日《あさって》の日曜日」

「いいよ、わかった」

「それで……、美奈のご両親にも、一度ちゃんとご挨拶《あいさつ》に行きたいんだ」

「あ、挨拶⁉」

驚いて声が裏返ってしまった。目を開けて私を見上げた逸人さんが、苦笑しながら私の手をとって指先にキスをする。

「美奈にもプロポーズしてないのに、いきなりご両親に結婚の挨拶はしないさ。ただ、こうやって週末はいつも美奈を独り占めしてしまっているし、今度旅行にも連れていくだろう？　一度きちんと挨拶《あいさつ》に行っておいたほうが、ご両親も安心すると思うんだ。本当はもっと早く行くべきだったんだけどな」

「うちの親は何とも思っていないと思うよ？　それに前に母に挨拶してくれたじゃない」

「俺が、ちゃんと美奈のご両親に認めてもらっておきたいんだ。嫌か？」

「嫌じゃないけど……、逸人さんは面倒じゃない？」

「俺からお願いしているのに面倒なわけないよ」

「わかった、じゃあ母に予定を聞いてみる」

逸人さんになるべく早くがいいと言われて、とりあえず母にメールを送った。すると まだ起きていたのか、すぐに母から電話が来る。

『美奈、逸人君の予定は？　彼の都合のいい日で私たちは構わないぞ』

「逸人さんは母たちに合わせるって言っているけど」

『そうか。なら明後日はどうだ？』

「明後日？　明後日は別に行くところがあって」

「美奈、明後日で構わないよ」

「でもさっき……」

「そっちは朝行けばいいから、ご両親には午後で構わないかって聞いてみて」

「わかった。あのね、母」

『聞こえていた。なら三時でどうだ？　おやつ持参で来てくれ』

「わかった」

『優朔さんの好きな、かりんとう饅頭《まんじゅう》がいいな』

「はいはい」

『では楽しみにしている。おやすみ、美奈』

「おやすみ」

電話を切って逸人さんにおやつのことを言うと、笑いながら、指定してもらえて助かったと言ってくれた。

「図々しくてごめんね」

「はは、嫌いなものを渡してしまうより、好きなものを言ってくれたほうが助かるよ。お母さんもそう思って言ってくれたんだろう」

「そうかもしれない」

せめてシャワーだけでも軽く浴びたいと言う彼が、浴室に向かうのを見送ってから、ほうっと息を吐いた。

自分の両親と彼が会うって、何だかすごく緊張するなぁ……。でも、それなら私も逸人さんのお母さんに挨拶に行ったほうがいいのかな？　今日はもう逸人さんも眠そうだし、明日また聞いてみよう。

いい加減旅行先も決めなきゃと思いつつ、雑誌を読んで逸人さんが出てくるのをまったりと待っていた。

＊＊＊

日曜日、逸人さんが連れていってくれたのは、車で一時間ほど行った場所だった。早起きをするために、昨日の夜も大人しく、……つまり何もせずに寝かせてくれた逸人さんは、できれば明日も泊まってくれと言った。明日は月曜日で仕事があるけど、明後日の火曜日は祝日でお休みだから、実はもともとそのつもりだった。それを伝えると、逸人さんはすっごく機嫌の良さそうな笑顔で朝食を食べ始めた。その意味がわかってしまうから、ちょっと恥《は》ずかしい。


「ねえ逸人さん、こんな格好で大丈夫かな？」

逸人さんの家に置いてもらっているお出かけ用のワンピースに、カーディガンを羽《は》織《お》って彼の前に立つと、逸人さんは私を見て笑って頷《うなず》いた。

「もちろん、可愛いよ」

「いや、その、そういうのはいいのっ」

「なんで？　可愛いから可愛いって言っただけだよ」

「だからっ、は、恥ずかしいからやめてって言っているでしょっ」

「くくっ、……さて、そろそろ行こうか」

「あっ、はーい」

逸人さんに促《うなが》されてマンションの駐車場へ向かった。

車の中で、今日会うのはどんな人なの？　由理さんや大狼さんみたいに、逸人さんの兄弟のような人？　と聞いたけど、「内緒」と笑って、全然教えてくれなかった。その顔を見て、私は勝手に彼の友達と会うのかなと思っていた。

駐車場で車を降りる時に、やけに心臓が騒いだ。

「逸人さん、あの……」

「あっちで色々借りてくるから少し待っていてくれ」

「……うん」

車のトランクを開けて、雑巾やスポンジの入った袋を取り出した逸人さんは、すぐ近くのお茶屋さんで必要なものを買い、柄杓《ひしゃく》と桶《おけ》を借りて戻ってきた。

「お待たせ、行こうか」

「……うん」

迷いなく進む彼の背中を見つめながら、どうか私の想像が外れていますようにと、ただただ祈る。

(だって、そんなの悲しすぎる)

しばらく歩いたあと、ピタリと立ち止まった逸人さんは、とても穏やかな声でその人に話しかけた。

「久しぶり、母さん。今日は俺の大事な人を連れてきたよ」

『立花家の墓』と書かれたお墓を前に、ズキズキと胸が痛む。

「先に掃除を済ませるから、少し待っていてくれるか?」

そう言って私を見る彼に勢いよく頭を振ると、スポンジをもらってお墓の前に立った。

「はじめまして、森下美奈といいます。お掃除、手伝わせてもらいますね」

そう声をかけてから、逸人さんと一緒にお墓の掃除をした。

彼はお母さんに話しかけながら、お墓を磨き、雑草を抜いていく。手馴《てな》れたその姿に、逸人さんが幾度となくこうしてお墓の掃除をしてきたのだとわかってしまった。

最後に何度もお墓に水をかけた逸人さんが、「きれいになった。手伝ってくれてありがとう」と私に微笑《ほほえ》みかけた。

一緒に掃除をしながら、何度も逸人さんの姿を見て涙が溢《あふ》れてきた。それを必死に我慢していた私の顔は、随分酷《ひど》いものになっているだろう。

「大丈夫か？」

と、逸人さんが手の甲で私の頬《ほお》を撫《な》でてくれる。

私が泣くことじゃない。逸人さんの前で泣いちゃいけないと思うのに、その手の温かさに、耐え切れない涙が頬を伝って……地面にポタポタっと染みを作った。


二人で軽く手を洗い、お花を生け、お線香に火をつける。そして立ち上がった逸人さんが私の腰に手を回し、グッと引き寄せた。

「母さん、彼女は森下美奈さん。俺の人生で一番大事な人だよ。いつも俺を思って、俺のために尽くしてくれる俺の最愛の人。母さんが会ったら猫可愛がりしそうなほど可愛いんだ。しかも由理も美奈が大好きで、俺の最大のライバル。まったく、笑えないだろ？おまけに大狼にまで気に入られちまって。俺の彼女はもてすぎて大変だよ。……俺、今とても幸せなんだ。今日は彼女の自慢と、その報告に来た」

逸人さんの言葉を聞きながら、涙が止まらなかった。

私も何か言わなきゃと思うのに、出てくるのは嗚咽《おえつ》だけで……。腰に回された手が背中を何度も上下に擦《さす》ってくれる。その温かさに、ようやく落ち着くと、一歩前に出て深く頭を下げた。

「先ほどご挨拶《あいさつ》しました、森下美奈です。逸人さんにはいつも、本当に、大事にしていただいています。逸人さんは、とても素敵な方で、私は、私はっ……。逸人さんを産んでくれて、ありがとうございましたっ！　これからは、私が彼を幸せにできるように、ずっと、ずっと傍《そば》で支えて生きていきたいと思っていますっ！　どうぞよろしくお願いしますっ！」

そのまま頭を上げられない私の背中を、逸人さんがまたゆっくりと擦《さす》ってくれる。

「なんだか美奈にプロポーズされたみたいだな」

「ひっ、んぐ、そういう意味で、言ったん、だ、もん」

「それは困る。俺だって美奈にプロポーズするのを楽しみにしているんだ。俺の楽しみを取らないでくれ」

「はや、い者、勝ちだね」

「いやいや、これはこれとして真のプロポーズは俺がするから、もう少し待っていてくれ」

「……うん」

最後に二人で手をあわせて長いお参りをしたあと、泣きすぎて酷《ひど》いことになっている私の顔をどうにかすべく、一度逸人さんのマンションに帰ることにした。

車の中で、逸人さんはお母さんのことを色々教えてくれた。

「今日、二十七日はあの人の月命日なんだ。前から美奈を紹介するならその日がいいと思っていて……今月はちょうど休みと重なったから、どうしても今日ここに連れてきたかった。何も教えずに連れてきて悪かった」

「ううん、教えてもらっていたら緊張しちゃったと思うから、逆に良かった」

「そうか？　そんなに緊張しなくても、美奈なら、うちの親にとても気に入られたと思うよ」

「本当？　彼女失格とか言われないかな？」

「まさか、あの人自身、自分が決めたことを絶対に譲らず、別れた男の子供を産んだんだ。俺が決めた人にとやかく言うはずないよ。それに、あの人は本木と好みがよく似ているんだ。本木が溺愛している美奈は、うちの母親も間違いなく好きになるよ」

「そっかぁ。由理さんと似ているの？」

「あいつらのほうが親子なんじゃないかと思うほど似ていたよ。頑固《がんこ》なところも、意地っ張りなところも、料理が全くできないところも」

「お母さんも料理が苦手だったの？」

「ああ、料理というのは成功率の低い実験と一緒で、うまくいくかどうかは運次第とか、ふざけたことをよく言っていたな。ただ、どうしてか、あの人の作るおかかのおにぎりだけは旨《うま》くてさ。何かを見て作り方を知ってからは、あれを失敗できる人間はいないかと思って笑ったけど、それでも……なんでかあの味が忘れられないんだ」

その言葉で、この間のことを思い出した。社員食堂でお弁当を渡した時に、おかかのおにぎりをとても喜んでいた逸人さんと、その逸人さんを嬉しそうに見ていた由理さん。それはこういうことだったんだ。

逸人さんから聞くお母さん――立花えりかさんという人は、素敵な人だった。逸人さんが大学生の頃に事故で亡くなってしまったそうだけど、とても激しく、とても優しい人だったと彼は言った。

何年経っても色褪《いろあ》せない、たくさんの思い出を、逸人さんに残してくれたらしい。

私も、一度でもいいから会ってみたかった。そう思うほど、逸人さんが話してくれる彼のお母さんは、素晴らしい女性だった。

本当は外でお昼ご飯を食べようかと話していたのだけど、私の目が予想以上に腫《は》れてしまったから、諦めて家で食べることにした。

食後に、水で濡らしたタオルを目にのせて休憩しているうちに、その腫れも目立たなくなった。ホッとしてマンションを出ると、父の好きなかりんとう饅頭《まんじゅう》の美味《おい》しいお店に行ってから私の家に向かう。

インターフォンを押すと、母が玄関からひょいっと顔を出した。

「おっ、来たな。優朔さんが楽しみに待っているぞ、饅頭は？」

「ちゃんと買ってきたよ」

「逸人君はどうした？」

「車を止めるために父の整骨院に行ったよ。あっちに車止めていいんでしょ？」

「ああ。――優朔さーんっ、美奈たちが来たぞーっ」

家の中に向かって母が声をかけると、ひょいっとリビングのドアから父が顔を出した。うちの両親は行動が似ている。

ご近所さんにクマ先生と言われている父は、身長が一九〇センチもあって、横にも大きい。私と一緒で少し茶色がかった猫っ毛で、顔が大きいせいでそう見えるのか、つぶらな瞳をしている。

父はキョロキョロと私の周りを見てから、あれ？　という顔をした。

「美奈、逸人君はどうしたんだい？」

「今車を止めに行っているよ」

「そうか、僕の車をあっちに移動させておけばよかったな。彼に悪いことをしたね」

「気にしなくていいよ。父の車を移動させていたほうが、逸人さん、気にすると思うし」

「そうかな？　そうか」

父がうんうんと頷《うなず》いていると、車を止めた逸人さんが足早に玄関へとやってきた。そして両親が揃《そろ》っているのを見ると、父と母に頭を下げてから挨拶《あいさつ》をした。

「急にお邪魔してしまい、申し訳ありません。立花逸人と申します」

「ようこそ逸人君、僕は美奈の父です。こんな玄関先じゃあれなんで、どうぞ上がってください」

「ありがとうございます、失礼します」

二人をドキドキしながら見ていたけど、どっちも悪い印象は持たなかったみたいでホッとした。リビングに入ると、まずはお茶の用意をしに行こうとする母にかりんとう饅《まん》頭《じゅう》を渡す。

「お、優朔さん。かりんとう饅頭をもらったぞ。よかったな」

「そう、僕はあれがとても好きなんだ。ありがとう」

「いえ」

私も逸人さんの隣に座って、そわそわしながら母が来るのを待った。お茶を出した母が同じように父の隣に座ったのを見てから、逸人さんが居住まいを正す。

「改めまして、美奈さんとお付き合いをさせていただいている立花といいます。ご挨拶が遅れてしまい、申し訳ありませんでした」

「いえいえ、ご丁寧にありがとうございます」

緊張からかぎこちない動きでペコッと頭を下げた父の背中を、母がバッシバッシと叩いている。

いや、見慣れた光景だけど、父ったら、あれだけ叩かれてもピクリともしないんだから、どれだけがっしりしているのかという話だなぁ。

「優朔さん、よかったな。前に私だけが逸人君に会ったって拗《す》ねていたものな」

「嫌だな、二人にバラしちゃ駄目だよ、陽子さん。でも、美奈がいつも逸人君のことを素敵な人だと言っていてね。僕も会ってみたいなって思っていたんだよ」

「いえ、私よりも美奈さんのほうが、とても素敵な女性です」

「ちょ、逸人さんっ、そんなこと言わなくていいから。父もそんなこと言ったら駄目っ」

何だか恥《は》ずかしくて逸人さんの袖を引っ張る。だけど、見上げた先にあった顔に、少し驚いた。

逸人さんは緊張しているのか、いつもと違い、少しだけ強張《こわば》った微笑《びしょう》を浮かべていたのだ。

いや、でも当然だ。私だって彼のご両親に会うことになっていたら、とても緊張しただろう。

何とか彼の緊張を和《やわ》らげられないかと考えていると、ふいに逸人さんが父たちに向かって静かに頭を下げた。

「今日は、ご両親にお嬢さんとの交際の許可をいただきに参りました」

「許可？」

「私は私生児です」

「逸人さん!?」

突然のことに驚いて声を上げると、逸人さんは一瞬だけ私を見たあと、父たちをまっすぐに見て、もう一度同じことを言った。

「私には父親がいません。私は、日本人の母と、母が学生の頃にアメリカで出会った、イギリス人の男性との間にできた子供です。母はその男性とは別れて、日本に帰国して一人で私を産みました。なので、私はその男性に認知されていません」

「そうか……」

「私のせいで美奈さんを」

「ねぇ、逸人君」

「……はい」

被《かぶ》せるようにして逸人さんの言葉を止めた父に、逸人さんはしっかりと目を合わせて向き直った。

父はそんな逸人さんに、にっこりと笑いかける。私が子供の頃からずっと見てきた笑顔だ。

「僕はね、親バカかもしれないけど、うちの子供たちはとてもいい子に育ってくれたと思うんだ」

「それはもちろんです」

「だから僕は子供たちを信頼しているし、子供たちの選んだ人も信頼できる人だろうと思っているよ」

「……」

「逸人君、美奈はね、僕たちに君の話をたくさんしてくれるよ。とても嬉しそうに、とても楽しそうに、とても幸せそうに。娘をこんな顔にしてくれる人に、僕たちは感謝しているんだ。どうもありがとう。これからも美奈をよろしくお願いします」

「ありがとうございます……」

父の言葉に、逸人さんは深々と頭を下げた。私はなんだか胸が熱くなって、何も言えなかった。

「逸人君、生まれを選べる子供はいない」

「はい」

それまで黙っていた母が、珍しく表情を和《やわ》らげて逸人さんを見つめ、言った。母は表情筋が人より未発達なのか、誰が見ても笑っているとわかる顔はめったにしないのに。

母は、頭を下げたままの逸人さんに、ゆっくりと話しかける。

「君の母上は、君を愛していたか？」

「はい」

「君の周りには、君を愛してくれる人がいたか？」

「はい」

「それをすぐに答えられる君が、美奈といったい何が違うんだ？」

「……っ」

母の言葉に、彼が俯《うつむ》いたまま肩を震わせる。膝《ひざ》の上で固く握られた手を、私は上から
ギュッと握った。

「私は頑張る人間が好きだ。君の母上とも、是非話してみたいよ」

「すみません、母は、私が大学生の頃に亡くなりまして……」

逸人さんの言葉に、父たちが一瞬顔を歪《ゆが》めた。

「それは悪いことを聞いたな」

「いいえ、母も……美奈さんのご両親に、きっと会いたかったと思います」

「逸人さんのお母さんってね、とーっても綺麗な人なんだって」

「そうだろうな、逸人君も綺麗な顔をしている」

重ねた手の上に、ポタポタと零《こぼ》れ落ちる涙がなくなるまで、私はさっき逸人さんに聞
いた彼のお母さんの話を、父たちに得意気に話し続けた――

夕飯を食べていかないかという父たちの誘いを、逸人さんは快《こころよ》く承諾してくれた。

私も母もお酒に弱くて、家じゃめったに飲まないから、一緒に飲んでくれる相手ができて父がとても喜んでいる。飲むのは構わないけど、車をどうしようかと逸人さんが悩んでいたから、私が逸人さんの車を運転していって、そのまま彼のマンションに泊まることにした。うちに泊まってもらってもいいんだけど、明日は仕事だし、当然だけど逸人さんはスーツを持ってきていないから諦めたのだ。

私は正直、車の運転が得意じゃない。だからあまり遅くならないうちに帰ろうと、先に車に自分の着替えを積んで帰る準備をしていた。

しばらくすると、何か楽しそうに話しながら、逸人さんと父たちが歩いてくる。

助手席に乗ると逸人さんは、窓を開けて二人に「今日はありがとうございました」と言った。

お酒好きだけどすぐ真っ赤になってしまう父は、真っ赤な顔を綻《ほころ》ばして、逸人さんにまたおいでと伝えている。

「美奈の兄たちが家を出てから、毎日一人で飲んでいてね。逸人君さえ良かったら、また僕に付き合ってくれると嬉しいな。今度は珍しい日本酒でも用意して待っているから」

「はい、是非また寄らせてください。次は俺もお父さんが好きそうな酒を持ってきます」

「なんだ、土産《みやげ》は優朔さんにだけか？」

「ちょっと母！？」

「いえ、お母さんにも上等なお肉を持ってきます」

「おお、楽しみにしてるぞ」

逸人さんの言葉に満足そうに頷《うなず》く母に、頭が痛くなった。

「やめてよ、逸人さんも気にしなくていいからね？」

「ほら美奈、もう行きなさい。気を付けて帰るんだよ」

「あ、うん。じゃあ二人ともおやすみなさい。あっ、母、明日のお弁当用に、冷蔵庫におかずを下準備して入れておいたから、朝焼いて詰めていってね」

「おお、悪いな。ありがとう。気を付けて帰れよ」

「はーい」

「それではご馳走《ちそう》さまでした」

「二人ともおやすみ」

父たちに見送られて車を出発させる。

少し走ると、逸人さんがふうっと息をついて背凭《せもた》れに体を預けた。慣れない車の運転に緊張しながら、逸人さんに父たちが好き勝手言ってごめんねと謝ると、逸人さんは違うんだと言って笑う。

「違う？って、何が？父たちのせいで疲れたでしょ？」

「いや、すごく楽しかったよ」

「本当に？　気を遣わなくていいんだよ」

「本当に楽しかったんだ。帰るのがもったいないって思うほどに」

「そうなの？　ならたまーにでいいから、父のお酒に付き合ってくれると嬉しい。私も母も、家じゃお酒を飲まないから。父も今日はとても楽しそうだった」

「ああ、俺も楽しかった。美奈の小さい頃の話も聞けたしな」

「ええ!?　ちょ、父ってば変なこと言ってないよね!?」

「さぁ？　俺とお父さんとの秘密だよ」

目を瞑《つぶ》りながら楽しそうに笑う逸人さんに、マンションに着いたら起こすから少し寝ていていいよと伝える。やっぱり疲れていたんだろう、なら少しだけ……と言って、逸人さんはすぐに眠ってしまった。

できるだけ揺らさないように気を付けながら、今日はきっと、私にとっても逸人さんにとっても忘れられない一日になるんだろうなと思った。


次の日、逸人さんと一緒に会社に向かうと、周囲の人たちから驚いたような視線を向けられた。

まだ時間が早いからか、人がまばらなことが救いだなぁと思いながらそれに耐えていると、逸人さんが心配そうに私を見つめてくる。

「大丈夫か？」

「うん。これからも逸人さんと一緒にいたら、こういうことはいっぱいあるだろうし、気にしちゃ駄目だよね」

「美奈、もし誰かに何か言われたら、すぐ俺に言うんだよ」

「大丈夫。じゃあ、私、着替えてくるから」

そう言って逸人さんと別れると、女子更衣室へと急いだ。

更衣室のドアを開けておはようございますと声をかけても、半分くらいの人に無視をされてしまった。けど、気にしても仕方がない。

確かに私が逸人さんと一緒にいることに腹を立てている人もいるけど、私が逸人さんの隣にいることを、応援してくれている人だっていっぱいいるのだ。いつまでも気にしてなんかいられない。

私は両手をグッと握り締めて、これから始まる一週間に向けて気合を入れた。

朝から何か言いたそうに私を見ることの多かった由理さんが、やっとその理由を話してくれたのは、社員食堂で逸人さんを待っている時だった。

大好きなはずのオムライスを前に沈んだ顔をしていた由理さんは、小さな声で私に聞いてきた。

「ねぇ美奈ちゃん。この前、あの馬鹿犬に手料理を振る舞ったって本当？」

「ば、馬鹿犬っていうのは、大狼さんのことですか？」

「そう。あの誰にでも尻尾を振りまくる馬鹿犬」

「えーっと、金曜の夜に逸人さんのマンションで一緒にご飯を食べましたけど、手料理って言うほどのものじゃあ……」

「食べさせたのね⁉」

「は、はい」

ずいっと身を乗り出してきた由理さんに、若干仰《の》け反《ぞ》りながら頷《うなず》くと、由理さんが急に両手で顔を覆《おお》って泣き出して（？）しまった。

途端《とたん》に周囲の視線が私たちに集中する。

えっ⁉　私は何もしていないよっと、顔見知りの子に必死で手を振ってアピールしていると、プルプル震えていた由理さんが、顔を覆ったまま叫んだ。

「あの馬鹿の言ったことが本当だったなんてーっ！　私だって最近ご馳走《ちそう》になってないのに、なんであんな、ぽっと出《で》の男に『美奈ちゃんのご飯美味《おい》しいんだよぉ、知ってた？』なーんて言われなきゃいけないのーっ‼　あの変態はまだしも、あの馬鹿にまで自慢されるなんてっ‼　私の美奈ちゃんなのにーっ‼」

「美奈はお前のじゃない、俺のだ」

「逸人さん」

私たちのところに来る前に取ってきてくれたのだろう、お味噌汁を私の前においた逸人さんが、不機嫌そうに眉を寄せて由理さんに言った。

さすがに付き合いが長いせいか、とっても上手く大狼さんの口調を真似てみせた由理さんは、逸人さんの声を聞くなり、顔を覆《おお》っていた手でバンッと机を叩き、逸人さんをギッと睨《にら》みつける。って、由理さん、今のでさらに周りの視線が集まっているんで、落ち着いてくださいー。

「ちょっとっ、美奈ちゃんのご飯をあれに食べさせるくらいなら、私を呼びなさいよっ！」

「あぁ？」

「土曜に大狼から電話があったのよっ、いったい何の用かと思って出てみたら、あんたの家で美奈ちゃんに手料理を振る舞ってもらったっていう自慢話よ⁉　私の美奈ちゃんにっ！」

「お前は、俺に否定されるためにそれを繰り返しているのか？」

バンバンと自分の膝《ひざ》を叩いて悔しさを訴える由理さんに、逸人さんが呆れたような視線を向ける。

（逸人さん、そんな視線を送る前に由理さんを鎮《しず》めてっ）

「あいつったら私に向かって『僕、美奈ちゃん気に入っちゃったぁ。もし逸人兄《にい》が捨てられたら口説いちゃおうかなぁ』なんてほざいたわよっ！」

「……なんだと？」

（ひぃぃ～、ちょ、ちょっと待って、逸人さん、そんなの大狼さんの冗談に決まってい るからっ。ああっ、逸人さんの口の端がピクピクしてるっ。大狼さんもなんでそんな冗談を由理さんに言うの～⁉）

それ以上何も言わないでって由理さんに必死にジェスチャーをしていると、それに気付いた由理さんが、わかっているわと力強く頷《うなず》いて、全然わかってくれていない言葉を続けた。

「私はね、この場にいる変態だって美奈ちゃんの相手として許せないのに、あんな馬鹿犬なんてもってのほかなのよっ。あんたもわざわざ他の男に付け入る隙を与えるんじゃないわよ！」

「付け入られたのか？」

（わ、私にふるのっ⁉）

とんでもなく機嫌が悪い逸人さんにジロッと見られてしまい、慌《あわ》てて顔の前で両手を振った。だけど……私の必死の否定もむなしく、逸人さんの機嫌は全然直ってくれない。

「そういえば、美奈は随分あの駄犬《だけん》に懐《なつ》いているよな。まだ二回しか会ったことがないはずなのに」

「ええ⁉」

（もしかして矛先《ほこさき》が私に変わった⁉）

「いつの間にか二人ですき焼きの材料を買って、一緒に食べる約束もしていたし」

「そ、それは大狼さんが、逸人さんが食べたいって言っていたって言うからっ」

「俺がいない時に何か二人で話していたし」

「それはっ……話していたけど」

「美奈ちゃん、人より顔のいい男はやっぱり駄目よっ。いい機会だからこの変態もあの馬鹿犬もポイッとしちゃいなさいっ、私がいい男を紹介してあげるから」

「どさくさにまぎれて何を言っているんだお前は！　もう俺たちの邪魔はしないんじゃなかったのか？」

「あ～ら、そんなこと言ったかしら？」

「自分の言った言葉すら忘れるとは……」

「ちょっとっ、あんた今、鼻で笑いやがったわね⁉」

「おお、それくらいはわかる頭でよかったな」

「なんですってぇ～⁉」

言い合う二人を前に、何だかとっても疲れた私は一人でお弁当を広げた。今日はおかかのおにぎりと、えのきのベーコン巻きに出し巻き卵、彩《いろどり》の野菜とピーマンの肉詰めを入れておいた。

今日はお魚入れるのを忘れたなぁって思いながら、ゆっくりご飯を食べ、ご馳走さまでしたと手を合わせて席を立つ。

私が席を立って初めて、二人は私が食べ終わっていることに気付いたようだ。私は無表情を作って言う。

「二人とも早く食べないと、お昼休憩、あと半分しかないですよ」

「ええっ⁉　あ、ホントだ。って、オムライスがすっかり冷たくなってる～」

「逸人さんも、お味噌汁ありがとう。それ逸人さんの分のお弁当だから」

「ああ……って、美奈もう行くのか？」

「だって私、もう食べ終わったもの」

社員食堂中の視線を集めている二人にちょっとだけ腹を立てながら、先に食堂を出てしまった。だから私は見ていないんだけど、この時近くにいたらしい上条主任が、あとでこっそり教えてくれた。どうやら私がいなくなったあと、二人は私がどっちに怒っていたかを言い合ったあと、肩を落としてもそもそとご飯を食べていたらしい。

その姿を想像してちょっと笑ってしまったことは、二人には内緒だ。

その日の終業後、逸人さんからメールが来た。内容は、今日逸人さんのマンションに来るかどうかのお伺《うかが》いだった。多分、私がまだ怒っているんじゃないか、もしかしたら今日来ないつもりかもしれないと心配になったたってことなんだろう。由理さんにはお昼休憩中に「ごめんね」と謝られたので、本当はそんなに怒ってないんですと伝えておいた。逸人さんからも謝罪のメールが来たけど、返事はしなかった。だって私には逸人さんしかいないって言っているのに、他の人がいるところであんなことを言うんだもの。でも、さすがに今回のメールは無視するわけにもいかないから、いつものようにコーヒーショップで待ってますと返しておいた。

由理さんや逸人さんにこんな風に言われる大狼さんは、いったいどれだけ女性にもてるんだろう？　それともあの三人はとても仲がいいから、変に気になっちゃうのかな？

そんなことを考えていると、続いて逸人さんから電話がかかってきた。

「もしもし？」

『美奈？　昼はごめん、悪かった』

「本当だよ、あんなに人がいる前で二人が大きな声で話したら、みんなに注目されるのは当たり前でしょ」

『ごめん、つい。それで、今日なんだけど、少し遅くなりそうなんだ。だから先にマンションに行っててくれ』

「そうなの？　ご飯はどうする？」

『家で食べる。けど待ってなくていいから』

「うん、わかった」

電話を切り、着替えて更衣室を出ると、見慣れた人たちにまた囲まれてしまった。今日はあの営業部の人はいないみたいだな、なんて思いながらその人たちに「何でしょうか？」と尋ねる。そしたら案の定、目を吊り上げて話があると言われた。

またか……と思いつつも、大人しくその人たちについて廊下の端のほうへ行った。とりあえず黙っていると、彼女たちはスマホを取り出して、この前撮られた写真を私に見せてきた。

「あなた、立花部長以外にも親しい男性がいるようね」

「それは彼の弟さんです。その写真を撮られた時に一緒にいたことは、立花部長も知っていました」

なんだか今までと違って、彼女たちに詰め寄られても何も感じなかった。

あんなに感じていた劣等感？　っていうのかな。私なんかが逸人さんの隣にいたら、彼女たちが怒るのもわかる――そんな風に思っていたけど、今は何も感じない。むしろ、勝手なことを言って勝手に人の写真を撮って、自分たちの都合でこうやって拘束《こうそく》してくる彼女たちに少し腹が立った。

だからへらっと笑いながら、そう言い返してみると、私よりも彼女たちのほうが逸人さんのことに詳しいことがわかった。

「嘘言わないでよっ！　立花部長に兄弟がいないことなんてみんな知っているんだからっ！」

「そうよっ！　適当なことを言ってへらへらしてるんじゃないわよっ」

「嘘じゃないです。それくらい彼と親しい人ってことなんで」

「だから何？　堂々と浮気していますって？」

「ですから浮気じゃありません」

「昼に社食で立花部長に責められていたそうじゃない。それってコレのことでしょう？」

（……逸人さんのバカ……）

やっぱり周りの人に聞かれていたじゃないかと心の中で彼を責めながらも、だんだん面倒になってきた。

「別に立花部長は本当に疑っているわけじゃありません。そもそもそれをみなさんに責められる理由はないと思うんですけど……」

「なっ⁉」

「私と立花部長はお付き合いをしています。小さいことで言い合いになることだってあります。でも、それはみなさんに関係ないですよね？　確かに私は、逸人さんと釣り合いの取れない容姿をしているかもしれません。でもそんなことは、逸人さんが気にしていないなら別に構わないんじゃないですか？」

「私たちはあんたに身の程を知って離れろって言ってるのよっ！」

「身の程は知っています。でも別れるつもりはありません。すみませんが予定があるので、もう失礼させてもらいたいんですが」

「勝手なことをっ」

「あと、被写体の了解を得ないで隠れて写真を撮るのは、盗撮です。そんなことをする前に、もっとやることがあるんじゃないですか？」

それだけ言うと、まだ何か言いたそうな彼女たちをおいて会社を出た。

面と向かって人に反論したことなんてなかったから、心臓がすごくバクバクいっている。でも、今までのように笑って流していても、きっと何も変わらない。私だって彼女たちと戦っていかないとっ。

道の真ん中で手をギュッと握ってうんうん頷《うなず》いている私を、通りすがりの人が不思議そうに見ている。我に返った私は恥《は》ずかしさのあまり、足早に逸人さんのマンションに向かった。

逸人さんは先に食べてていいって言っていたけど、やっぱり一人で食べても美味《おい》しくないから、先にお風呂に入って彼を待つことにした。

逸人さんは二十一時過ぎぐらいに帰ってきた。「おかえりなさい」と声をかけると、ホッとしたように顔を緩《ゆる》める。疲れているなら先にお風呂に入ったほうがいいんじゃない？　と言うと、そうすると言って浴室に向かっていった。

その後ろ姿を見送って、私は作っておいた夕ご飯を温める。今日は時間があったから、鯖《さば》の味噌煮と逸人さんの好きな筑前煮《ちくぜんに》、あとは私が無性に食べたくなってしまった豚汁だ。いつものように全体的に茶色いけど、気にしない気にしない。大狼さんの言うように、お洒落《しゃれ》な料理は外で食べればいいんだもの。

そろそろ出てくるかな？　と思いながらテーブルにご飯を並べていると、髪をごしごしタオルで拭《ふ》いて逸人さんが入ってきた。テーブルに並んだ二人分のご飯に、すまなそうに私を見る。

「美奈、待っていなくても良かったのに」

「一緒に食べたほうが美味《おい》しいから、気にしないで。食べよう？」

「ああ、ありがとう」

「ビール飲む？」

「ああ、おっ、豚汁だ。俺、美奈の豚汁好きなんだ」

「良かった。なんかね、むっしょーに食べたくなる日があるの」

嬉しそうにご飯を頬張《ほおば》る逸人さんにビールを渡すと、美味しい美味しいとさらに箸《はし》を進めてくれる。やっぱりこうやって一緒に食べたほうが、一人で食べるよりずっと楽しい。

ご飯を食べてソファで食後のお茶を飲んでいると、逸人さんが自分の膝《ひざ》をポンポンと叩いて私を呼んだ。

「何？」

「おいで」

「えっ」

「ソファではしないから、おいで」

その言葉にそろそろ……と近寄っていくと、手を引かれて彼の膝の間に座らされる。後ろからギュッと抱きしめられ、首に顔を埋《うず》められた。

「美奈……今日はごめんな」

「まだ気にしていたの？　私はもう気にしていないって言ったのに」

おかしくて笑ってしまった私を、さらにきつく抱きしめた逸人さんが、「上条主任に怒られた」と小さな声で言った。

「上条主任に？　どうして？」

「あなたたちは周囲のことをもっとちゃんと見なさいって言われたよ。俺たちのせいで美奈が余計に注目されて、悪意の標的になることだってあるんだって」

「そっか……」

「頭では美奈が大狼のことをなんとも思ってないってわかっているんだ。わかっているのに、何か言われると過剰に反応してしまう……。きっと大狼以外の男でも、美奈と話したことのある奴全員が、俺は気に入らないんだと思う」

逸人さんにも、大事な人はいっぱいいる。でも……彼は大事な人を失う痛みを知っているから、人より恐怖心が強いのかもしれない。家族とは違って、私たちはお互いの気持ち次第で簡単に切れてしまう関係だ。だから余計に敏感になってしまうんだろう。逸人さんだって完璧じゃない。弱さを持った人なんだ。

『暗いデブは嫌われるけど、明るいデブは好かれる』

その言葉で私は常に笑っている人間になろうと決めた。でも、それがいつからか笑って逃げるようになっていたと思う。母が最初から言っていたじゃない、「戦え」って。

大事な人を守れるように私は笑って戦える人間にならなきゃ。

もっともっと強くなろう。逸人さんと、逸人さんとの未来を守れるように。

お腹に回された手を両手でギュッと握ると、自分に出せる最大級の優しい声で彼に言った。

「ねえ逸人さん」

「……ん？」

「大好きだよ」

次の瞬間、彼は私を抱き上げて寝室へと向かったけど、私もそうしてほしかったから、素直に彼の腕に身を預けた――

ゴールデンウィークに行った逸人さんとの初めての旅行は、やっぱり家族旅行や友達との旅行とは違う楽しみがあった。不思議な緊張感と、わくわくとした高揚感でいっぱいの旅行は、また別のお話。

逸人さんのご両親代わりの、彼の伯母さんたちに紹介してもらってビックリしたことや、週に一度、逸人さんのマンションに食材持参で訪れるようになった大狼さんに、逸人さんよりも由理さんが先に怒ってしまい、川崎主任も巻き込んで大喧嘩《おおげんか》を繰り広げるのも、また別のお話……

変態は告白する　おまけ

寝室に響く美奈の声が、だんだんと悲鳴に近いものになっても、逸人は美奈を放してやることができなかった。二人の体の境界がわからないほどに馴染《なじ》んだ体温を、まだ足りないとばかりに腕の中に囲い込む。

「ひぁっ、……あっ、……ん……ふ、う……」

「美奈……美奈……」

それでも激しい欲情の波は随分前に通り過ぎ、今は美奈の柔らかい体を味わうように、深く挿入した己のものをゆるゆると揺らし、美奈の最奥《さいおう》の入り口をノックしている。

最初はそれを痛がり涙を流していた美奈が、気持ち良さそうに啼《な》き声を上げるようになったのは、いつからだっただろう。

初めて素面《しらふ》でキスをした時は、逸人の舌に怯《おび》えて逃げるだけだった彼女が、逸人に応《こた》え、自分から求めてくるようになったのは、いつからだっただろう。

逸人が傍《そば》にいるだけで、体を硬くして恥《は》ずかしそうに俯《うつむ》いていた彼女が、逸人の声に反応し、自分から逸人の腕の中に収まるようになったのは、いつからだっただろう。

いつも遠慮ばかりしていると思っていた彼女が、逸人の言葉に頬《ほお》を膨らませて、文句を言えるようになったのは、いつからだっただろう。

美奈を無理やり手に入れた罪悪感なんてものは、ない。そんなものがあるのなら、最初から酔っている美奈を部屋に連れ込むようなことはしない。

ただ、もし違う始まり方をしていたら、美奈との愛情の温度差が変わっていたかもしれないと思うことはあった。

つい自分と美奈の愛情を比べてしまい、自分ばかりが美奈を求めていると思い続けていた逸人だが、今日初めて、もしかしたら美奈のほうが己よりずっと大きくて深い愛情を持ってくれているのかもしれないと思った。

自分でもこんなことくらいと思う小さなことに嫉妬《しっと》し、不安から美奈にあたってしまう。そんな逸人を笑って許し、抱きしめてくれた美奈。

彼女の包みこんでくれるような内部に、堪《たま》らない気持ちになる。

「ふうっ、ん、逸人……さん、もう、終わって……」

潤《うる》んだ瞳で、本気で限界だと訴える美奈の額《ひたい》に唇を落とす。緩《ゆる》やかな腰の動きを、終わらせるための速い動きに変え、美奈の腰をしっかり掴《つか》んで力強く叩きつけた。部屋の中に響く美奈の声を聞きながら、逸人は美奈の耳元で囁《ささや》く。

「美奈……愛しているよ」

「……っ、ふ、ふぇっ……」

目を丸くした美奈の目尻から、次の瞬間、涙が流れ出す。それと同時に逸人を締め付ける美奈の膣《ちつ》の動きも変わった。時折反応するように収縮をしていたそれが、キュウッと逸人を逃がさないとでもいうように締め付けてくる。そのまま己を解放してしまいそうになるのをぐっと耐えると、美奈の涙を唇で吸い取りながら自分の気持ちを繰り返す。

「愛してる……、誰よりも美奈を愛しているよ……」

逸人の背中に回された腕に力がこもる。それに応《こた》えるように逸人もきつく美奈を抱きしめ、腰を動かした。逸人が達するのとほぼ同時に頂点へと上った美奈が、一際高い声で啼《な》いた。

そのまま意識を手放してしまった美奈から、逸人は名残惜《なごりお》しく思いながら自身を抜き取る。手早く自分の処理を済ませてから、美奈の体を軽く拭《ふ》いた。

「愛してる」と伝えた時の美奈の顔を思い出し、もっと早くその言葉を言えばよかったと少し後悔した。ただ、あまり早くにそれを伝えてしまうと、美奈が逸人のことを重く感じてしまうんじゃないかと怖かったのだ。

（美奈に言うより美奈のお父さんに言うほうが早かったなんて、絶対に言えないな……）

先日のことを思い出し一人苦笑を漏《も》らした逸人は、目を覚ました美奈に飲ませるために、キッチンにスポーツドリンクを取りに行くのだった。

＊　＊　＊

先日逸人が挨拶《あいさつ》に向かった美奈の家は、静かな住宅街に立つ、ごく普通の二階建ての家だった。挨拶を交わしたあと、その日の本題を切り出した逸人を、美奈の両親は優しく受け止めてくれた。

美奈が夕食の仕度《したく》のために母親とともにキッチンへ消えていくと、優朔は一升瓶を持ってきて、一緒に飲もうと誘った。やがて優朔が顔を赤くしながら話してくれた小さい頃の美奈の話は、逸人にはとても興味深いものだった。

「美奈はね、末っ子で、しかも兄弟の中で一人だけの女の子だから、それはもう可愛くて。上の二人とは年が離れていることもあって、兄たちもあの子を可愛がってね。男連中が甘やかすものだから、陽子さんは一人だけ美奈に厳しくしなくちゃいけなくなってしまった。でも本当はね、陽子さんが一番美奈を愛しているんだよ」

「わかります。とても優しい目をして美奈さんを見ていらっしゃいますよね」

「そうなんだ。陽子さんはなかなか顔の筋肉が動かない人でね、逸人君にも誤解されていないか心配なんだけど、彼女は君のことも、とても褒《ほ》めていたんだよ。さすが美奈の選んだ男だってね」

その言葉に目を丸くした逸人を、優朔はそのつぶらな瞳で見つめた。

「初めて会った時にしっかりとした挨拶《あいさつ》をしてくれた。最初はそんなことを言っていた。それに、陽子さんはいつも楽しそうに、美奈から君の話を聞いているんだ。気付いているかもしれないけど、美奈はあの体型を随分気にしていてね。そのせいか今まで彼氏を連れてきたことも、誰か好きな人がいるようなことも言ったことがなかったんだ。せっかく女の子に生まれたのに、恋愛に興味がないふりをする姿が可哀想《かわいそう》でね。特に、太りやすい体質は僕のせいかと思うと美奈に申し訳なくて……」

そう言って自分の腹を擦《さす》る優朔に、逸人は否定の言葉を返した。実際、優朔は肥満というよりは、筋肉質で鍛《きた》え上げられた体をしている。逸人自身、体を作ることの大変さは知っている。そう伝えると、優朔は照れたように頭をかいて教えてくれた。

「僕の実家は柔道場をやっていてね。若い頃は僕も手伝っていたんだ。今でもたまに指《し》南《なん》しているんだよ」

「そうなんですか。では美奈さんも？」

「いや、美奈はやっていないよ。本人が興味を示さなかったからね。あの子の兄たちは今でもたまに道場に通っているけど」

「そうですか」

二人でお互いのコップに新たに酒を注《つ》いでいると、美奈がおつまみだと言って色々と皿を並べてくれた。お盆を持った上機嫌な美奈がキッチンに戻るのを見送ったあと、優朔がテーブルの上を指し面白そうに笑った。

「逸人君、美奈は君がうちにいるのがよほど嬉しいらしい」

「どうしてです？」

「あの子は毎日僕にもこうやっておつまみを作ってくれるけど、こんなにたくさんの種類を出してこない。これは君のために用意したものだよ」

「……」

逸人の顔がアルコールのせいだけじゃなく赤く染まるのを、優朔は嬉しそうに見つめた。

「逸人君、さっき言ったことは本当だよ」

「え？」

「美奈はね、家で僕らに君の話をよくしてくれる」

「……」

「逸人君にこんなことをしてもらった、こんなことを言ってもらえた。二人で出かけたとか、三浦さんたちに紹介したんだとか、色々だけど……。毎回、幸せそうに笑って君の話をするんだ。君からもらったアクセサリーをね、いつも嬉しそうに見つめているんだよ。あの子を大事にしてくれてありがとう」

ゆっくりと頭を下げた優朔に、逸人も頭を下げて応《こた》えた。ほぼ同時に顔を上げると、逸人は優朔の目をしっかりと見つめる。

「私は美奈さんを愛しています。生涯を懸けて守っていきたい女性だと……いずれは結婚を申し込みたいと考えています」

「うん、是非そうなってほしいと僕たちも思っているよ。なら逸人君はもう僕たちの家族だし、美奈と話しているように、僕と話してくれると嬉しい。僕のことはお父さんって呼んでね」

そう笑う優朔に、逸人はまた目の奥が痛んだ。込み上げる感情をグッと堪《こら》えてもう一度頭を下げた逸人に、優朔は美奈には内緒だよ、と人差し指を口の前に立てて楽しそうに話し出した。

「陽子さん、髪が長いでしょう?」

「はい、とても綺麗な髪ですね」

「あれね、美奈が中学生の頃から伸ばし始めたんだよ」

「そうなんですか?」

「うん、それまではなんていうんだっけ? 坊主頭じゃないけど、とても短くしていたんだ」

「ベリーショートですか」

「そうそうそれっ。彼女は自分の容姿を飾るのが得意じゃないから、短いほうが楽でよかったらしいんだけど、願掛《がんか》けで伸ばし始めたんだ」

「願掛け……ですか？」

「うん、いつか美奈がお互いに愛し合える素敵な男性と出会えるように。その男性とずっと一緒にいられるようにって。それからは、揃《そろ》えるくらいしか切ったことがないんだよ。それをね、昨日かな？　そろそろコレを切ることができそうだって、とても嬉しそうにしていてね」

「……必ず、幸せにします」

「ありがとう、でもそのためには君も誰よりも幸せにならなくちゃいけないよ」

「え？」

「きっと、君が笑っていてくれたら、あの子も幸せそうに笑っていられるはずだから」

＊　＊　＊

優朔の言葉を思い出しながら寝室へ戻った逸人を、目が覚めたらしい美奈が見上げてきた。

そして嬉しそうに掠《かす》れた声で話しかけてくる。

「逸人さん……どうしたの？　何だかとっても嬉しそう……」

美奈に取ってきたばかりのペットボトルを渡し、その額《ひたい》に軽いキスを贈る。

「幸せだなって思っていたんだよ」

その言葉に目を丸くした美奈は、次の瞬間、逸人の一番好きな顔を見せてくれた。

「私もとっても幸せだよ」

触れ合うだけのキスを繰り返しながら、二人の幸せな夜は更《ふ》けていくのだった——

立花逸人、○○を自覚する。

（深夜に帰国したばかりだというのに、こんな朝早く呼び出すことはないだろうが……）

イタリアへの三年半の海外赴任を終え、立花逸人が帰国したのは、昨夜遅く。それから会社近くのホテルまで向かい、ベッドに入ったのは、日付も変わった午前二時過ぎのことだった。

始業時間までに出社すればいいかと思っていた逸人を、早朝に叩き起こした電話。それは『社長に帰国の挨拶《あいさつ》をしろ』というものだった。

今日空《あ》いているのがこの時間だけだという社長に呼び出され、逸人はため息をつきつつも、まだ人の少ない社内を闊歩《かっぽ》する。時折すれ違う顔見知りに軽く挨拶をしながら社長室を目指していると、ふと第二会議室の扉が少し開いていることに気が付いた。早朝会議の準備でもしているのか？　と思い覗《のぞ》いてみると、そこにはこちらに背を向けながら机を拭《ふ》く女子社員の姿があった。

「ふっんんん～、ふふふふん～ん、ん～んんん……」

しばらくその後ろ姿を見つめたあと……正確には机を拭くたびに揺れるそのお尻を見つめたあと、逸人は彼女に気付かれないように静かに扉を閉め、再び社長室を目指す。

知り合いに声をかけられるたびに、またあとで顔を出すと伝えながらも、さっきの彼女が歌っていた鼻歌のメロディが気になって仕方がない。絶対に知っている曲なのだが、それがなんなのかが思い出せない。どうしても思い出したくて、逸人は頭の中で彼女の声を繰り返し再生する。

ようやくその曲を思い出したのは、社長室の扉をノックする、まさにその瞬間だった。

（あれかっ！）

「ぶふっ」

ノックのために上げた手をそのまま口元にあて、笑いを堪《こら》えた。

彼女が口ずさんでいたのは、お腹をすかせた人がいればパンでできた自分の顔を分け与える、子供に大人気のヒーローの曲だった。昔流行《はや》ったポップスか何かだろうかと考えていただけに、突如浮かんできたあの丸いヒーローの顔に笑いが込み上げる。

肩を揺らしている逸人の斜め後ろから、社長秘書が不思議そうにこちらを窺《うかが》っている。

逸人はごまかすように咳払《せきばら》いをした。

先程の彼女は何者だろう。なんだかやけに気になって仕方がなかった。顔は見えなかったが、この時間に会議室を掃除しているということは、総務の新入社員だろう。ここ数年、総務に配属される新入社員は年に一人か二人。由理にでも聞けば誰だかすぐにわかるだろう。

逸人はそう考えると、最後に一つ咳《せき》をこぼし、再びノックをするためにその手を上げた。

＊＊＊

『由理と一緒に帰国祝いをしてやるから予定を教えてよ』

川崎からそんな電話を受けたのは、逸人が本社に戻ってから三日目の夕方だった。

ＰＣに目を向けたまま、逸人は頭の中のスケジュール表を思い出し、そして小さくため息をこぼす。しばらく、暇な日などなかった。

「帰国祝いはいいが、しばらく時間は取れないぞ」

『ああ、忙しいのはわかっているから大丈夫。余裕ができそうな頃を教えてくれればいいから』

「そうだな……、再来週の金曜なら大阪支社から直帰の予定だから都合がいいな」

『オッケーオッケー、じゃあ去年できた旨《うま》い居酒屋に招待するからお楽しみに～』

「ああ」

『お疲れさまでっす』と言って切られた電話に笑みがこぼれる。

入社してすぐの研修で同じグループになったことがきっかけで付き合いが始まった川崎は、逸人が気を遣わずに話せる数少ない友人の一人だ。

イタリア支社に行っている間は、たまにメールでやり取りをするくらいだったので、顔を見て近況を聞けるのは正直楽しみだ。いい加減由理との関係にも変化が出ているだろう。

そんなことを考えていると、「お疲れさまです」という声とともに、机の上にコーヒーを置かれた。

視線を上げると、営業事務の女性社員がうっすらと頬《ほお》を染めながら逸人を見下ろしている。にっこりと微笑《ほほえ》みかけ「ありがとう」と礼を言うと、彼女の顔が一気に深紅に変わった。

そんな女性の反応は、正直逸人にとっては見慣れた光景の一つだった。そして、コーヒーを渡し終えたのにこの場から動こうとしないその女性に、「さっさと席に戻って仕事を続けろ」と思うくらいに、煩《わずら》わしいことの一つでもある。

「あっ、あのっ！　今週末に立花部長の歓迎会をしようってみんなで話してるんですっ！」

「そうか、ありがとう。ただまだ挨拶《あいさつ》回りが終わっていないからね、少し遅れるかもしれないが……」

「それは大丈夫ですっ！　じゃあ出席してもらえますか⁉」

「ああ、また詳しく決まったら教えてくれ」

「はっ、はいっ！」

話を終わらせ視線をPCに戻すと、自分の席へと戻っていく女性社員とその彼女を囲む女性社員たちの姿が視界の隅《すみ》に映った。来週までは大目にみるかと口の中でため息を押しとどめる。ただ、小さく漏《も》れた「仕事をしろ……」の言葉に呆れが混ざったのは、仕方のないことだった。


営業部全員が揃《そろ》った歓迎会は、大衆居酒屋の二階を貸し切ってのものになった。

三十分ほど遅刻して合流した逸人が短い挨拶《あいさつ》を終わらせると、その周りを一気に女性社員たちが囲む。その一人一人と言葉を交わしたあと、一度トイレに立ち今度は男性社員たちの輪にまざる。そんなことを何度か繰り返していると、ふいに男性陣の気になる会話を耳にした。

「えーっ、お前も堀川さん狙いだったのっ⁉」

「お前もって、白井《しらい》さんもなんですかっ？」

「いや、まだ可愛いかなぁーってくらいなんだけどさ」

「自分もです。今年の新入社員って、結構可愛い子多いですよね。なかでも総務の堀川さんが一押しかなってみんなと話しているんですよ」

（総務の新入社員？）

逸人の脳裏《のうり》に浮かんだのは、会議室で楽しそうに曲を口ずさんでいる彼女の背中だ。最初に見かけてから一週間。あれから毎日逸人は出社してすぐに会議室を覗《のぞ》きに行き、毎回違う曲を口ずさみながら机を拭《ふ》く彼女を見ていた。見るといっても一瞬だけなのだが、その一瞬が、何故かとても楽しい。彼らが話している総務の新人とは、彼女のことだろう。

自分はまだ顔も知らないその彼女のことを、明確に意識している男たちがいる。そのことが少しだけ面白くなかった。ただ、それが何故なのかはよくわからない。

「堀川さんというのは、ずいぶんと人気があるんだな」

気が付いたらそんな言葉が口から出ていた。

「あれ？　部長、堀川さんを知っているんですか？」

「いや、君たちの話を聞いて少し興味が出ただけだ」

「うわっ、部長がそんなこと言ったら、あそこにいる女性社員が恐ろしいことになりそうですよ」

「はは、俺なんてあの子たちから見ればもうおじさんだろう」

「そんなわけないですよー」

「そうですよ。あれ、部長って彼女さんとかいるんですか？」

「いや、なかなか縁がなくてな」

彼らの質問に答えているうちに周りに女性社員たちが来てしまい、彼女たちにまで質問攻めにされる。その間も逸人は毎朝見つめている後ろ姿の彼女の名前を……何度も心の中で繰り返し、頭の中に刻み付けた。

＊　＊　＊

その彼女の顔を初めて見たのは、次の週末だった。本社勤務になるにあたって何枚か事務手続き上必要な書類があるので、それを早めに提出してほしいと総務の井上課長に頼まれていたのだが……すっかり忘れていて、思い出したのは、もう定時を過ぎた頃だった。

課長はまだ残っているかな？　と思いながら総務のフロアに行くと、そこでは営業部の人間が悲鳴を上げていた。

「だからー、何度言われてもこんな時間に持ってこられたら無理なんですー」

「そこを何とか頼むよっ！　今月は出張が多かったから、これをもらえなかったらかなり痛いんだよ」

出張費は、毎月末日の午前中までに申請書を出さなければ支給されない。それをすっかり忘れていた彼は、定時過ぎになって慌《あわ》ててやってきて、そして冷たくあしらわれているのだろう。

「もう定時過ぎだし、みんな帰っちゃったし、私ももう帰るんです。あーっもうっ！　なんで私が電話番してた日に限ってこんな……」

「それは悪いと思うけど、頼むって」

泣きついている彼は、営業一課の人間だった。現在大きな仕事を抱えていて、確かに営業部内でも出張が多いほうだろう。

自業自得《じごうじとく》と言えなくもないが、仕事の多忙さゆえにこういうことも起こりうるし、そもそもこんなことがないように営業事務の人間がいるのだ。彼女たちは何をしているんだとため息をつく。

三ヶ月前、営業事務のベテラン女史が、妊娠を理由に退社してしまった。それから、営業事務の女性社員たちのミスが目立っている。そのことは課長から報告されて逸人も知っていた。

女史は仕事も他の女性社員を纏《まと》めるのも完璧だったが、後進の育成には向いていなかったということだろう。だが、ずっと子供ができないことを悩んでいた女史が、高齢出産に慎重になって仕事を辞めるのも仕方がないことだった。

そんなことを考えながら、手に持った書類を丸めてポンポンと自分の肩を叩く。

（さて、どうするか……）

フロアには、泣きそうな部下と迷惑そうな彼女だけ。この場に本木か主任、もしくは井上課長がいてくれたら話は早かったんだがと思案していると、逸人の正面から小柄な女性が小走りでフロアへと入ってきた。

その女性を見て、逸人は小さく息を呑む。彼女は、向かいの入り口に立っている逸人に気付くと、会釈《えしゃく》をしてから、二人に不思議そうな顔で近づいていった。

「あの、どうしたんですか？」

「それがぁ……」

そうして二人から話を聞くと、にっこり笑い、先に相手をしていた女性に言った。

「あとは私が話しておくから」

「えっ、いーんですか？　ならお願いします。あ、それと私、急用が入っちゃって……」

「あ、うん。じゃあ電話番代わるから先にあがっていいよ」

「ホントすみませーん、じゃあお願いしまーす」

そう言うと、その女性はさっさとフロアをあとにする。彼女を隠れて見送り、逸人は再び中の状況を窺《うかが》う。

「珍しいですね、岩城《いわき》さんがこんなミスするなんて」

「今ちょっと立て込んでてさ、すっかり忘れていたんだ……。さっき気付いて慌ててうちの事務に頼んだら時間が過ぎているからもう無理だろうって、それで終わりだよ。確かに忘れていた俺も悪いけど、あいつらが気付いてくれていたら……って違うか。忘れた俺が悪い。なぁ、本当にもうダメか？　何とかならないかな？」

「本当はダメなんですけど……、出張費の処理は翌月の月初めに――例えば今月の分は来週の月曜日ですね。その日に課長と部長が書類を確認して判を押すんです。だからそれに間に合えば大丈夫ですよ」

「それじゃあ……」

「内緒ですよ？　これでみんながギリギリに申請するようになっちゃうと、こっちも間に合わなくなっちゃいますから」

「悪いっ！　ありがとう、今度奢《おご》るからっ」

「気にしないでください。……本当はたまにいるんです、忘れちゃう人。井上課長も、遅れてもなるべく受け取ってやってくれって言っていますし、大丈夫ですよ」

そう言って部下に笑いかける彼女から目が離せなかった。

彼女が、朝の彼女であることは一目見た時にわかった。頭の後ろで一つに縛られたあのふわふわの髪も、小さくて柔らかそうなその体も見間違うはずがない。

鼻歌じゃない彼女の声は、逸人が思っていたよりも少しだけ低く、耳に心地よく響く。

柔らかそうな真っ白な頬《ほお》に、同じく柔らかく甘そうなピンクの唇。

（あの唇に食らいつきたい）

突然湧《わ》き上がってきたその欲求に逸人は驚き、そして納得した。

何故毎朝彼女を探して会議室を覗《のぞ》いていたのか、何故部下たちの噂《うわさ》話に彼女が話題にのぼると苛立《いらだ》つのか。そして今、彼女と親しげに話す部下に湧き上がるこの感情……。

（そうか、俺はあの子が……）

逸人が考えている間に、問題は解決したのだろう。軽やかな足取りで廊下へと出てきた部下は、入り口に立っていた逸人に気付き、ギョッとしたように目を見開いた。

「ぶ、部長!?　どうしたんですか？」

「総務の井上課長に用があってな。それより岩城、同じミスはしないようにな」

「はい……」

「彼女はこれから急遽《きゅうきょ》残業をしなければならなくなったんだ。しっかり感謝するように」

「あ……そうですよね、さっきスマホ忘れて帰ってきたって言っていたし……悪いことしたな……」

部下が申し訳なさそうな顔をしながら去っていく。それを見送ったあと、もう一度中を見ると、彼女は誰かに電話をしていた。

「うん、ちょっとだけ遅れると思うから二人で先に食べてて？　ちーちゃんにも伝えといてもらえるかな、……うん、……うん、……ありがとう。ごめんね、のんちゃん」

そうして書類を手にパソコンを立ち上げる。

そんな彼女をジッと見つめていると、ふいに後ろから肩を叩かれた。驚いて振り返ると、井上課長がそんな逸人の反応に驚いたように目を丸くしている。

「すまん、驚かせたか？」

「ああ、いえ、すみません」

「悪かったな、少し人事部に用があって外していたんだ。頼んでいた書類を持ってきてくれたんだろう？」

「ええ、遅れてすみませんでした」

「はは、帰ってきたばかりで忙しいのに悪いな。わざわざありがとう」

笑って手を差し出す井上課長に、逸人は持っていた書類を渡した。

もともと人事部にいた井上課長は、逸人や川崎の最初の教育係だった。今でもよく気にかけてくれる、おおらかで気のいい人間だ。

逸人は、井上課長がいいタイミングで戻ってきてくれたと思い、彼女のことを伝える。

「あと、どうも営業部の人間が出張費の申請を忘れていたみたいで、彼女に迷惑をかけてしまいました」

そう言った逸人の視線の先にいる彼女を認めると、井上は「おや？」と眉を上げたあと、逸人に軽く手を上げて中へと入っていった。

「もう帰ったと思っていたが、どうした？　今日の電話番はお前じゃないよな？」

「あ、課長。すみません、一つ書類を処理し忘れていたのを思い出して慌《あわ》てて戻ってきたんです。ついでなので、電話番も代わったんです」

「……はぁ……、それで？　営業部の人間が申請を忘れていたんだって？」

「あっ、えっと……、はい……」

苦笑している彼女を最後にもう一度見つめ、逸人は残りの仕事を片付けるためにフロアをあとにした。総務部の新人堀川の名前と姿を、瞳と脳に焼き付けて――

＊＊＊

川崎たちとの約束の金曜日。大阪での仕事を終わらせた逸人は、帰りの新幹線の到着時間を川崎にメールで知らせると、小さく息を吐いた。帰国以来とにかく忙しかったが、今日は久しぶりにゆっくりと酒が飲めそうだ。そんなことを思いながら、週明けに営業部に渡す土産《みやげ》を駅の売店で物色する。その時、ふと総務の堀川の顔が頭をよぎった。

（彼女にも何か渡そうか？　いや、まだまともに顔を合わせてもいない男から土産をもらっても困るだけか……）

そうは思いつつも、つい小さな箱を手にとってしまった。自分で直接渡せなくても、これから由理に会うのだし、うまく由理から渡させようと決め、新幹線のホームへと向かった。

最寄り駅に着いて川崎に電話をかけると、西口で待っていると言われてそちらに向かう。一度着替えに帰ったらしい川崎と由理と合流し、二人がよく行くという居酒屋へと向かった。案内された個室に入り、掘り炬燵《ごたつ》を見ると、小さく笑みがこぼれる。

「なかなかい～部屋だろ？　料理も旨《うま》いし日本酒の種類も豊富なんだ。どうする？　まずはビールにするか？」

得意気な顔をした川崎が、座ってメニューを開いてみせる。それを見ながらネクタイを緩《ゆる》めると、逸人は頷《うなず》いた。

「そうだな、それとお前らのおすすめで何かつまむか。腹がへった」

「はいよー、由理は？　何飲む？」

「んー……、ハイボールにする」

「食事は？　この前気に入っていた餅ピザ食べるか？　ジャコサラダもいる？」

「そうね、あと軟骨揚げも欲しいかな」

「あとは焼き鳥の盛り合わせと……由理、つくね欲しい？」

「うん」

「じゃあ……」

メニューを開いて顔を寄せ合う二人。そんな二人をニヤニヤ見つめている逸人に気付き、由理が眉間にシワを寄せた。それを横目に店員に注文を済ませた川崎は、また始まった……と、三年半ぶりの光景に苦笑を浮かべる。

「何その顔、気持ち悪いんだけど」

「いや、うまくいっているんだと思ってな」

「はぁ？」

「仲良くやっているようでお兄ちゃんは安心したよ」

「誰がお兄ちゃんよっ」

「誰って俺だろ？　昔はお兄ちゃんって呼んでいたじゃないか」

「そんなの小学生の頃の話でしょっ！　あんたをお兄ちゃんなんて呼んでいたのは、私の黒歴史以外の何ものでもないのよっ、あんたもさっさと記憶を消しなさいっ」

「それは無理だ。はぁ……、昔は可愛かったのに、本当になんでこんなに捻《ひね》くれたんだろうな」

「あんたらのせいに決まってるでしょっ！」

「まぁまぁ。ほら、飲み物が来たぞ。乾杯しよ、乾杯」

二人の前にジョッキを置き、自分もジョッキを上げる川崎に二人も倣《なら》う。

それでもなお不機嫌そうに逸人から顔を逸《そ》らしている由理と、そんな由理を気にもしない逸人。

この二人がそろうといつもこんな感じなので、川崎もたいして気にしていない。だが、こういうやりとりが周りを誤解させていることに、いい加減気付けばいいのにとは思う。

由理は高卒入社なので、大卒の逸人や川崎と同期とはいえ、四つ年下だ。逸人と由理は子供の頃同じアパートに住んでいたことがあるらしく、入社式で顔を合わせた時からこの調子だった。

昔は自分もこの二人のことをお似合いの恋人だと思っていたなぁと少し遠くを見ながら、川崎は乾杯の音頭をとる。

「はいはい、二人とも持った？　ではかんぱーいっ」

川崎の声に合わせて三つのジョッキがかつんとぶつかる。それを一気に呷《あお》った三人は、それぞれの近況をつまみにどんどんと飲み進めた。気を遣わなくていい相手との旨《うま》い酒は、三人の飲むスピードをどんどん上げていく。ある程度酒を楽しみ、腹を満たしたところで、川崎が逸人に話をふった。

「立花、むこうで彼女できた？」

「いや」

「え〜、イタリア美女とお近づきになったりしなかったのか？」

「興味のない女が近づいてきたって迷惑なだけだろ」

「うわっ、このモテ男めっ、男の敵めっ」

「いくらもてたってしょうがないわよ、そいつ勃起不全《ＥＤ》なんだから」

「ちょっ、由理！」

けっと効果音がつきそうな顔で言い放つ由理を、川崎が慌《あわ》てて止める。が、言われた本人は何もこたえてないようにジョッキを傾けながら頷《うなず》いた。

「まぁ、確かにそうだが……俺はＥＤじゃない。途中で萎《な》えるだけだ」

「大した違いはないじゃない」

「そうか？　……まぁそうだな」

「いや、お前ら、そういうことをさらっと言うのやめてくれる？　反応に困るから」

「なんで？　大輔《だいすけ》だって知っているでしょ？」

「知っているけどさ……」

「いいのよ、こいつのＥＤは自業自得《じごうじとく》なんだから。いたいけな小学生の前で半裸の女と乳繰《ちちく》り合ったりするから、こんなことになるのよ」

「あれはノックもせずに部屋に入ってきたお前が悪い」

「しーまーしーたっ！　あんた返事してたじゃない！」

「覚えてない」

「はぁああ⁉」

また始まった……とため息をつく川崎。だが、ふと由理が小学生の時、自分たちはよくて高校生だという事実に気付き、ショックを受けた。

「え、ちょっと待って。立花って初めてはいくつの時だったの⁉」

「さぁ……？　はっきり覚えてないが、そいつが小学生だったたなら中学くらいじゃないか？」

「お、覚えてない……？」

俺は覚えているっ、大学生でようやく経験した俺は覚えているっ！

由理の隣では声に出せないそんな叫びを悶《もだ》えながらも我慢した彼は、改めて顔のいい男は嫌いだ……と、少しだけ涙した。

そんな姿を見た由理は、すでに酔っているのも手伝って川崎の肩にもたれると、気にすることはないとその背をトントンと叩く。

「こいつの経験は、捻《ひね》くれた女嫌いになった原因。とーっても自慢できるものじゃないから気にしなくていいのよ」

子供の頃の数年を一緒に過ごした由理は、逸人の女性遍歴が決して褒《ほ》められたものじゃないことを知っていた。

小学生の逸人は早熟な少年だった。体の成長も、そして精神の成長もそれに比例するように早かった。

体育の時にチームに逸人がいれば勝てるというほど運動が得意で、勉強も得意。だがそれを自慢するでもなく、クラスの男子の中心でいつも笑っている少年。幼稚園でも小学校でもいつも男子の人気者だったが、対照的に女子からは徹底的に虐《いじ》められていた。物を隠されるのは当たり前で、日常的に言葉の暴力を浴びせられ続けた。

最初の頃はそれに反応して言い返していた逸人だが、そのせいで当時担任だった女性教師に母親が呼び出され、一方的に責められてからはそれもなくなった。クラスはいつも、逸人の味方をする男子と、それが気に入らない女子たちとで分裂し、六年間ケンカが絶えなかった。

その頃の逸人にとって、女というのは敵でしかなかった。もちろん小さな頃から自分に懐《なつ》いていた由理だけは、妹のように可愛がっていたのだが……

そんな状況が一変したのは、中学にあがってすぐのことだった。

恋愛に興味が出てくる年齢になったためか、整いすぎて気持ち悪いと言われていた逸人の顔は、女子から魅力的な恋愛対象として見られることになったのだ。月に何度も告白される日々。その中には、小学校で逸人を虐《いじ》めていた女子も数多くいた。

その子たちが決まって言うのは「ずっと前から好きでした」だ。

自分を虐めていたのに？　と言うと、「自分は本当はやりたくなかったのに、〇〇ちゃんに逆らえなかったの。いつも助けようと思ってた」と返される。そんなの誰が信じるだろうか。お粗末な言い訳に呆れて冷たい目を向けても、クールでかっこいいと目を輝かされる。正直、鳥肌が立った。

何度ふっても、告白してくる女子はあとをたたない。面倒になった逸人は、今度は付き合ってすぐに捨てるということを繰り返すようになった。

告白してくる者たちにはだんだんと高校生や大学生がまざってきたが、彼女たちの中には、セックスをすでに経験している者も少なくなかった。特に興味があったわけではなかったが、女たちに誘われるままに抱き、そして捨てていった。

そのうち、体だけでもいいと言う者も出てくるようになった。そんな女たちを抱くたびに、逸人の中に、はっきりとは言葉にできない澱《よど》みのようなものが溜《た》まっていくのがわかった。

女を抱いても抱かなくても気分が悪い。けれど、寄ってくる女を抱いているほうが、面倒なことも煩《わずら》わしいことも少なかった。

そうして顔も思い出せない女子たちの誰かが、逸人の部屋で彼に跨《また》がっていたところを、いつものように夕食に誘いに来た由理が目撃し、絶叫を上げたのだ。

少女ゆえの潔癖さから逸人を非難した由理だが、それでも逸人から離れることはなかった。

その後、由理から何度説教されても気にしなかったが、そんな女性との付き合い方も社会人になってからはやめた。女性問題で会社に迷惑をかけるわけにはいかないし、もうセックスに飽きてしまっていたからだった。

社会人になって数年経った頃、伯母からそろそろ結婚しては？　と言われた。逸人はそれもいいかもしれないと思い始めた。逸人の子供を抱くのが伯母の夢だと言われ、それを叶えてやりたいと思ったのだ。

そうして前向きに女性たちを見始めた時に参加した合コン。

その中で一番大人しそうな女性とアドレスを交換した。他の女性陣と違い、聞き役に徹していて、化粧も控えめ。さり気なくテーブルを片付けるその姿に、結婚するならこういう女のほうがストレスなく過ごせそうだと思ってのことだった。

そして何度かメールを交わし、一度二人で食事でもしようかと話していた時のことだ。

逸人が会社の廊下を歩いていると、ふいに自分の名前が聞こえてきた。甲高い笑い声と一緒に聞こえるそれに、いったい何を話しているんだと眉を寄せる。声の発生源を探すと、それは休憩所の中から聞こえてきたようだった。

「ほーんと、羨《うらや》ましいったらないよねっ。営業部の立花さん、みんな狙っていたのにさー」

「どうやってアドレスゲットしたのよーっ」

「へへへ、内緒〜」

「イケメンで仕事ができておまけに優しいなんて、そんな人そうそういないのにー、いーなー」

「ふふふ、今度二人で食事する約束しちゃったっ」

「え〜っ！」

「もう絶対逃がさないようにしないとね」

「もちろんっ。だって立花さんって両親いないらしいんだ。母親がいないってポイント高くない？」

その言葉と、「ホントに!?　それってラッキーじゃん」というはしゃぐ声に、逸人は心の中に暗く澱《よど》んだものが溜《た》まっていくのを感じた。

（こんなのと一生一緒に暮らすのか？　無理だな）

その彼女とはすぐに関係を切った。

それ以降も何度か体の関係まで進む女性ができたが、逸人は最後までいくことができない体になっていた。愛撫《あいぶ》することはできる。あまり触れたいとは思えないが、それでも触っているうちに男性部分は反応する。そうして女性の中にそれを収めるが、しばらくすると急に萎《な》えてしまうのだ。

それを何度も繰り返した逸人が気付いたのは、どうやら自分は興奮した女性の顔を見たり、彼女たちの喘《あえ》ぎ声を聞いたりすると萎《しぼ》むらしいということだった。

これではいくらなんでも子供は無理だ。頑張れば何とかなるかもしれないが、なにも無理をして結婚する必要はないんじゃないか？　伯母には悪いが違う夢を探してもらおう、と結論を出してからは、女性との関わりは最小限に抑えてきた。

——だが、もしかしたら伯母の夢は叶うかもしれない。


逸人は川崎おすすめの日本酒を舐めると、由理と視線を合わせないまま話をふった。

「本木、お前総務の新入社員の堀川さんとは親しいか？」

「は？　いきなり何？」

「おおっ、立花から女性社員のことを聞いてくるなんて一体どうしたんだ？　まさか狙っていたりして」

「まさか、こいつに限ってそんなことあるわけないでしょ」

「ああ、付き合いたいと思っている」

「…………はぁ⁉」

「えっ、ちょっ、ホントにっ⁉」

前のめりになる二人に、表情を変えずにもう一度言う。

「そんなに驚くことか？　可愛いじゃないか、堀川さん」

「まぁ……顔はそうかもしれないけど……」

「立花……、あんた、ようやくその気になった相手があれって……どこまで見る目がないのっ」

頭が痛いというように額《ひたい》を押さえる由理と、驚いて目を丸くしている川崎。どうやらこの二人は、堀川をあまり好ましく思っていないらしい。

由理は好き嫌いの激しい性格だし、何より気の強い彼女はもともと女友達というものが少ない。由理の反応など最初から期待していなかった逸人だが、それでも川崎の反応には小さく首を傾《かし》げた。

「お前も堀川さんと顔見知りなのか？」

逸人の言葉に「あー」とか「うー……」とか呻《うめ》いたあとに、川崎はチラッと由理を見てから困ったように笑う。

「いや、由理からちょくちょく愚痴《ぐち》られているし、他にも噂《うわさ》は色々聞くんだよなー……。仕事については詳しく知らないけど、恋愛関係で色々と……。あのさ、立花。同じ総務でお前に紹介したい子がいるんだよ。由理が可愛がっている子なんだけど、いつもニコニコしていて癒《いや》し系って言うのかな？　俺、お前にはああいう子が合うと思うんだよ」

「ちょっと大輔っ！　美奈ちゃんはダメよっ！」

川崎の言葉に、由理ががばりと顔を上げる。腕を掴《つか》んで止めようとするが、川崎はそれを無視して話を続けようとする。それに腹を立てた由理が炬燵《こたつ》の中の足をゲシゲシ蹴り飛ばす。

とばっちりで一発食《く》らった逸人が、川崎に苦笑を向けた。

「本木が気に入っている子っていうのは興味があるが、俺は堀川さんがいいんだ」

「絶っ対に紹介してあげないけど、断られるともっと腹がたつっ！」

「由理、ちょっと落ち着いて。いいじゃないか、森下さん彼氏いないんだろ？　それにしても立花ってば、いつ堀川さんと知り合いになったの？」

「美奈ちゃんには私がいい男を見つけてあげるのっ！　こんな性格の悪いやつじゃなくてっ！」

「いや、まだ知り合いにはなってない。俺が一方的に知っているだけだな」

「でも由理、立花は一般的にはかなりいい男だと思うよ？　じゃあ立花は堀川さんと話したことないの？」

「一般的じゃダメなのよっ！　こんなのと付き合ったら私の美奈ちゃんが穢《けが》れてしまうっ！」

「ああ、毎朝見かけていて気になっているんだ」

「見かける？　ってどこで？」

「会議室だ。昔、本木もやっていただろう？　総務の新人が朝やる会議室の掃除。あれをしている姿を見てから気になっていたんだが、この前初めて顔を見たら欲しくなった」

「…………」

器用に由理と逸人の両方と会話を続けていた川崎が、「あれ？」という顔をして隣の由理を見た。その視線を受けた由理は、しばらく考えてからギューッと眉間にシワを寄せて逸人を睨《にら》みつける。その表情で逸人の勘違いに気付いた川崎は、恐る恐る声をかけた。

「あのさ、立花が見ているその子って、ちょっとぽっちゃりした小さい子？」

「確かに小さい子だが、別にぽっちゃりってほどじゃないだろう？　本木のような鶏ガラは抱いても痛いだけで萎《な》えるしな」

「私のどこが鶏ガラよっ！　出るとこ出たナイスバディに向かってっ！」

「由理、由理。由理がナイスバディなのは俺がちゃんと知っているから落ち着いて。でもそっか、ははは……立花、その子は……」

「大輔っ!!」

「いだっ！」

川崎の後頭部を思いっきりひっぱたいた由理は、ジロッと半目で逸人を睨みつけるが、逸人はいつものことと気にせずにまた日本酒を舐めた。

「あんた、私が堀川を紹介したとして、ちゃんと付き合えるの？」

「ちゃんと、とはどういう意味だ？」

「大事に大事に大事〜っにしてっ！　デートはもちろん、最後まで抱ける自信があるの？　治ってないんでしょっ、あんたのそれ」

逸人はそれと言って由理に指差された己の下半身をチラッと見ると、何かを思い出すようにふふっと笑う。

「問題ない。あの尻が揺れるのを見るたびに、スカートを脱がせて挿入したくて仕方なくなるからな」

「この変態がぁ〜っ！」

炬燵《こたつ》越しに殴ろうと手を伸ばしてきた由理から、背を反《そ》らして逃げる。そして壁側に置いておいた紙袋の中から小さな箱を出し、そっとテーブルの上に置いた。

「本木、これは彼女に買ってきたものなんだが、お前も食べていいからうまく渡してくれ」

「お断りよっ！」

「あと、できるだけ早く彼女を紹介してくれ。彼女の予定に合わせて時間を作るから」

「だからっ………、いえ、いいわ。堀川ね！　堀川だったらいくらだって紹介してあげるわ」

「ちょ、由理⁉」

先ほどまで興奮して叫んでいた由理が、ふと何かに気付いたようにニヤリと笑う。

「堀川はよく合コンに行っているらしいから、多分今彼氏もいないだろうしね。喜んであんたと付き合うと思うわよ」

「合コン？　彼女が？　……意外だな、そんなタイプに見えなかったが……」

「堀川を必ず紹介するから、私の美奈ちゃんには絶対に近づかないでよねっ！」

「彼女以外に興味はない」

「忘れないで、私はあんたみたいな性格の悪い変態が美奈ちゃんに言い寄るのを絶対に認めないから。あんたが美奈ちゃんに近づいたら、邪魔して邪魔して邪魔してやるからっ‼」

「わかったわかった、いいから少し落ち着いて酒を飲め。お前の美奈ちゃんには近づかないさ」

「お、おい立花っ！」

慌《あわ》てる川崎の足をゲシゲシ蹴って睨《にら》みつけると、由理は満足そうに微笑《ほほえ》んだのだった……

＊　＊　＊

その日、逸人の機嫌は最悪だった。

毎日背中を見ていた彼女と、早く正面から言葉を交わしたい。そう思いながらも忙しいこともあって、なかなか行動できなかった……そのことを逸人はとても後悔していた。

彼女の背中を見られなくなってから、もう二週間が経っている。川崎たちと飲んだ翌週の火曜日から、何故か朝の雑事が彼女から、前に岩城を冷たくあしらった女性社員に代わっていたのだ。

もしや彼女が体調を崩したのかと心配し、由理に聞いてみると、「ピンピンしている」と言われた。なおも彼女のことを聞こうとすると、来週なら彼女を紹介できると言われたため、ついそちらに気を取られ、そのまま日時を決めて電話を切ってしまった。思えばあの時、由理にしては珍しく、素直に逸人の希望を聞いていた。

おや？ と思った違和感が、彼女と言葉を交わせるという高揚感で塗りつぶされたのが誤算だ。

由理が用意したのは、ランチの席での同席というシチュエーションだった。予《あらかじ》め決めた店に由理たちが向かい、そこに逸人が現れ、由理が同席を勧める。

そのあとは自分で何とかしろと言われたが、もとよりそのつもりだ。

逸《はや》る気持ちを抑えて迎えたその日の昼。逸人は由理の指定したカフェに向かった。そして、自分の勘違いを知ることになったのだった――

「立花、こっちこっち」

二人用のテーブルで由理の前に座っていたのは、逸人が切望している彼女ではなかった。

彼女とは違い、背中で揺れる長い髪、瞬《まばた》きをするとバサバサと音のしそうな作り物めいた睫毛《まつげ》。テラテラと光る唇で笑みを作るその社員には見覚えがあった。前に岩城をあしらい、最近彼女に代わって朝の雑事をしている社員だ。

どうしてここにこの女性がいるのかわからず、由理を問い詰めようと口を開きかけた時、由理は椅子《いす》から立ち上がり、逸人の背を押して自分のいた椅子に座らせた。

「本木……どういうつもりだ」

「立花、彼女は総務の今年の新人で堀川可奈《かな》さん。あんたに何も言わなかったのは悪いけど、ちょっと話を聞いてあげて。堀川、約束どおり立花を呼ぶことには協力したから、あとは自分で頑張んなさい」

「はーい、ありがとうございました～」

「立花を紹介されたからって、明日から前みたいにギリギリに来たら許さないわよ」

「大丈夫ですって、ちゃんと毎日早く来まーす」

「それじゃあ、あとは二人で話して」

そうして去っていく由理を引き止めることもできないまま、逸人は今紹介された彼女の名前を頭の中で繰り返していた。

（堀川……堀川とは彼女の名前じゃなかったのか？　今、目の前にいるのが新人の堀川だとしたら、彼女は一体誰だったんだ……？）

呆然《ぼうぜん》とする逸人の前では、堀川が頬《ほお》を染めながら何かを話している。そんな彼女に何も答えないまま、注文を取りに来たウェイトレスにコーヒーを頼む。やがて届いたそれに口をつけると、少しだけ冷静になれた。

「すまないが……もう一度名前を聞いてもいいかな？」

「はいっ、総務部所属の堀川可奈、二十一歳です。この前立花部長を見かけてからかっこいいなぁって憧れてたんです～。本木さんが仲がいいってみんなに聞いて、ずっと紹介してほしいってお願いしてたんですけど、この前ようやくいいよって言ってもらえて～」

「……変なことを聞くけど、総務に他に堀川という女性社員はいるかな？」

「え？　堀川は私だけですけど？」

「そう……」

「えっと、それで……」

「悪いんだが」

もじもじとしながらこちらを見る堀川の言葉を遮《さえぎ》り、逸人は申し訳なさそうに言葉を続けた。

「俺にはもう大事にしたい女性がいてね、その女性以外と親しくするつもりはないんだ」

「えっ」

「本木が何か君に期待させることを言っていたなら申し訳ない」

「あっ、えっと、本木さんとは自分で何とかするって約束だったんで……。あの、その人とはもう付き合ってるんですか？　そうじゃなかったら私とお試しで付き合ってみませんか？」

「すまないが、その気はないな」

「そーですか……」

俯《うつむ》いた堀川に最後にもう一度謝ると、二人分のコーヒー代を置いて店を出た。会社への道を歩きながら由理に電話をかけるが、文句を言われると思い無視をしているのだろう、何度かけても繋《つな》がらない。それに苛立《いらだ》った逸人は、由理の保護責任者である川崎へとかけた。

『も、もしもーし……』

「どういうことだ」

『えっと、ご機嫌斜めだね、どうかしたのかな～？』

「どういうことだ」

『そんな怒らな……』

「どういうことだ」

『……はぁ、お前が好きになった子が、由理の可愛がっている美奈ちゃんなんだよ……』

話を続けながら川崎が今いるという会社の近くの蕎麦屋《そばや》まで行く。店に入ると、カウンターには疲れた様子の川崎が座っていた。隣に座った逸人にため息をつきながらもメニューを渡してくる。適当に天ぷらそばを頼むと、また「どういうことだ」と追及を始める。

「えっと、さっきも説明したけど、今年の総務の新人は由理が紹介した堀川さんしかいないよ。で、お前が毎朝見ていた子は、間違いなく森下美奈ちゃんだと思う。ほら、俺がこの間立花に紹介したい子がいるって言ったろ？　その子。で……、由理は森下さんを立花に紹介したくないから、前からお前を紹介してくれと言ってきていた堀川さんをこれ幸いと紹介したわけ」

「…………」

「由理が言うには、堀川さんはかなり立花を気に入っているらしいから、一度紹介したらきっとお前にまとわり付く。その間に森下さんに立花じゃない男を紹介して、彼女の心の中にお前の入る余地がないようにしようとしている……らしい」

「…………あの馬鹿め」

「一応は止めたんだけどね、由理は俺の言うことなんて聞かないから」

「さっさと縄で縛って閉じ込めろ」

「俺だってそうしたいけど上手くいかないんだよねー」

「お前はアレに甘すぎる」

「立花だってそうじゃないか」

「はぁ……とにかくあいつが当てにならないことはわかった。自分で何とかする」

はじめからそうすればよかったのだ。ただ彼女に警戒心を与えたくなくて、簡単に、そして少しでも早く手に入れるために由理を使おうとしただけだ。

さて、どう動くか……とうっすらと笑みを浮かべる逸人を、川崎はため息をつきながら見つめていた。

＊　＊　＊

逸人の誤算は、堀川が逸人を諦める気が全くないことだった。

あの日の帰り、会社のロビーで捕まり食事でもと誘われたが断った。昨日も昼を取るために会社を出たところをまた捕まり、店までついてきた彼女と仕方なく同席し昼食を取った。その時にもこういうことは困ると伝えたが、「えー、でもまだ彼女はいないんですよね？　なら私にもチャンスがあるじゃないですかー」と言って諦める様子がない。

退社後にも当然のように待ち構えている。

逸人はそんな堀川に辟易《へきえき》し、由理を恨《うら》んだ。

こうも付きまとわれては本命の彼女に近づくこともままならない。由理の計画は、案外上手くいってしまっていたのだ。

そして今日、昼になりロビーへと下りた逸人は、その場に堀川の姿を見つけるとすぐさま引き返し、スマホで川崎に電話をかけた。三回のコールのあとに出た川崎へ、荒れた気持ちのまま言葉を投げる。

『も……』

「あの馬鹿はどこにいる」

『えっと、それは俺の可愛いお馬鹿さんのこと?』

「あの馬鹿はどこにいる」

『まぁまぁ、少し落ち着いて』

「あの馬鹿はどこにいる」

『はい、……はぁ、由理たちはいつも昼は社食だよ。森下さんが弁当派だから、いつも二人で社食で食べているんだ』

「わかった」

『あのさ、立花。この件は確かに由理が悪いんだけど、あんまり怒らないでやってほしいんだ。由理……本当に森下さんのことが大好きなんだよ』

「……あいつの馬鹿な行動は、俺の自業自得《じごうじとく》なところがあるのは理解している」

電話越しに川崎がホッと息をついたのがわかった。それに口の端を歪《ゆが》めながら言葉を続ける。

「理解はしても、許すかどうかは別だがな」

『えっ、ちょっ』

慌《あわ》てた川崎の声を最後まで聞かずに電話を切ると、逸人は足早に社員食堂へと向かった。

コンビニより安くてそこそこ旨《うま》い社員食堂は、主に若い社員、特に男性社員に人気だ。味噌汁や小鉢などの単品の料理も用意されているため、家から弁当を持ってきて味噌汁だけ買ってここで食べる者も多い。

食堂に着いた逸人がざっと中を見渡すと、すぐに目的の二人を見つけることができた。由理が自分に気付いていないことを確認すると、売店でプリンを一つ買い、A定食を手に二人へと近づく。そして由理の隣の椅子《いす》を引きながら、目を丸くしてこちらを見上げる彼女に微笑《ほほえ》みかけた。

「ここいいかな？」

「えっ⁉　えっと、はい。由理さん、いいですよね？」

周りにたくさんある空席を見回しつつも、由理に確認するように声をかける彼女。そんな彼女に礼を言って逸人が座るのと、由理が拒否の声を上げるのは同時だった。

「ありがとう」

「駄目よっ！」

「えっ⁉」

正反対な発言と表情をしている逸人たちを交互に見ながらおろおろしている彼女の前に、先程売店で買ったプリンを置く。そして、「えっ？」と逸人を見つめる彼女に、意識して甘めに笑いかけた。

「この前は岩城が悪かったね」

「え？　えっと……あぁ、あれくらいよくあることなので、気にしないでください」

「それでも君に迷惑をかけたから。プリン、嫌いじゃなかったら食べて」

「ありがとうございます」

「ちょっと、私は駄目って言っているでしょっ。何、勝手に座って勝手に話しかけているのよっ」

「君にお礼を言わなきゃと思っていたら、本木に昼はいつもここにいるって教えてもらってね」

「教えてないっ」

「ああ、まずは自己紹介しないとね。俺は先月営業部に戻ってきた立花逸人。本木や企画の川崎と同期なんだ、よろしくね」

「えっと……総務部経理課の森下です……」

「美奈ちゃん無視よっ、無視していいからっ」

　自分たちのせいで明らかに困惑している彼女を、逸人はジッと見つめた。

（あの髪に触れたいな……、いやそれよりも、あの唇に触れるのが先か。正面から見ると想像以上に魅惑的な胸をしているようだ。あの胸も、自分の手で揉みしだきたい、自分の手の中で様々に形を変えるのを見たい。ああ、でもやっぱり一番は今見られないお尻だろう。あの尻を思う存分舐め回したら、彼女はどんな声を上げるだろう、どんな顔を見せてくれるだろう……）

　そんな邪《よこしま》な考えを見透《みす》かしたわけではないだろうが、隣からガツッと逸人の足を踏んでくる由理のせいで、幸せな視姦《しかん》時間が途切れた。

「変な目を美奈ちゃんに向けないでっ！」

「由理さんっ、立花部長に失礼ですよ」

「そうだ、変な目などしていない」

「じゃあ言葉を変えるわ。その邪《よこしま》な感情むき出しの目をやめてくれる⁉」

「至って普通の感情だ」

「どこがよっ！」

「ゆ、由理さんっ。声を抑えて……」

「そうだ、うるさいな。食べ終わったのならさっさと席を立て」

「そーですねっ！　じゃあ美奈ちゃん行きましょうっ」

「は、はい。立花部長、プリンご馳走《ちそう》さまです」

フンッと鼻息も荒く席を立つ由理に、美奈は当然のようについていってしまった。そんな彼女の背中を見つめ、逸人は小さく舌打ちする。それは、周りに気付かれることなく消えていった。

邪魔なのは本木だけだったのに……と思いながら目の前の食事に箸《はし》をつける。

（まぁ、これからは昼にここに来れば彼女に会えるのだし、機会はたくさんあるだろう）

そう思っていた逸人は、由理が次の日から美奈を連れて、毎日社外の店へとランチ巡りを始めることをまだ知らない。

＊　＊　＊

逸人にとって初めて感じた、女性に対する欲しい、抱きたいという感情。そこに、自分が守ってやりたい、抱きしめたいという感情が新たに加わったのは、それからすぐのことだった。

付き合いで行った食事の帰り、逸人は、目の前をとぼとぼと歩く彼女の背中を見つけた。

寒さが厳しくなってきたこの時期に、ブラウスにベストという制服姿の彼女は、両手に大きなビニール袋を三つ持ち、肩を落として俯《うつむ》き加減に歩いていた。ただでさえ小さい体を、さらに小さくして歩くその姿に、慌《あわ》てて彼女へと走り寄る。

「もしかして森下さん？」

確信は持っていたがそう声をかけると、振り向いたのはやはり美奈だった。

「やっぱり森下さんか。そんなに荷物を持ってどうしたの？　それにコートは？　まさかその格好で会社からここまで来たの？」

「あ……の。今日うちの課、全員で残業で。まだかかりそうなんで私が買い出しに来たんです」

「買い出しって一人で？　ああ、ちょっとそれを置いて」

ビニール袋を地面に置かせようとした時に触れた彼女の指は、驚くほど冷たかった。

その冷たさに、慌てて自分の着ていたコートを彼女に羽織《はお》らせる。

「こんなに手が冷えて……寒かったろ？　これを着なさい」

「だ、大丈夫ですっ。私、お肉が厚いので寒さを感じないんですっ」

「何を言ってるの、そんなわけないだろう。女の子なんだから体を冷やしてはいけないよ。いいから着なさい」

鼻の頭を真っ赤にした美奈の顔を見た逸人は、心の中で総務の人間を罵《ののし》った。

なんでこんな寒い中、美奈が買い出しに来なけりゃいけないんだ。男が出ろ、男がっ！

と、ぶつぶつ頭の中で呟《つぶや》きながら、美奈に着せたコートの前ボタンを留《と》める。

その時、呆然《ぼうぜん》と逸人にされるがままでいた美奈が、目を丸くして逸人を見上げてきた。

その目は泣いていたのかと心配になるほど赤く、そして潤《うる》んでいる。

「どうした？」

何かあったのだろうかと小声で尋ねる逸人に、美奈は一瞬呆《ほう》けたあと「ありがとうございます」と笑いかけた。

確かに美奈は笑ったのだ。逸人を見上げて目を細め、口の端をキュッとあげて……

だが、その顔は逸人には泣きそうにしか見えなかった。いや違う。泣きそうなのを必死に我慢している顔にしか見えなかったのだ。その顔を見た時、逸人は美奈を、この子を抱きしめたいという感情で胸が締め付けられた。

（抱きしめて、閉じ込めて、甘やかして、溶かしたい……）

これが、逸人が美奈に完全に堕《お》ちた瞬間だろう。

思わず美奈へと伸びそうになる腕を、何とか抑える。その腕で地面に置いた荷物を持つと、会社へと向かった。何度も美奈が荷物を奪おうと手を伸ばしてきたが、笑ってそれを避け、彼女との会話を楽しんだ。できるだけこの時間を引き延ばしたかったが、彼女はまだ仕事中なので我慢して進む。

楽しい時間はあっという間に過ぎてしまった。会社のロビーに着くと、逸人は美奈に気付かれないようにため息をついた。でもせっかくのチャンスなのだ、何とか食事の約束を取り付けよう。そう思った逸人が口を開いた瞬間……

「美奈ちゃんっ!!」

ロビーに響き渡ったその声の主は、真っ赤な顔で美奈へと走り寄ってきた。

「ごめんね美奈ちゃんっ、急いで追いかけたんだけど、どこのコンビニに行ったのかわからなくて……。ローモンに行ってみたんだけど、美奈ちゃんいなくて……ああっ、顔が真っ赤よ？　寒かったでしょう？　ダメよっ、ちゃんと上着を着ていかないと！」

そう言って美奈へ上着を着せようとしたその手は、美奈が着ている黒いコートを認めて一瞬止まった。すぐに何事もなかったように、その上からさらに上着を着せる由理へ、美奈は嬉しそうに頬《ほお》を緩《ゆる》ませて言葉を返した。

「ありがとうございます、由理さん。ローモンよりエイトの気分だったんでそっちに行ってました。でもコンビニから帰る途中で立花部長と偶然会いまして、ここまで荷物を持ってもらえたので……」

その言葉を聞いて、初めて逸人に気付いたという顔をしてこっちを見る由理。そんな由理に逸人は最近の意趣返《いしゅがえ》しをかねて極上の笑みを見せた。

「立花？　あっ、ホントだ。あんたいつからそこにいたの？」

「最初からいた。いいからほら、行くぞ」

一瞬悔しそうな顔を見せた由理を鼻で笑うと、総務のフロアへと手にした食料を運んだ。逸人の登場に様々な反応を見せる経理課の人間に軽く嫌味を言い、さらに美奈を便利に使いやがってと一睨《にら》みしてから、フロアをあとにする。

せっかくのチャンスだったのに食事に誘えなかった……と、心底残念に思いながら歩く逸人の背後から、小さな足音が聞こえてきた。だんだん大きくなる音をなんとはなしに聞いていると、それは自分のすぐ後ろで止まった。

「立花部長っ！」

「ん？」

驚いて振り返ると、はぁっ、はぁっ……と息を乱した美奈が頬《ほお》を真っ赤に染めて、こちらを見ていた。

その表情にもしかして……と期待してしまいそうになる。

それをぐっと堪《こら》えて「どうした？」と声をかけると、美奈は手に握っていた小さなペットボトルを差し出してきた。

「あの、こんなので申し訳ないんですけど、よかったらもらってくださいっ」

「え？」

「本当に……、本当にありがとうございました！」

逸人の手にそれを握らせ勢いよく頭を下げると、逸人の返事も聞かずにまた走り去ってしまう。

逸人はその後ろ姿が見えなくなるまで呆然《ぼうぜん》としていた。視界から彼女が消えて、ようやく我に返った逸人は、渡されたそれを見つめる。逸人もたまに飲む微糖のカフェオレ。

逸人は蓋《ふた》を開けると、人肌程度に冷めたそれを喉《のど》へと流し込む。程よい甘さとぬくもりを持ったそれが、体にも心にもゆっくりと染み込んでいく。それを感じながら、そのぬくもりそのままに温かい心の持ち主であろう美奈を思った。

何かに耐えるように長く息を吐きながら、一度固く目を閉じる。

再び瞼《まぶた》を開けたそこには、強い決意の光が宿《やど》っていた……。

この日から、逸人が美奈を手に入れるために手段を選ばなくなり、それに気付いた由理との攻防は激しさを増していった。その一方で、美奈もまた自分の中で芽吹いたものを、誰にも言わずにひっそりと育てていくことになるのである――

書き下ろし番外編

良い人は大変です。

可愛い彼女や気の合う友人いわく、俺、川崎大輔はお人よしなんだそうだ。俺からしたら、あの二人が我が道を行きすぎなんだと思う。

男だけの三人兄弟の真ん中で、上と下の暴君に挟まれながらも、食料争奪戦を生き延びた俺は、そこそこの高校、ちょっといい大学、とてもいい会社とステップアップしてきた。

今まで付き合ってきたのは三人。最初の彼女は大学で知り合った同い年の子だ。三年ほど付き合った人で、きっとこのまま結婚するんだろうなと漠然と信じていた。

だけど社会人一年目に突然ふられてしまった。

自分のことでいっぱいいっぱいで、ろくに連絡もしていなかったことをひたすら後悔した恋だった。

数年後にできた彼女は職場の後輩。俺の仕事の状況も知っていたから、俺のマンションにご飯を作りに来てくれたり、掃除してくれたりと面倒を見てくれた。

彼女は結婚願望が強い子だった。

「早く結婚しろって親がうるさくて」

「お母さんが今度彼氏を連れてこいって言うんだけど」

「早く子供が欲しい」

俺だって付き合ったらその延長に結婚があるとは思っていたけど、付き合って一月もしないうちからのアピールに、少しだけ腰が引けてしまっていた。

そんな俺に彼女は不満を募《つの》らせていたようだ。

しまいには避妊なんてしなくてもいいじゃんと笑う彼女に、直前で俺の息子が萎《しぼ》んでしまったことが決定打だったのか、半年ほどでまたもふられるというのが二度目の恋だった。

これまでにできた二人の彼女、その二人ともにふられるという結果に落ち込む俺を慰《なぐさ》めてくれたのは、同じ年に入社した同期の立花逸人と本木由理。こいつらは同期の中でもとにかく目立つ二人で、見惚《みと》れるほどの美男美女だ。

立花と俺は研修グループが一緒だったこともあって、違う部署に配属されてからも二人で呑みに行くくらい仲良くなった。

最初の頃、由理とはあまり話をしていなかったから、綺麗な目をしている子だなという印象しかなかったけど。

その頃のあいつらの関係は、両思いなのになかなかくっつかないという、じれったいものに見えていたんだよな、俺には。

立花は俺の知る中で一番のイケメンだ。つまりイケメン好きな女性陣に超もてる。毎日のように同期や先輩から食事に誘われるほどの、ウハウハ野郎だったんだ。

でもあいつはみんなに愛想よく接するのに、絶対に女性と二人で呑みになんていかない奴で。「羨《うらや》ましい」といじける俺に「どこが」と不機嫌に呟《つぶや》く奴。

他のやつらの前では穏やかに笑うくせに、俺と話すときはどんどん仏頂面《ぶっちょうづら》になってった。

「立花さ～、どんどん俺の扱い酷《ひど》くなってない？」

「嬉しいだろ」

「いやいや、俺はMっけないから」

そんな会話の時だけ大口開けて笑うなんて、ちょっときゅんとしてしまうじゃないか。

俺はあいつのモテテクの恐ろしさに震えたものだ。

そっか～こいつってば心を許すと口が悪くなるんだな。

それで俺は、すぐに立花の由理への気持ちに気付いたのだ。

高卒入社の由理は、運転免許しかもってない俺とは、比べられないほどの資格を持っていた。中学の頃から早く、そして出来るだけ良いところで働けるようにと考えて、進学した商業高校で遊ぶ時間もないほど勉強したらしい。

正直、同期の中で由理は浮いた存在だった。

その年唯一の高卒入社だったこともあるだろうし、人目をひく容姿のせいもあっただろう。

寿《ことぶき》退社目当てだと馬鹿にする奴や、大卒ではないと下に見る奴。由理が立花に積極的に話しかけていく姿も、女性陣の神経を逆撫《さかな》でしてしまったみたいだ。

由理は同期の中で、友達が出来ずにいた。まぁ本人はそんなこと気にもしていないようだったけど。

由理に話しかけられた立花は、いつもそっけなかった。俺ならあんな美少女に笑顔で話しかけられたら、顔中の筋肉が弛《ゆる》む自信がある。

基本的に誰にでも愛想がいい立花。そんな立花が冷たくあしらっているように見える由理。ある種、特別扱いされている由理は、立花に目をつけている女性にとって、目障《めざわ》りな存在だったんだろう。

ある日廊下ですれ違った同期の一人が、笑いながら俺に話した。

「おっ、川崎久しぶり。また今度呑みに行こうぜ」

「おぉ、いいね」

「そんときはお前から立花も誘っといてよ。あいつがいるってなったら綺麗どころも参加するだろうし」

「う～ん。聞くくらいならいいけど」

立花をエサに合コンを計画したいだけだなと苦笑すると、俺の呆れに気付かずにそいつが笑う。

「立花狙ってるの多いからな。ほら、同期でも何人かいるじゃん？　あいつらの足の引っ張り合いはこえーよな。こないだも本木潰《つぶ》しに何人かで囲ってたらしいぜ」

「それどういうこと⁉」

「本木可愛～よな～、まったく立花が羨《うらや》ましいったらないぜ。あいつに誰か回せって言っといてくれや」

「そんなことよりっ」

「やべ、俺こいつを三階に持ってけって言われてんだ。じゃあまたな」

「あっ、おい」

自分の言いたいことだけ言って早足で去っていくそいつに、小さく息を吐いて肩を落とす。

それから数日後、立花と呑みに出かけた俺は、思いきって立花に話してみた。

「あのさ、立花って本木さんのことどう思ってる？」

俺の言葉に怪訝《けげん》そうに眉を寄せる立花。

「どうって？」

「嫌いじゃない……だろ？」

「何でそんなこと聞くんだ？　見てわかるだろ」

「いや、わかんないでしょ。立花と本木さんはさ、目立つからたまに噂《うわさ》として話が流れるけど、大抵は片思いの本木さんを立花が迷惑がってるって感じの話だよ」

「……」

俺の言葉が想定外というように目を丸くする立花。その間抜けな表情に、俺は改めて立花に親近感を持った。

自然と俺の顔から固さが抜け、笑って「違うならよかった」と伝える。

「俺はあいつを嫌ってなんかいない。ただ、あいつと何を……どう話そうか……困ってる」

本当に困ってると表情を歪《ゆが》める立花に、俺はこれはもしや甘酸っぱいほうなのか⁉と関係ないくせに胸をときめかせた。

だってこんなイケメンが初《うぶ》な小学生みたいに好きな子とどう話したらいいのかわからなくて、逆に苛《いじ》めちゃうなんて！

由理が立花を好きなことは、態度でみんなが知っている。つまり二人は、立花さえ素直になれば付き合えるんだ。

なんだよなんだよ。この年でそんな初《うぶ》な感じを見せられたら、男だってよろめいちゃうぞ。

まだ困ったように口元を押さえている立花に、俺は上から目線で助言した。今から思えば穴を掘って埋まりたいほどの黒歴史だ。

「立花はさ、きっと意識し過ぎちゃってるんだよ。もっと肩の力を抜けば、本木さんとも自然と話せるんじゃないかな～」

「そうか……」

「うんうん。もしよかったら俺いつでも相談にのるから」

「ありがとう」

その後、立花から由理のことで相談されることはなく、相変わらず立花の由理への態度は悪かったけど、気配に敏感な奴は立花の言動は逆の意味なんじゃないかって気付いていった。

だから男連中と一部の女性たちは、あの二人がくっつくのは時間の問題だと生暖かく見守ることにしたんだ。

入社して半年ほどたった頃、同期で飲み会が開催された。もちろん由理は、まだ二十歳になってないから、場所は酒がありつつも食事が美味《おい》しいアジアンレストランだ。違う部署の話を聞けるのは楽しかったし、女性陣が仕入れていた社内の力関係の噂話《うわさ》や、どこの部長には目をつけられないように！　というある意味怖い話もためになった。

一時間ほどたった頃かな。ほどよく酒が回って気分がよくなっていた俺の耳に、由理の怒声が聞こえてきた。

「もういいっ！　もうわかった！　あんたなんてもう知らない！」

いつの間にか隣同士で座っていた立花と由理。その由理が勢いよく立ち上がり、立花に向かって叫んでいた。

そんな由理に、立花は表情を険《けわ》しいものにする。

「こんなとこで騒ぐな。みんなの迷惑になるだろう」

「誰のせいだと思ってっ……みんな、ごめんなさい。私、気分が悪くなったから先に帰る」

そう言うなり荷物を持って立花の後ろを通り過ぎようとする由理。その手を掴《つか》んで止める立花。

美男美女のさながらドラマのような展開に、俺を含めてみんな固唾《かたず》を呑んで続きを見守る。

「待て、お前な、嫌になったから帰るなんて社会人として——」

「あんたにだけは言われたくないのよ！」

「由理！」

立花の手を振り切って出ていく由理と、苛立《いらだ》った表情の立花。

ってておい！　由理って！　由理って言ったよな⁉　お前らいつの間に付き合ってたんだよ！

と、心の中で盛大に突っ込みつつ、俺は立花のところに行くと、追いかけた方がよくないか？　と伝える。この辺りは居酒屋も多いから、そんなに遅い時間じゃなくても女の子一人では物騒だ。

勝手に友人に昇格しているつもりだった俺としては、立花が由理との関係を話してくれなかったのは寂しいが、それはまたゆっくりじっくり聞き出してやればいいことだ。

動かない立花にもう一度声をかける。

「なあ立花。絶対本木さんも追いかけてほしいと思ってるって」

「いや……悪いけど川崎、お前が行ってやってくれないか」

「はぁ⁉」

「頼む」

何で自分で行かないんだよと言おうとして、でも立花の表情を見たらなにも言えずに、俺は一度頷《うなず》いてから背広と鞄《かばん》を持って由理を追いかけた。

多分、駅に向かっていると予想して走ると、しばらくして俯《うつむ》きながら歩く由理の背中を発見した。

見失わないうちにとダッシュし肩を叩くと、勢いよく振り返った由理の瞳が、俺を映して哀しそうに歪《ゆが》む。

ちくしょー立花。お前ってば酷《ひど》い男だよ。

由理は一瞬で感情を切り替えたのか、俺に向き直り頭を下げた。

「さっきはごめんなさい。みんなに嫌な思いさせちゃって」

「そんなの平気だよ。それより、その、えっと」

「どうしたの？」

首を傾《かし》げて俺を見る由理に、何だか鼓動が速くなる。俺はそれを走ったからだから、酒呑んだのに走ったからだから！　と心のなかで立花に平謝りしつつ、俺も駅に行くから一緒していいかな？　と聞いた。

由理は何か考えるような素振りの後、笑って喜んでと答えた。

駅までの距離を、間を持たせるために俺はひたすら話し続けた。そして駅で別れるときに、由理は笑って言った。

「川崎さん、あの人に頼まれたんでしょ。せっかく飲み会だったのに途中で帰るはめになってごめんね。でもあの辺りを一人で歩くの初めてだったから、すごく嬉しかった。ありがとう。お休みなさい！」

そう言って手を振って別れる由理の頬《ほお》が何だか赤い気がして、つられるように自分の頬も熱くなった。

ほんとに恨《うら》むよ立花。失恋して傷心中の俺に、ときめいた瞬間にふられるの確実という新しい恋はいらないんだ。

肺の空気を全部押し出すようなため息をついたあと、俺はビールを買いにコンビニへ向かったのだった。

それからの二人は何年経っても会えば喧嘩《けんか》する関係だった。付き合ってるのか付き合ってないのかはっきりしないくせに、誰に告白されてもお互い「ごめんなさい」だ。

立花には何度か社外の彼女ができた時期があったけど、由理は一途《いちず》に立花だけだった。

そんな二人は、何故か俺と三人で呑みに行きたがる。二人で行きなよと言うと、揃《そろ》って顔をしかめるんだ。

息ピッタリじゃないかと笑ったあと、じゃあどこどこに行こうと俺が言うと、目に見えてご機嫌になる姿はとても似ている二人だ。

立花の転勤のときは寂しそうで、帰国したときは嬉しそうな由理。いい加減俺のためにもくっついて欲しいなと思っていた俺は、立花から今度はイタリアに行くと聞かされたときに、思いきって発破《はっぱ》をかけた。

「立花、いい加減素直になって本木と話せよ。じゃないと俺があいつをもらうぞ」

「好きなだけ持っていけ」

「……え？」

「もらうもなにもそもそも俺のじゃない」

「いや、それはだからお前が素直に好きだって言えば」

「好きか嫌いかなら好きさ。だが、お前とは種類が違う」

「違う？　……って」

「言ってなかったか？　俺とあいつは子供の頃からの知り合いでな。昔はあれで俺のことをお兄ちゃんって呼んで可愛かったんだが、今では立花と呼ぶわ生意気だわ顔を見れば突っかかってくるわ、だ」

やれやれとため息を吐《つ》く様子に言葉が出ないでいると、トイレに行っていた由理が戻ってきた。

半個室の襖《ふすま》を開けて入ってきた由理は、呆然《ぼうぜん》と由理を見上げる俺と、何故かニヤニヤしている立花を交互に見ながら、俺のとなりに座る。

「何？　どうかしたの？」

「お前、俺が好きか？」

立花の質問に綺麗な顔をこれでもかとしかめる由理。

「はあぁ～？」

「じゃあ川崎は好きか？」

「なっ、突然何言ってくれてんのよ!?」

続いた質問に顔を真っ赤にして立花を睨《にら》む由理。

「……ようやく分かったか」

俺と目が合った立花がニヤリと笑う。由理以上に顔に熱を集めた俺は、立花に小さく頷《うなず》くのがやっとだった。


しばらくして俺に三人目の彼女が出来た。

意地っ張りで口が悪くて、せっかく美人なのに俺の話を聞いて大口を開けて笑って、こっちはデートのつもりなのに給料日前になると牛丼大盛を食べたがる子だ。

俺たちが付き合い始めてすぐに立花がイタリアに行って、やっぱりしばらく寂しそうにしていた由理は、ある日突然復活した。

新入社員で由理が教育係になった子が、それはもういい子なんだそうだ。毎日その子の話をしてるし、たまに夕飯を一緒に食べに行っているらしい。由理はどうも昔から同性に嫌われることが多かったようで、今まで会社外でも付き合うのは俺や立花だけだったようだから、俺は素直によかったな〜と思った。

何度か話した森下美奈さんは、何だかおっとりまったりした雰囲気の子で、由理の話を聞く限り、随分お人好しらしい。日に日に森下さんの番犬となっていく由理に、俺が少しほっとかれて寂しくなったころ、立花が帰ってきた。

これまでも年に二回ほどは本社に呼ばれて帰ってきていたけど、とうとう最年少部長で本社への栄転だ。これは祝うに決まっているだろ〜と、立花の帰国後由理と三人で帰国祝いをした。

そこで俺は初めて立花から気になる人がいると聞いた。そしてその人物が森下さんだと知って、全力で応援しようして……足を踏まれることになる。

由理は驚くほど立花の恋を邪魔した。それは俺の目にまだフィルターがかかっていたら、由理の気持ちを疑ってしまったんじゃないかと思うほどに全力で邪魔してた。

立花に近づきたい女性には「立花、彼女いないらしいわよ」「そろそろ結婚したいな〜と思ってるみたい」「あれで積極的にいけないへたれだから、グイグイ来てくれる人が好きなんじゃない」と焚《た》き付けて、出来るだけ退社時には森下さんと一緒にいる。社内で立花と会いそうな場所には近付かないように気を付け、心理戦なのか立花にあえて森下さんの情報を教えたり、かと思えば嘘の情報を教えたりもする。

俺は、由理と付き合えたのは立花のおかげもあるし、何より立花と森下さんはお似合いじゃないかと思うから、由理の目を盗んで森下さんが残業する日を教えるなど、ちょこっと協力していた。

……まぁ、由理が心配するのもしょうがないのかな～と思うこともあったけど。

その日も俺は由理を何とかしろと怒る立花と、お気に入りの居酒屋で呑んでいた。

「まぁまぁ、きっと由理もお前が森下さんに本気なんだってわかれば、態度も軟化《なんか》するって」

「あのバカが美奈に張り付いてるせいで、俺は今週彼女を五分も見られていないっ」

「ん～でもさ、もともと部署が違うんだし」

「俺の今の楽しみは！　美奈の揺れる尻、噛《か》んで舐めまわしたい真っ白な頬《ほお》と食べてしまいたいピンクの唇を毎朝見ることだったんだ！　俺が何のために毎日会社に来てると思ってんだあいつは！」

……え、仕事のためだろ？

「あ、あははは。ほら、もしかしたら目に見えて立花の本気が伝わるような何かが必要なのかもよ」

少しテンパってしまって考えなしにそんなことを言うと、立花は何か考えるように酒の入ったグラスを回した。

そしてそれからしばらくたったころ。

「そっか。ようやくマンション見つけたのか」

「ああ」

「よかったよかった。で？　どんなとこにしたんだ？」

立花が引っ越したマンションは、会社にもわりと近い3LDKの部屋だった。男の独り暮らしに何でまたそんな広い部屋を？　2DKもあれば充分じゃないか？

そんな俺の疑問に、立花は真顔でこう答えた。

「すぐに子供が出来たときに手狭では困るだろ？　まぁ彼女が気に入らなかったらその時また探せばいいことだ」

……あれ、立花と森下さんって、まだ付き合ってないよね？　というより、まだ二人で食事もしたことないよな？

そんな心の声がポロっと溢《あふ》れてしまっていたようで、立花は俺に穏やかに微笑《ほほえ》むと言った。

「どれほどあのバカが邪魔しようと、俺は絶対に美奈を手に入れる」

たーちばなー！　表情と声のトーンと内容が合ってないぞ！

由理があれだけ必死になるのも少し仕方ないと思った俺は、わざとでっかいため息をついた。

「そのおバカさんは森下さんが大好きなだけなんだ。あまり邪険《じゃけん》にしないでやってくれよ」

「あいつが俺を追い払ってるんだ」

「……そうだけど」

まぁ立花も由理もお互いを嫌ってるわけじゃないし、そのうちなるようになるだろうな。

あ、そっか。立花と森下さんが上手くいったら、この二人に振り回される仲間ができるわけか。

俺はその日を待ち望みながら、グラスの中身を飲み干したのだった。

恋愛小説「エタニティブックス」の人気作を漫画化！

Eternity COMICS

152センチ62キロの恋人

漫画 Remi《レミ》　原作 高倉碧依《タカクラアオイ》

ぽっちゃりＯＬの美奈《みな》は、体形のせいで女性扱いされたことがない。そんな美奈を初めて女の子扱いしてくれたのは、社内人気No.1のエリート部長・立花《たちばな》だった！　秘かに立花に恋心を抱いていたものの、自分に自信が持てず、最初から諦め気味の美奈。だけどなぜか、彼から猛アプローチされてベッドイン！　それから、立花に溺愛される日々が始まって——!?

B6判　定価：640円＋税　ISBN 978-4-434-23861-1

平凡なOL律花《りっか》は、超・過保護な兄にいつも邪魔され恋愛経験ゼロ。そんなある日、兄の海外転勤が決まり、これでようやく恋人ができる！　と喜んでたら隣の部屋に、新たなお目付役として兄の親友、彰文《あきふみ》が引っ越してきた!?　イケメンでとても優しい彼だけど、手を握られたり、耳元で甘く囁《ささや》かれたりとスキンシップが多めで──？

B6判　定価：640円＋税　ISBN 978-4-434-23845-1

本書は、2015 年 4 月当社より単行本として刊行されたものに書き下ろしを加えて文庫化したものです。

エタニティ文庫

152センチ62キロの恋人《こいびと》1

高倉碧依《たかくらあおい》

2017年 12月 15日初版発行

文庫編集－福島紗那・塙綾子
発行者－梶本雄介
発行所－株式会社アルファポリス
〒150-6005 東京都渋谷区恵比寿4-20-3 恵比寿ｶﾞｰﾃﾞﾝﾌﾟﾚｲｽﾀﾜｰ5階
TEL 03-6277-1601（営業） 03-6277-1602（編集）
URL http://www.alphapolis.co.jp/
発売元－株式会社星雲社
〒112-0005東京都文京区水道1-3-30
TEL 03-3868-3275
装丁イラスト－なま
装丁デザイン－ansyyqdesign
印刷－大日本印刷株式会社

価格はカバーに表示されてあります。
落丁乱丁の場合はアルファポリスまでご連絡ください。
送料は小社負担でお取り替えします。

ISBN978-4-434-23971-7 C0193